新 潮 文 庫

龍ノ国幻想7

神問いの応《いらえ》

三川みり著

新 潮 社 版

11945

目次

序章 —— 13
一章 異変 —— 23
二章 国主《こくしゅ》 頭阿治路《とうのあじろ》 —— 78
三章 乾く龍《たつ》ノ原《はら》 濡《ぬ》れる八洲《はっしゅう》 —— 130
四章 宿す —— 185
五章 吾《われ》ら科人《とがにん》の末と知る —— 234
六章 問いのために —— 283
七章 天道是か非か —— 321

龍ノ国幻想

主な登場人物紹介

——龍が眠る央《ひさし》大地。その上にある国、龍《たつ》ノ原《はら》では、女は龍の声を聞く能力を持つ。
生まれながらにその力を持たぬ「遊子《ゆうし》」でありながら、龍に認められた日織。
しかし、不津王《ふつのおおきみ》と中目戸《あたりのまと》が軍勢を率いて皇尊《すめらみこと》の譲位を狙う。
日織は、龍ノ原を守るため、二つの同盟を結ぶ旅に出るのだが——

日《ひ》織《おり》 二十七歳

龍に認められ皇尊に即位するも、
龍ノ原は附孝洲《ふのこうしゅう》により蹂躙《じゅうりん》される。
民を守るための旅へ出立する身に
異変が。神の意に背いた罰なのか。

伴《ともの》有《あり》間《ま》 二十八歳

幼い頃の壮絶な体験を経て、
反封洲《たんのほうしゅう》国主となる。日織の策に
共鳴し、附敬洲《ふのけいしゅう》へと向かう。

悠《ゆう》火《び》 十九歳

護領衆《ごりようしゅう》として、逆封洲《さかのほうしゅう》に入る。
才知を活かし、若き国主・末和気《すえのわき》の
帯刀《たちはき》となり、側に侍ることになった。

夏《なつ》井王《いのおおきみ》 二十九歳

日織の夫として悠花《はるはな》から
選ばれた、穏やかで聡い男。
悉《ことごと》く日織に忠誠を尽くす。

空《うつ》露《つゆ》 三十六歳

日織の亡き姉と懇意であり、
幼い頃から支えて側近として仕え、
有間に同行する任を託される。

央大地の図
（一原八洲）

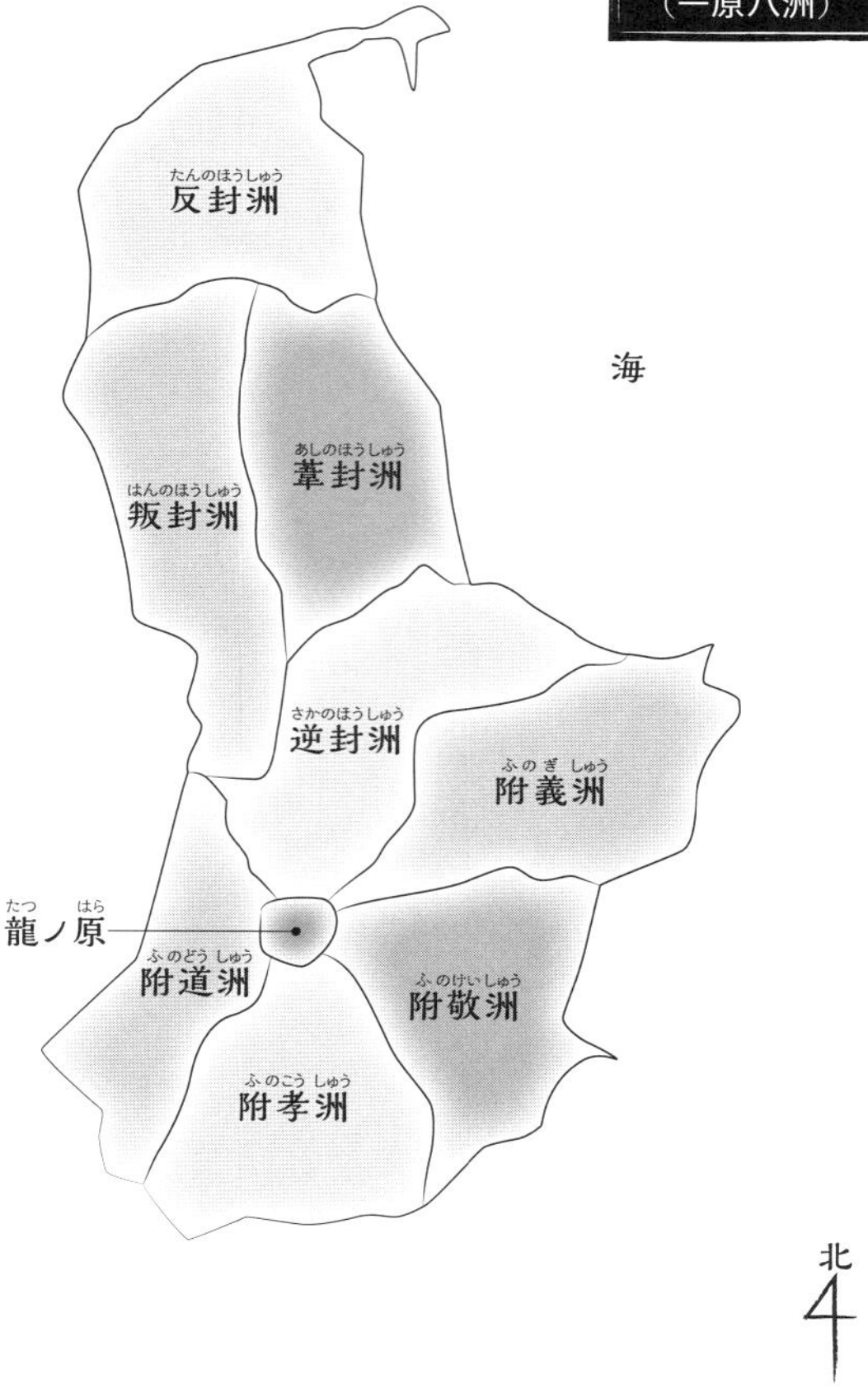

反封洲《たんのほうしゅう》
海
葦封洲《あしのほうしゅう》
叛封洲《はんのほうしゅう》
逆封洲《さかのほうしゅう》
附義洲《ふのぎしゅう》
龍《たつ》ノ原《はら》
附道洲《ふのどうしゅう》
附敬洲《ふのけいしゅう》
附孝洲《ふのこうしゅう》
北

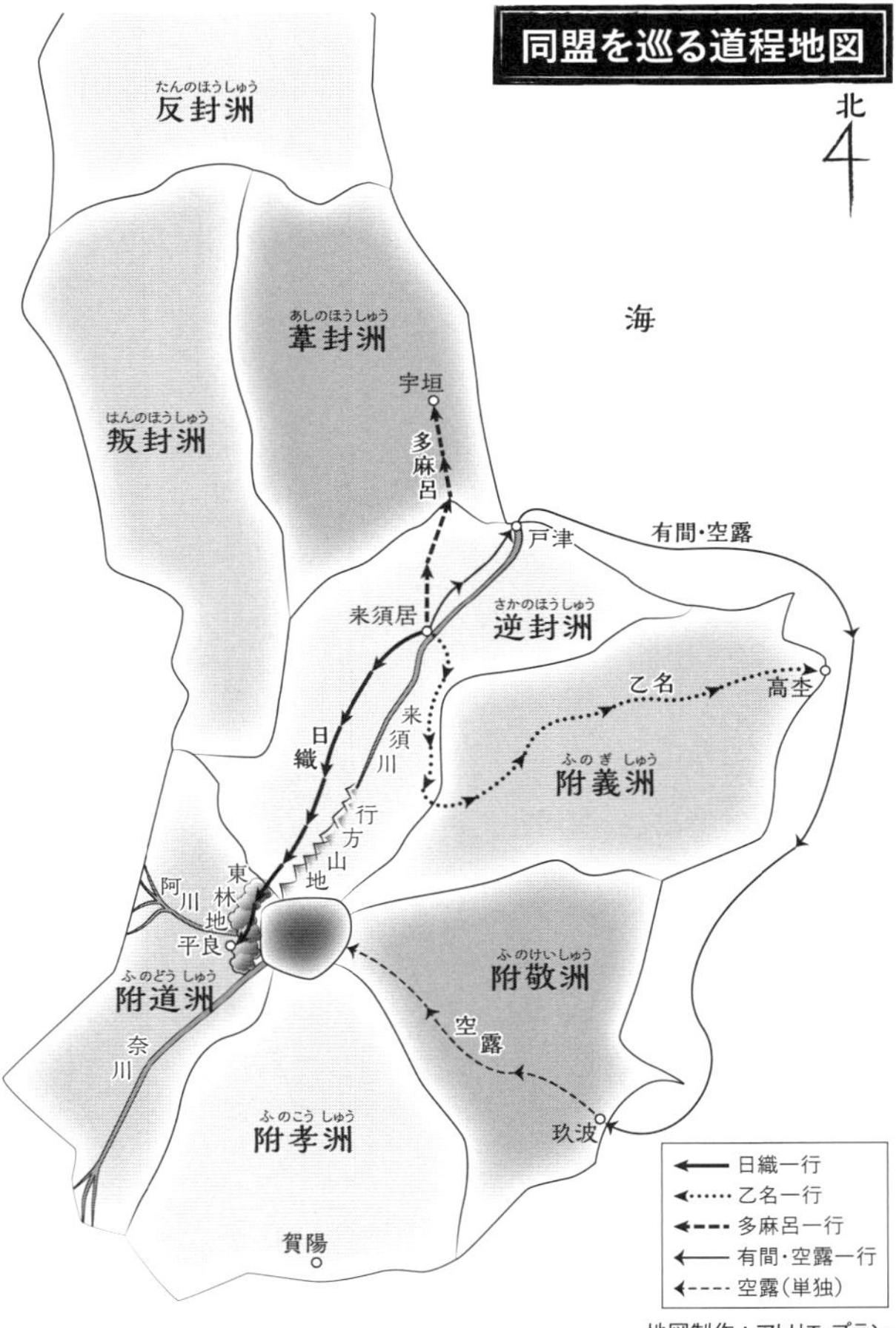

地図制作：アトリエ・プラン

央大地《ひさしだいち》がそこなわれるとするならば、原由は二つ。

一つ目は、龍《たつ》ノ原《はら》に在《いま》す皇尊《すめらみこと》が失《う》せるとき。

央大地をその身の上に乗せた、地大神《ちのおおかみ》たる地龍《ちりゅう》の望みは、眠り続けることのみ。つがいを失った地龍の哀《かな》しみは、眠ることによってのみ鎮《しず》まるからだ。

地龍に眠りを約束したのは、皇祖治央尊《すめみおやおさのひさしのみこと》。

神代《かみよ》、治央尊はその身をもって地龍を慰撫《いぶ》し、眠りを守ると約束した。ゆえに治央尊の血を継ぐ皇尊は代を数えない。代を重ねても、地龍の傍らに在り続けるのは、眠りを約束した者という、ひとつの存在であるがゆえだ。

地龍にとって皇尊とは、神代から変わらず傍らに在り続ける一人の者。その者が在り続ければ眠り続ける。地龍にとってはただ一人の者である皇尊が消えれば、地龍は眠りから目覚め、央大地は海に没する。

二つ目は、央大地が人の争いで乱れ荒《すさ》ぶとき。

かつて大海の彼方には大地があった。大地は人の争いの末に海に没した。同様に、央大地の上で人が争い騒げば、地龍の目覚めとは関わりなく央大地も海に没するだろう。人々にそれをさせぬために、治央尊は八虐《ぎゃく》を定めた。

央大地が大海に没する時がくるとするならば、どちらか一つ、あるいは二つの原由によるはず。

ゆえに――。

央大地を守るために、地龍信仰は地龍を眠らせる皇尊を尊ぶ。
央大地を守るために、地龍信仰は人の罪を問う。

龍ノ国幻想 7

神問《かみど》いの応《いらえ》

序章

小さな客殿を、雨音と湿った游気《ゆうき》が包んでいた。降り止《や》まない雨はすすり泣きのように静かに地に染みこみ、あふれ、不安に似た憂鬱《ゆううつ》さの薄膜を広げ、人の気力を削《そ》ごうとする。既に晩秋。雨雲に遮られて日の光が射《さ》さないため、例年よりも冷える。ともすれば、手足の冷たさに体が縮こまってしまうだろう。

しかし日織《ひおり》の胸には熱いものがこみあげていた。

(来てくれた。龍《たつ》ノ原《はら》の臣が)

目の前にひれ伏す三人に、日織は心からの労《いたわ》りと感謝を込めて声をかけた。

「護領山《ごりようさん》、よくぞ無事に越えてくれた」

それから正面、開いたままになっている枢戸《くるるど》の方へ視線を向けた。枢戸の向こう側、簀子縁《すのこえん》に控えているはずの者たちに向かって言う。

「よく三人を護《まも》ってくれた。鳥手《とりて》たち」

応《いら》えはなく、微《かす》かに衣がこすれる音だけがした。鳥手たちが叩頭《こうとう》したのだろう。鳥手の長《おさ》、馬木《まぎ》もそこにいるはずだった。

「三人、顔をあげよ」

促されて顔をあげた彼らの表情は、常になく強《こわ》ばっている。護領山を越えた旅の緊張が抜けていないらしい。しかし日織に向けられた目には、「ご無事でいてくださった」と言いたげな、安堵《あんど》の色が浮かぶ。

「左《さ》の大臣《おとど》、小勢乙名《こせのおとな》」

日織が呼ぶと、「はい」と、石を打つような硬い声で乙名が応じる。

丈短の上衣と踝《くるぶし》がのぞく袴《はかま》を身につけ、髻《もとどり》も雑に結ってあるので、身なりはまるで里《り》郷《ごう》の者だ。しかし落ち着いた物腰と、険しくも聡明《そうめい》さの窺《うかが》える瞳《ひとみ》を見れば、彼が龍ノ原の重臣の一人であると納得できる威厳がある。

続いて日織は、乙名の右隣に座る男に視線を移す。

「右《う》の大臣、造多麻呂《つくりのたまろ》」

無理をしている感じはあったが、多麻呂は口元に笑みを浮かべている。

「参上いたしました」

調子よく応じる彼の切れ長の目には賢《さか》しげな光があり、気力も充分と見えた。

さらに右隣には、肩で髪を切り揃《そろ》えた黒衣の護領衆《ごりょうしゅう》。

「大祇《おおぎ》、真尾《まなお》」

真尾はただ頷《うなず》く。顔色に旅の疲れは見えるものの、神職の長らしく無表情で、端然と座している。

「わたしの求めに応じてくれた三人に、礼を言う」

三人の目が和らぐ。彼らは臣下としての礼節を重んじ、皇尊の謝意を畏《おそ》れるように頭《こうべ》を低くした。

日織と彼ら三人が向かい合っている場所は、逆封洲《さかのほうしゅう》の都、来須居《くるすい》にある八社《はっしゃ》。一国にひとつある、地大神《ちのおおかみ》たる地龍《ちりゅう》を祀《まつ》る社《やしろ》だった。その最奥《さいおう》に位置する客殿は、龍ノ原の社とは異なり、白杉《しらすぎ》造りではなく杉造り。場に満ちる香りは、野趣ある青々しさが強い。

皇尊の座として体裁を整えるべく、日織の背後には几帳《きちょう》が立てられ、斜め背後には空《うつ》露《つゆ》も控えていたが、そもそも母屋《もや》が狭い。日織と龍ノ原の重臣たち三人は、藁蓋《わろうだ》ひとつ分ほどしか隔たっていない近さで対面していた。

明かりを採るために吊《つ》り上げられた蔀《しとみ》からは、雨風が吹き込む。簀子縁の縁《へり》は、降り続く雨水を吸って黒く色を変え、さらなる雨に打たれ続けている。

「皇尊の御下命を、お待ちしておりました」

乙名が口を開く。

「吾《われ》らをこの地に呼ばれたということは、皇尊の計が、成ろうとしているのですね」

日織は乙名の目を見て頷いた。

「反封洲《たんのほうしゅう》、逆封洲、附敬洲《ふのけいしゅう》からなる三国の約定《やくじょう》を『一附《いっぷ》二《に》封《ほう》の約定』。葦封洲《あしのほうしゅう》、附義洲《ふのぎしゅう》、附道洲《ふのどうしゅう》からなる三国の約定を『二《に》附《ふ》一封《いっぽう》の約定』と呼んでいる。今、反封洲国主《こくしゅ》と逆封洲国主は、約定を結んだ。附敬洲国主がこれに加われば、『一附二封の約定』が成る」

もとより日織よりも先に、この計に気づいていた乙名だ。それを日織が現実のものにできるのか、最も危ぶんでいたのも彼だろう。日織の報告を聞く彼の瞳には、「よくやりましたね」と言いたげな、労るような色が浮かぶ。

央大地《ひさしだいち》にある八つの国——八洲《はっしゅう》に、二つの三国同盟をならしめる。二つの同盟、『一附二封の約定』と『二附一封の約定』を成し、互いに均衡を保つ。さらにこれを成した後に、附敬洲と附道洲を呼応させ、附孝洲《ふのこうしゅう》へと攻め込ませる。これによって龍ノ原を蹂《じゅう》躙《りん》している附孝洲が、否応《いやおう》なく龍ノ原から手を引かざるを得ない状況に追い込む。

皇尊が護領山を越えれば、なにが起こるかわからない。それを承知で日織が求めた、龍ノ原を取り戻す策が、これだった。

「あと一国で、一つの約定が成る」

呟《つぶや》いたのは多麻呂だった。真尾が応じる。

「既に二国が約定を結んだとなれば、残り一国は容易《たやす》く約定に応じましょう。『一附二封の約定』は成ったも同然。ということは……」

多麻呂と真尾も八社に到着して後、乙名から、日織の計を聞かされているらしい。二人とも覚悟を決めたように、表情がさらに引き締まる。

「真尾も言ったように、『一附二封の約定』が成る目処《めど》はたった」

もの問いたげな真尾の視線に促され、日織は答えた。

「ゆえに、いま一つの約定、『二附一封の約定』を成らしめるために、わたしは動かねばならぬ。三つの国、葦封洲、附義洲、附道洲を説き伏せるのだ。しかし」

雨風が吹き込む方へ、日織は視線を流す。

「わたしが龍ノ原を離れたことで、龍《りゅう》が八洲に泳ぎだし、雨を降らせ続けるという異変がおきている。仮にこれが殯雨《もがりあめ》に似たものだとするならば、大地は八十一日はもちこたえる。だが、わたしが護領山を越えてから、明日で三十五日。残りは五十日もない。しかも殯雨に似たものとの解釈が間違っていれば、これからいつ、いかなる事がおきるか予想もつかない。できうる限り、ことを急ぐべきだ」

「皇尊お一人で三国を巡り国主を説き伏せていては、間に合いませぬな」

そう口にした乙名は、これから命じられることを承知しているようだった。

「だから三人を呼んだ」

背後に控える空露に目配せすると、彼は日織の傍らに白木の折敷《おしき》を押し出す。白杉の薫《かお》りが染みこんだ三通の書札《しょさつ》がのっている。

八日前の夜、悠花《はるはな》と抱き合った温《ぬく》もりが体の芯《しん》に残っているのを感じながら、それに励まされるように筆を執りしたためた三通だった。

あの夜抱き合った後、悠花は去った。雨音のみがぶ厚く響く暗闇《くらやみ》に溶ける、彼の姿。それを見送った寂しさを決意に変え、綴《つづ》った。この書札が悠花を、さらには龍ノ原を取り戻すための力になることを願いつつ筆を動かした。

一通を手に取る。

「造多麻呂」

「はい」と応じた彼に、書札を差し出す。

「これをもって葦封洲へ向かい、国主と対面せよ。書札には、一原《いちげん》八洲が安く平らけくあるため、わたしは、『二附一封の約定』が成ることを望んでいると書いた。わたしの代わりに国主を説き伏せよ」

このために呼ばれたのだと、多麻呂も覚悟して日織の前に座っていたようだった。驚いた様子はなく、口角をわずかにあげ、いざって近づくと両手で書札を受け取る。

「承知いたしました」

一瞬触れた多麻呂の指は、冷たかった。使命の大きさに緊張しているらしいが、恐れているかのような震えはない。いつも軽やかな口調で、気負ったところのない男だが、右の大臣だ。それなりに芯の強さがある。

「小勢乙名」

もう一通の書札を日織が手に取ると、乙名は無言でいざり進み出て書札を受け取った。

「そなたは附義洲へ向かえ」

「はい」

重く頷き、書札の表を撫《な》でる。無意識らしい動きは、書札に呪《まじな》いをかけようとしているかのようだった。皇尊の思いが、そこからこぼれぬように、と。

「真尾」

最後に名を呼ばれた神職の長は、無表情で日織を見つめた。

「そなたは、わたしとともに附道洲へ行くのだ。『二附一封の約定』をすすめると同時に、約定が成ったあかつきには附孝洲に攻め入るよう、附道洲を口説かねばならぬ。附道洲こそが『二附一封の約定』の要《かなめ》となる国。だからこそ、わたしだけではなく、神職の長たるそなたも参れ」

「かしこまりました」

淡々と真尾は応じる。

「そして、空露」

最後の書札を手に取ると、折敷の傍らに端座する、幼い頃から兄のように日織を見守り続ける神職を呼ぶ。彼は自分の使命は先刻承知のはずで、だからこそ日織に呼ばれると少し不満げな表情になったが、構わず命じた。

「この書札をもって、来須居城客殿に滞在している反封洲国主、伴有間《とものありま》のもとへ行け。わたしの代人《だいにん》として、有間とともに附敬洲へと向かい、『一附二封の約定』の最後の一国を加えて約定を成せ」

逆封洲と反封洲が手を結んだため、そこに附敬洲が加わる公算は高い。ただ、『一附二封の約定』が成った後に、さらに附孝洲へと攻め込むように説く必要がある。

反封洲の国主である有間が直々に出向くのであれば、全《すべ》て彼に任せれば良い。

だが、約定をもちかけたのは皇尊だ。『一附二封の約定』は八洲の安寧を願ってのことだと証《あか》すために、皇尊に近い代人は必要。

「わたしでなければ、なりませんか」

差し出された書札に、空露は手を伸ばさない。

空露は日織の傍らを離れたがらない。目を離してはならないと、彼は日織が幼い頃からずっと思い続け、思考の根底に染みついている。

逆封洲への先触れとして空露は一旦《いったん》日織のそばを離れ、再会したばかり。また日織から離れろと命じられるのは、不満らしい。

「有間と和気《わき》にも、おまえを、わたしの代人として遣わすと言ってある」

「わたしよりも相応《ふさわ》しい者があれば、両国主も納得されます」

「おまえが最も相応しい。わたしの思いをよく知っているし、有間とも近い」

「しかし……」

「空露。附敬洲もまた、要なのだ。二つの約定が成ったあかつきには、附道洲と附敬洲、双方呼応しなければならぬ。それがなければ計は完成せず、わたしは龍ノ原に戻れぬ。だからおまえに行ってほしい。頼む」

大きく息をつき、空露は書札を受け取った。

日は高く昇っているはずだったが、あたりは薄暗く、明け方からほとんど明るさは変わっていない。客殿の母屋《もや》も、文字を読むには灯りが必要なほどだったが、日織には重臣たちの表情――とくに目の光の強さがはっきりと見える。

彼らは蹂躙された龍ノ原を、見つめ続けていたのだ。皇尊の所在すらわからない状況で、なすすべもなく穢《けが》される神国を目の当《ま》たり《あ》にした屈辱と怒りは、どれほどだったろうか。それらの大きさが、使命への思いの強さになっている。

日織も彼らと同じだった。

龍稜《りゅうりょう》から逃げ出し、淡海皇子《おうみのみこ》の首を抱き、護領山を越えた。さらに無辜《むこ》の娘を抱いたまま死なせ、鬼の不遜《ふそん》な声を聞き、様々な思いが大きく重く己の中に育ち、積み重なった。それが己の決意を強くする。

彼らの視線を受け止め、日織は告げた。

「五十日のうちに約定を成し、再び護領山を越え——、吾らは、龍ノ原に戻るぞ」

翌日。空露は日織の代人として書札を携え、来須居城客殿に滞在している反封洲国主、伴有間のもとへ行った。準備が整い次第、彼とともに附敬洲へと向かうためだ。

日織と対面した二日後には、護衛の鳥手を一人ともない、小勢乙名が附義洲へ旅立った。造多麻呂も同日、鳥手とともに二人、葦封洲へ。

乙名と多麻呂の出発を見送った翌朝、日織は、附道洲へ向けて立つ。

一章　異　変

一

出発の準備が整ったと、従丁《じゆうてい》から知らせがあった。

（いよいよか）

立ちあがった日織《ひおり》の肩に、夏井王《なついのおおきみ》が皮衣を着せかける。

「どうぞ」

「すまない。このようなことまでさせて」

いつもであれば空露《うつつゆ》がする細々した身の回りのことを、今日からは夏井が引き受けるつもりらしい。日織の前に回り、手際《てぎわ》よく皮衣の紐《ひも》を結んでいく。

「性に合っていますから」

首元から順々に紐を結びつつ、月白《つきしろ》によく似た顔で夏井が微笑《ほほえ》む。彼女と同じように片えくぼが浮かぶ。

夏井は、書を読み草木を愛《め》で、風の音を聞きながらのんびり過ごすのが望みと口にするような穏やかな性質だ。紐を結ぶ器用な指を見ると、彼に相応《ふさわ》しいのは丁寧で静かな暮らしなのだとしみじみ感じる。にもかかわらず、こうして他洲の地に在り、日織に従ってくれているのが申し訳なくもありがたかった。

「夏井。ありがとう」

素直に言葉が出たのは、相手が素直な男だからだろう。「改まって、どうされましたか？」と笑いを含んで答え、最後の紐を結び終えると、満足げな表情になる。

「綺麗《きれい》に、結び目が整いました」

夏井は既に皮衣を身につけており、枢戸《くるるど》近くにいる大祇《おおぎ》の真尾《まなお》も、雨空の下へ出ていく準備は終えていた。

「真尾、夏井。頼むぞ」

二人は「はい」と、気負いなく応じる。

飄々《ひょうひょう》としている夏井と、神職らしく感情を顕《あら》わにしない大祇の真尾が、日織とともに附道洲《ふのどうしゅう》へ旅立つことになっていた。この二人の性質であれば、短絡的にいきり立って騒ぐこともないだろうし、取り乱すことも少ないだろう。何が起こるかわからない道中と、附道洲国主《こくしゅ》との対面。あらゆる場面で、二人の落ち着きは、日織を冷静にさせてくれるはずだ。

護衛には、鳥手《とりて》の長《おさ》である馬木《まぎ》と三人の鳥手がつく。

さらに馬引の比多《ひた》が同行することになっていた。仕事がら、洲の往来に慣れた彼女が道案内をする。これは空露の提案によるもので理にかなっていたし、比多自身も快く承知した。

枢戸の敷居をまたぐと、風にあおられた細かな雨が頰にあたる。冷たかった。日に日に、雨の冷たさが増している。低い灰色の雲が八洲《はっしゅう》を押さえ込んでいるようだ。

一歩踏み出し空を見あげた。

龍《たつ》ノ原《はら》から泳ぎだした龍《りゅう》たちは、皇尊《すめらみこと》を求めて八洲を彷徨《さまよ》い泳ぎ続けている。日織はここにいるのに、龍ノ原を出た皇尊の気配が、彼らにはわからないらしいのが、もどかしい。

今の日織は、縁《えにし》を成して友とした龍にすら見つけてもらえないほどに、弱々しい存在。皇尊が、皇尊としての役割を果たすには、龍ノ原に在らねばならないということなのだろう。

（戻らねば）

決意を新たにし、夏井と真尾を従え、客殿を出て正殿《せいでん》前へと向かった。

歩みを阻《はば》むように横たわる泥の水溜《みずた》まりには、間断なく小さな波紋が生まれている。

大勢の人の気配が正殿周囲にはあった。

正殿の階《きざはし》近くに、五頭の馬が引き出されているのが遠目に見えた。馬の轡《くつわ》をとっているのは、馬木と三人の鳥手、比多。彼らの近くには、八社《はっしゃ》の神職らしい黒衣の者たちや、兵《つわもの》たちの姿もある。

今日、日織が附道洲へ出発することは、来須居城《くるすいじょう》に知らせてあった。見送りのために、逆封洲《さかのほうしゅう》国主である末和気《すえのわき》が来ているはずだった。

(当然、悠花《はるはな》も来ている)

悠花は今、悠火《ゆうび》と名乗り、逆封洲の国主に仕えている。公《おおやけ》の場では言葉を交わすことはおろか、視線を交わすのさえも憚《はばか》らねばならない。しかし出発のときに、悠花の姿を一目見られるだけでも日織は勇気づけられるだろう。

門から正殿に続く路《みち》の左右には、槍《やり》を立てた軍士が列を作っていた。

正殿階の右手に、逆封洲の御前衆《おんまえのしゅう》、関金蒲生《せきがねのがもう》、狗栖雨屋《いぬすのあまや》の姿がある。彼ら二人を背後に従え、毛の厚い黒の皮衣を身につけた、利発そうな顔立ちの少年がいた。逆封洲国主、末和気だ。

御前衆と和気から数歩さがったところに、悠花が目立たないように佇《たたず》んでいる。地模様に秋津《あきつ》を織り込んだ黒の大衣《おおきぬ》の上に、白と灰が混じった軽やかな色の皮衣を身につけていた。

皮衣を身につけていても、顔や頭に降りかかる雨はどうしようもない。悠花の髪や睫《まつげ》は濡《ぬ》れ、寒そうだった。彼のもとへ行って、冷えているだろう頬に手を当てたかったが、強いて彼から視線を引き剝《は》がす。悠花が、日織を直視しないようにしているのがわかったからだ。

（悠花）

十日以上前の夜の熱が、悠花の姿を目にして体の芯《しん》に蘇り、疼《うず》く。悠花が来たのは、あの夜一度だけだった。それでも失ったと思ったものを、束《つか》の間《ま》でも取り戻した幸福感が日織の中には強く残っているらしい。

正殿階の左手には、人目をひく白髪の男がいた。

髪は結わず肩に流し、腰には毛皮の飾りをつけて太刀を佩《は》く。ごわつく毛並みの粗い皮衣を身につけているが、そんなものは必要なさそうに思える。兵らしい強い体は、雨に凍えることなどなさそうだった。反封洲《たんのほうしゅう》国主の伴有間《とものありま》だ。

彼の傍らには、心配そうにこちらを見つめる空露の姿もあった。

皇尊が現れたのに気づき、正殿前に並んだ神職たちや兵たちが直視を憚り、頭と視線をさげる。無論、御前衆と悠花もそれに倣《なら》う。

顔をあげているのは和気と有間、国主の二人だけだった。

階へ近づきながら、日織は周囲へ向け、「顔をあげよ」と声をかける。

日織に従っていた夏井と真尾は途中で足を止め、日織の背中から距離をとる。和気の背後にいた御前衆二人も、数歩さがった。皇尊と国主たちの対話が始まると察し、遠慮したのだ。

ひとまず和気の正面で、日織は足を止めた。

「見送り、礼を言う。和気」

深く礼をとり、再び顔をあげた和気は緊張した表情だった。

「洲の境まで、国軍の将がお送りいたします」

「必要ない。目立ってはかえって不都合があろう。見送りは八社の門までで良い」

「しかし」

「気持ちだけ受け取る」

心配顔で和気は瞳《ひとみ》を揺らしたが、強い声が宥《なだ》めるように割り込む。

「ご心配めさるな、和気殿。皇尊を護《まも》る鳥手という者たちは、技にすぐれている」

有間だった。大股《おおまた》に彼が近づいてくると、颯爽《さつそう》とした動きが起こす風が頬や手の甲を撫《な》でる。

「ご存じなのですか？　有間殿」

「龍ノ原の護領山《ごりようさん》で、鳥手たちとともに龍を追ったことがある。頼りになる」

「あなたが、そう仰《おつしや》るならば」

和気はすぐに納得した色を見せた。有間の言葉には強さと自信があり、それが信頼感に繋《つな》がるのだ。

「有間。あなたはいつ立つ」

「今日。あなたをお送りして、吾《われ》らもすぐに立つ」

日織は、離れた場所で心配そうにこちらを見つめる空露に視線を向けた。礼節に従い、皇尊と国主たちの対面に割り込まず控えているが、礼など無視できる場面ならば駆け寄ってきて、あれこれと言いたいはずだった。

「わたしの代人《だいにん》、空露を頼む」

「ああ、あの男。承知した」

面白そうな顔で、有間は空露を見やった。

「前々から訊《き》きたかったが、あの護領衆《ごりょうしゅう》は、あなたの乳母《めのと》なのか？　色々と口うるさい」

苦笑してしまった。空露は几帳面《きちょうめん》だ。有間の雑な日常を目の当《ま》たりにすれば、相手が国主といえども、一言二言言わなければ気が済まないだろう。

「似たようなものだ。わたしが兄とも恃《たの》む者だ。あの者とともに、わたしの書札《しょさつ》を届けてくれ。あなたなら附敬洲《ふのけいしゅう》を口説き、『一附一封《いっぷにほう》の約定《やくじょう》』を成すと信じる」

「お約束しよう。国主がよほどの阿呆《あほう》ではない限り、約定は成る。問題は附敬洲が、附道洲と呼応して附孝洲《ふのこうしゅう》を侵寇《しんこう》する胆気があるか否《いな》かだ」

「どのように思われますか、有間殿は」

すかさず和気が問う。附敬洲と附道洲が呼応し附孝洲に侵寇することは、龍ノ原と同様、今この時も附孝洲に蹂躙《じゅうりん》されている逆封洲が救われる道だ。

「国主に会ってみなければ、わからん。国主の人となり、功績、政《まつりごと》のやり方、あれこれ調べはした。しかし会ってはじめてわかることの方が、万倍も多い」

こめかみに流れた雨の滴《しずく》を、有間は無造作に拭《ぬぐ》う。

(同感だな)

日織も、これから向かう附道洲の国主について、できる限り調べてはいた。しかし結局は、会ってみなければわからない。

有間にしろ、直接対面したからこそ友となり得たのだから。

「本来ならば、わたしも有間殿に同行すべきでしょう」

和気は申し訳なさそうだが、有間は励ますように声を強くした。

「他国に侵寇されているこのとき、国主が国を離れてはならぬ。当然のことだ。あなたのご判断は正しい」

「わたしの代人として、御前衆の一人、関金蒲生を、有間殿に同行させる準備をしました。その者に書札も預けています。役に立つ男です。良きようにお使いください。約定が成り、附敬洲を動かすために」

十四歳の少年国主の表情に、大人びた冷たさがよぎった。

背後に控える関金蒲生という御前衆は、頬に傷のある優男だ。見た目は軽薄そうだが、御前衆を勤めているからには、身分も能力も高いはず。その男のことを、和気はまるで使い勝手の良い道具のように言った。冷酷とさえ感じる一言だった。

悠花が仕えている、聡明で優しげな少年国主には、何かしら抱えるものがあるのだろうか。どのような経緯があったにしろ、自らの母を斬首《ざんしゅ》する決断をしたのだから。

和気が垣間みせたものに気づいてはいるだろうが、有間は淡々と応じる。

「承知した。使わせて頂く」

再び有間は、日織に顔を向けた。

「『一附二封の約定』を成すこと、附敬洲を動かすこと、わたしに任せていただこう。しかし何より肝心なのはあなたの成すことだ、皇尊」

口調は変わらずだったが、有間の言葉に含まれるものは鋭い。

『一附二封の約定』が成り、附敬洲が動く意思を固めても、もう一方の『二附《にふ》一封《いっぽう》の約定』が成らなければ計は破綻《はたん》する。

有間のように、任せろと言えるほどの強さはない。自信もない。

どう応じるべきか、咄嗟《とっさ》に言葉が出なかった。しかし。

──あなたは龍ノ原を取り戻す。

再会の夜、耳元で囁《ささや》かれた声が蘇った。

思わず和気の肩越しに、悠花へと視線を投げる。

雨に打たれながら、悠花は皇尊を直視する無礼を避けて視線を外していた。頬から顎《あご》にかけての繊細な線と、睫と瞳。こちらを直視しない──できない悠花だったが、彼が胸の中で日織に語りかけているような気がする。

(そうだ)

日織は己を信じて行くしかない。信じろと悠花は背を押してくれた。今も視線すら合わせられないのに、彼の思いは感じる。

「わたしは『二附一封の約定』を成し、附道洲を動かす」

決意がぶれないよう、明瞭《めいりょう》に口にした。

和気はその言葉が欲しかったと言いたげに笑顔になり、一方の有間はにやりとした。

「あなたを信じよう、皇尊」

「では、行く」

短く告げると、和気と有間が礼をとる。周囲にいた兵や神職がそれに倣い礼をとり、軍士たちは礼の代わりに槍をあげた。槍の穂先の水滴が一斉に滑って散る。

「参れ、真尾。夏井」

命じるときびすを返し、二人を従えて馬へと向かう。

比多と馬木、三人の鳥手は頭を低くして日織を迎える。

「顔をあげよ。比多、馬木、鳥手たち。なにがあるかわからぬが、頼む」

日織が乗るように促されたのは葦毛《あしげ》馬で、轡は比多がとった。

真尾と夏井、馬木もそれぞれ馬にまたがり、手綱を握る。鳥手たちは人馬の背後と左右に、寄り添う。

「行ってくれ、比多」

ゆるく歩き出した馬上から、頭を低くした人々を見おろす。

誰もが顔を俯《うつむ》けているこのとき、やっと悠花を見つめられた。視線を感じたのか、彼の顔がほんの少しだけ上向くが、目線を交わせるほどではなかった。

それでも日織は、悠花の声を聞いた気がする。

──あなたは龍ノ原を取り戻す。

悠花の声を自分の耳で聞き、触れ合いたかった。必ず、再び会いたい。悠花も同じように願っているはずだ。

だからこそ悠花は日織の背中を押す。

──お行きよ。

と。

日織は手綱を強く握る。

(わたしは行くよ、悠花)

龍ノ原を取り戻し、再び悠花に会うために。

□□□

一層檜皮葺《ひわだぶ》きの門を、皇尊一行の人馬がくぐる。一行の背後に追従した和気と有間の二人の国主は、門を出たところで立ち止まった。

細かな雨が降る路を、ゆるゆると去って行く人馬の後ろ姿を見送るために、神職も兵たちも門を出て二人の国主の背後に控える。軍士たちは泥をはね散らかしながら駆け足で門を出て、路の左右に列を作った。

皇尊一行が辻《つじ》を曲がり姿が見えなくなっても、和気はしばらく動けなかった。

(皇尊が計を成してくだされば、吾《わ》が国も救われる)

幼い頃から書で読み憧《あこが》れていた神国の長は、和気の想像と違っていた。

皇尊とは龍に護られる神秘の存在であり、人の世の汚濁など知らぬげに高きところに在《いま》す、人でありながらそれを超えたなに者かだと思っていた。人を憎むことも恨《うら》むこともなく、全《すべ》てを超然と受け止める方だろうと。

しかし和気の前に現れた皇尊は、人であった。

怒り、声を荒らげ、和気に決断を迫った。神国を護るために戦《いくさ》を唆《そそのか》す罪を犯すと決意し、罪は自らの身ひとつに受けると言った。

今まで想像の中にいた皇尊とは、あまりにも違う。

違うことに驚きはしたが、現実の皇尊が嫌ではなかった。

想像の中の皇尊は神秘的で美しかったが、怒ることも、笑うことも想像できなかった。

しかし現実の皇尊は怒る。きっと楽しいことがあれば笑い崩れるだろう。その笑顔を見てみたいと好奇心をくすぐられるほどに、人として生きる皇尊が、想像の中の神秘的な皇尊よりも慕わしかった。

同時に、人として生きているからこそ、皇尊の計に縋《すが》りたくなった。神の代理のような絶対的な安心感はなくても、人としての強さを感じたから。

（人の身でありながら、神に近いものであることを担保として絶対を約束する方が、胡《う》乱《ろん》に感じられたかもしれない。神はおそらく、それほど人に優しくない。人の望みのままに、ふるまわれることはない）

額から幾筋か雨の滴が垂れ、頬から顎を伝って胸に落ちる。全身は冷え切っていた。

自国が侵寇されていることへの怒りや不安が、常に和気をせき立てる。しかし打てる手、有効な手はほとんどなく、苛《いら》立《だ》ちを抑えるために、皇尊の計が成ることを必死に祈るしかない。

祈りが必ず届くなどと、おめでたいことは思っていない。だが、ひとかけらくらいは現実を変える力になるかもしれない。

「さて。わたしもこれから、すぐに立つとしよう」

傍らにいた有間が気合いを入れるように、腰に佩く太刀の鞘《さや》を叩《たた》く。

「今日ご出立と伺《うかが》ってはいましたが、もうですか？　準備は整っておられるのですか」

「皇尊に後《おく》れはとれまいから、急ぐ。準備は夜明け前にすんでいる」

「では蒲生をお連れください」

目配せすると、蒲生が進み出る。

和気は蒲生の犯した様々な罪を許してはいたが、彼に対する不快感は消えず心の底に残っていた。声かけや態度がつい冷淡になってしまうが、蒲生は当然のように受け止めている。彼の償いの気持ちから来る従順さと理解していたが、あつかいを改めるほど寛容になれずにいた。

「参れ、蒲生とやら。では和気殿。ここで失礼する」

大股に去って行く有間に、皇尊の代人である護領衆代祇《だいぎ》空露と、和気の代人である蒲生が従う。

（良き方に会えた）

反封洲国主も皇尊と同様に、想像していたのと随分違った。野蛮で、抜け目なく、残虐。反封洲の風土と歴史、風聞からそんな人物を想像していたのだ。

確かに有間が身にまとう気配は荒々しいが、粗野な感はない。屈強な体は、気高い芯で支えられているようだ。

有間は約定を結ぶに足る相手だ。皇尊の計のために、数日間をともに過ごしただけだったが、彼の言葉やふるまいの強さが心地よかった。正しく穢《けが》れない強さではなく、己のほの暗さを正面から認めるような強さだったからかもしれない。

和気もまた、薄暗いものを抱えているからこそ。

不意に震えがきた。髪が濡れすぎて、雨粒が首筋を伝って襟に入り込んだらしい。

「吾らも来須居城へ戻ろう、悠火」

一歩踏み出しながら、背後に控えているはずの悠火に声をかけたが、返事がない。どこに行ったかとふり返ると、悠火はそこにいた。ぼんやりして、皇尊一行が去った方向を見ていた。

和気が踏み出したのに応じ、狗栖雨屋が指示を出し、軍士たちが引きあげ始める。周囲が騒がしくなっても悠火は動かない。

「悠火」

再度呼ぶと、正気づいたように瞬《まばた》きし、睫に溜まっていた滴が散る。

「はい」

声に力がない。悠火が、これほど上の空なのは初めてだった。大きな衝撃があった直後、それから抜け出せない人のように、彼が鈍っていると感じられた。

皇尊一行が去った路を、和気はふり返る。

「なにを見ていた」

「ぼんやりしておりました、お許しを。昨夜は寝つきが良くなかったので」

恥ずかしそうに苦笑する。しかし彼が寝不足ごときで、和気の声が耳に入らないほど鈍るとは思えなかった。

「誰を見ていた」

重ねて問うが、少し問い方を変えた。

「なにも」

悠火が、あえて「誰」という言葉を避けたのが、和気にはわかった。古書を読みこむほど言葉に鋭敏な人が、問いに対してずれた言葉を使うはずがない。言葉をわざとずらして、核心から遠ざけようとしたのだ。

「違う。わたしは、誰をと訊いたのだ」

「ああ、申し訳ありません。いえ、誰も見ておりません」

機敏に応じる。先ほど「なにも」と応じたのは、うっかりでしたと言わんばかりの軽さで。

(皇尊一行は、皇尊と、その夫たる夏井王。大祇真尾。鳥手と呼ばれる護衛の者たち。馬引)

その中に悠火の心を掠《さら》う者がいる。

悠火は過去を語らない。帰りたいのに帰れない場所があるとだけ、口にした。

その場所とは何処《どこ》か。あるいは――誰かのもとか。

(もしや)

思い出したのは、来須居城正殿に皇尊が臨幸した時のことだ。

家人《けにん》たちとの合議の場でも、悠火は沈黙を貫く。和気が水を向けて意見を求めれば応じるが、自ら発言しようとしない。自分は帯刀《たちはき》なので、政には極力かかわらないという態度だ。和気を慰め、時に簡単な助けをするためだけに在り、野望はないと証《あかし》だてするかのようにふるまっている。

しかし皇尊臨幸の場で、悠火は声を発した。こともあろうに皇尊の言葉を遮って、だ。なぜそれほど彼が感情を昂《たか》ぶらせたのか。

「来須居城へ戻りましょう、和気様。ああ、随分濡れてしまわれましたね」

優しく微笑み、「さあ」と促して歩き出す悠火に並んで、和気も歩を進めた。鞜《くつ》の先に染みこむ冷たさを感じつつ、和気は問う。

「そなたが帰りたくても帰れない場所とは、皇尊のもとか？」

悠火は不思議そうに小首を傾《かし》げる。

「なぜそのような？　確かにわたしは、皇尊にお仕えしている代祇空露様の配下ではありましたが、ただの祇従《ぎじゅう》でした。皇尊のお近くに侍《はべ》ることはありませんでしたので、そのお方のもとに帰りたいなど、畏《おそ》れおおいことは思いませぬ」

「そのような立場だった者が、臨幸された皇尊に、よく問いを発せられたな」

「あれは、分をわきまえぬ無礼でした。しかし皇尊のお言葉があまりにも危うく、和気様が巻き込まれてはと焦《あせ》りました」

よどみなく、無理のない言い訳だった――言い訳だと和気は感じた。

いくら焦ったとしても、かつて会話すら許されなかった神国の長に問いを投げるほど、悠火は興奮するたちではないはず。悠火は、皇尊と言葉を交わすのに慣れているのだ。だからこそ、咄嗟にあの場で問いを発してしまったのだろう。

おそらく悠火はすぐに、拙《まず》いことをしたと気づいたはず。誰かに指摘されたときのために、彼は言い訳を用意していたのだ。

（悠火は間違いなく、皇尊と深い関わりがある）

確信して、和気は視線を前に向ける。

「そうか」

追及はしなかった。

過去など知らなくても良いからそばにいて欲しいと、和気は悠火に請《こ》うたのだから。

□□□

和気の物思うような横顔を見て、悠花は悟った。

（わたしが、日織となんらかの縁があると気づいたか）

聡明であるがゆえに、和気には鋭敏な嗅覚《きゆうかく》がある。悠花の気持ちの乱れを嗅《か》ぎわけ、明晰《めいせき》な頭で推察した。

日織にかかわることとなると、悠花の気持ちはどうしても乱れる。

なにが待ち受けているかわからない附道洲へと旅立つ彼女の姿を見ていると、たまらなかった。

旅立つ彼女の手を取り、「なにもかも捨て、央大地《ひさしだいち》を海に沈めても良いから自分とともに逃げよう」と、言いたかった。「二人で海原に漕《こ》ぎ出し、抱き合ったまま船の上で乾き朽ちてもよいから」と。莫迦《ばか》な衝動だと理解していたし、現実に悠花は、そんなことはしない。ただそう考えてしまう自分を抑えるのが、酷《ひど》く苦しかった。

だから和気に感づかれてしまった。

（仕方がない。正殿のときも今日も、わたしは冷静でいられなかった。しかし皇尊とかかわりが深いと感づかれたとて、わたしの素性が知られることはない）

龍ノ原の者ですら、悠火が何者かはわからないはず。

素性を隠していてもよいと、和気は認めた。だがその寛容さに、悠花は後ろめたさを覚える。いっそ素性を明かしてしまいたい気もするが、明かせば必然的に、和気に近づいた目的も明かすこととなる。

悠花は日織のために、和気を利用できると考えて近づいたのだ。

しかしきっかけはどうであれ、悠花は和気に、かつての自分を重ねて彼を解き放ちたいと願った。彼を自在であれるようにしたいと、大きく心を傾けた。気持ちに嘘《うそ》はない。

ただ——当初は利用するために近づいたのだと知れば、和気が傷つくのは必定。

悠花を来須居城に引き入れなければ、和気が解き放たれることはなかったが、彼が母を斬首することもなかったのだ。経緯や、思いの変化がどうであれ、全てのきっかけが計略であったと知れば、和気がどんな気持ちになるか想像に難くない。

和気に素性を明かすことは、できない。

日織を見送ったときにわきあがった気持ちは、ようやくおさまっていた。おさまってみるとやはり悠花は、再会して抱き合った時のように日織を励ましたい。

成すべきことを成すために、行けと。

（再び会えるだろうか。日織）

二度と会わないと決めたにもかかわらず、再会してしまったゆえに、気持ちは抑えられない。再び会いたいと強く願った。

皮衣の下の大衣の胸に、手を当てた。そこには日織と再会した夜、彼女の髪に飾られていた鵲《かささぎ》の羽が忍ばせてある。

今一度日織たちの去った方向をふり返るが、寂しいほどに真《ま》っ直《す》ぐな路が、雨の紗幕《しやまく》の中に続くだけだった。

二

整然と平坦《へいたん》に広がる都、来須居を抜けると、日織たち一行は南南西へ向かう道をとった。左右には、稲の刈り取りが終わった田圃《たんぼ》が続く。

一行の先頭は騎乗した馬木。その後ろに、鳥手に馬の轡を引かせた真尾。彼の背後で、日織は自ら手綱を握って追従していた。日織の背中を護るように、騎乗した夏井が続く。比多は、日織の馬の傍らを歩く。鳥手がその斜め背後に徒歩《かち》でつき、一行を護るかのようにふるまいながら、実のところ日織をさりげなく護っている。

旅に必要な荷を積んだ馬は、最後尾で鳥手が引いていた。荷運び兼しんがりの護り役だった。

龍ノ原の高位神職が旅をしているかのように、装《よそお》っていた。日織と夏井の皮衣の下は大衣。日織の腰には護《まも》り刀《がたな》、夏井も短刀を帯にはさんで、神職の旅に同行する、八洲のどこぞの国の兵といったこしらえにしている。

細かな雨のせいで、前方に見える行方山地《なめかたさんち》の連なりはぼんやりかすむ。

視線をさげると、例年であればひびが入るほどに乾いているはずの田圃に、薄く水が溜まっていた。

(長雨が、稲の育ちにかかわる時期ではなかったのは幸いだった)

雨が降り出す前に、央大地では稲の刈り入れが終わっている。

「皇尊。これをお使いください」

日織の馬の傍らを歩く比多が、中心がゆるく盛りあがり尖《とが》った、丸い被《かぶ》り物を差し出していた。茅《かや》のような細い植物を乾燥させ、編んである。同じものを比多も頭にのせていた。

「雨よけなのか」

「菅《すげ》で編んだ笠《かさ》です」

身を乗り出して受け取り、比多の真似《まね》をして頭にのせ、内側に垂れている麻紐《あさひも》を顎の下に回して結ぶ。軽く、つけ心地が良い。

鳥手たちは来須居にいる間に、菅笠を買い求めていたらしい。真尾と夏井にも渡されて、彼らも日織と同じように頭につけていた。

「龍ノ原の高貴な方々は使われないでしょうが、堪《こら》えてください。長い道中で、しかも雨宿りはしていられません」

雨天のとき、龍ノ原でも八洲においても、身分ある者、あるいは裕福な者は雨よけの皮衣を身につける。庶民はもっぱら藁《わら》や茅を重ねた簑《みの》だ。

身分の高い者ほど、頭上を被《おお》う雨よけはつける習慣がない。頭からぐっしょり濡れるほど激しい雨の中には出ないし、雨の中を濡れそぼつまでの移動はしない。雨が止《や》むまでゆるりと屋根の下で待つ。

「なにしろこの雨は止まず、八洲全土に降っているでしょうから」

「そうだな」

簑と笠をまとった比多は、背の高さもあいまって男と間違われかねないだろうが、髪をひとつに括《くく》っているので、顕わになった首の細さで女とわかる。日に焼けた首筋が艶《つや》っぽい。良い女だと、日織は幾度も思う。彼女は日織の正体を最初から承知していたらしいが、恐れ気もなく、皇尊が護領山を越えるのに手を貸した。体も心も強いのだ。

空露の発案ではあったが、比多が同行してくれるのは頼もしい。

（龍ノ原を取り戻し平穏なときが過ごせるようになったら、本気で空露に、黒衣を脱い

ではどうかとすすめてみよう）

幼い頃からの労に報いるために、空露には姓《かばね》と領を与えるつもりだ。そして比多を妻にして、心穏やかに暮らしてくれたら日織は嬉《うれ》しい。

しかし幸福な夢想は、馬の鼻息一つで現実に引き戻される。

何しろ附道洲の都は遠い。

馬上から行く先を見つめた。

幅が広くかつ深い轍《わだち》が、道のぬかるみの中に幾つもある。重い荷を積んだ幅広の荷車が頻繁に往来しているのだ。逆封洲がほこる温檜葉《ぬくひば》材を運ぶために、整えられた道らしい。

行方山地の西側へ続くこの道は、野辺郡《のべぐん》を経て、浦津郡《うらつぐん》へと抜けるという。そこから護領山沿いに、附道洲へ入る細い道が幾筋かある。

海岸に近い道を行く方が、なだらかだ。

しかしなだらかで往来が容易なために、海岸に近ければ近いほど、逆封洲と附道洲の双方が、互いの動きを牽制《けんせい》して目を光らせている。

民が国境を越えるときは、通りやすい道を選ぶような迂闊《うかつ》なことはしない。隣国軍同士の小競《こぜ》り合《あ》いに巻き込まれたり、あるいは機嫌の悪い軍士たちに目をつけられたりでもしたら、無事では済まない。だからあえて不便な道を行くようだ。

「附道洲の都までは、おおよそ七日だったか」

傍らを歩む比多に問う。

「道や雨の状況にもよりますが、そのくらい考えておいてください。国境までは道も整っているので、四日と半日。それを越えると附道洲で、東林地《とうりんち》と呼ばれる、護領山に沿って広がる森へ入ります。道は細く、起伏もあります。人目は少ないですが、整えられた道を行くより距離を稼げません。そこを南にくだって、二日。そうすれば都、平良《たいら》の真東に近づける。川をひとつ越えてから西に進路を変え、東林地を抜けて、一両日で平良に着けます」

附道洲の都は平良と呼ばれる。

遷府《せんぷ》し新しい都を造った逆封洲とは違い、国主の祖が拓《ひら》いた古い都を護り続けているという。

平良は、海運の便の良い海岸ではなく、龍ノ原に近い内陸に位置している。東を見晴るかせば護領山の青い山並みが見えるそうだ。国主の祖は、八虐《ぎゃく》を犯した罪により追放されても龍ノ原を慕い、護領山が見える地に住んだらしい。

こういった伝説や言い伝え、過去の出来事であれば、龍ノ原でも知られている。

だが日織に必要なのは、附道洲の今の姿を知ることだった。年々変わり続ける政や、年ごとに変わる農事や商《あきない》や、交易。国の実情を知らなければ、国主と対面し、約定を結べと説くことなどできない。

龍ノ原の威光を過信し、相手の姿も知らずに、ただ乗り込めば約定が成ると信じるような甘さは、日織にはない。龍ノ原さえ蹂躙する国主がいるのを、痛みをもって知ったのだから。

(和気が協力してくれたのが幸いだった)

日織は数日前に、夏井を来須居城へ遣わした。逆封洲が知っている附道洲の実情を、教えて欲しいと請うためだった。夏井が持参した日織の文が和気に渡ると、国主の命で、御前衆の狗栖雨屋が夏井と対面した。

雨屋は、細やかに教えてくれたという。

国境を接し、常に隣国の状況に注意を払っている逆封洲は、日織たちの知らない附道洲についての様々なことを知っていた。

附道洲国主は、頭阿治路《とうのあじろ》。二十一歳の若さで国主の座につき、既に二十年。国主の座についてからしばらくは、短慮で粗暴な国主と噂《うわさ》され、実際、幾度も逆封洲の国境を侵した。油断ならない隣国というのが、逆封洲が附道洲に抱く印象だったという。

国境を侵すのみならず、民にも厳しい政を布《し》いていた。国から逃げ出す民が、後を絶たなかったらしい。

しかし人とは変わるのだ。

十年ほど前から附道洲は、無闇《むやみ》に国境を侵すことがなくなり、逆封洲に逃げ込んでくる民もいなくなった。頭阿治路は国主として十年の時を経て、ようやく統治する者に相応しい思慮深さを身につけたのだろう。以前の短慮粗暴が嘘のように、附道洲はひっそりと落ち着いた国になった。今では民が阿治路のことを、時大器《ときのたいき》と尊敬をもって呼ぶという。年を経《ふ》る毎《ごと》に大きくなる器の国主、という意味らしい。

十九になる、頭矢治路《やじろ》という国嗣《くにつぎ》もおり、父の薫陶《くんとう》を受けている。家人たちは「父国主様に似た国主様になるだろう」と口にしているようだ。

「附道洲は、しばらく先も安泰だろう」と、雨屋は話を締めくくったらしい。

（会ってみたい。頭阿治路）

年月をかけ、国を安定させる術《すべ》を身につけた国主に興味がわく。

己が皇尊として未熟だという自覚が強いだけに、短慮粗暴の国主から、時大器と呼ばれるまで評価を変えた国主と、言葉を交わしたい。自分も阿治路のように国を治める指針が、見つかるかもしれない。

（この度は、先触れもできぬ。和気のときのように、首尾良く対面が進むだろうか）

突然の皇尊の臨幸。前例のないことだ。本来であれば身分ある者を先触れに立て、臨幸を望む皇尊の書札を国主に届けた後に、対面するべきなのだ。

時が許せば日織もそうした。実際逆封洲に対しては、そのようにした。

しかし今、龍ノ原から龍が泳ぎだし、八洲《はっしゅう》の雨が降り止まない。殯雨《もがりあめ》と似たものであれば四十日ほどの時間はあるが、そうとも言い切れないのが怖い。一日でも早く、日織は龍ノ原に戻らなければならない。少しも時を無駄にはできない。

先触れを出していては、数日無駄にする。

いたしかたないが、礼を失することで対面には手間取るかもしれない。

低く空が唸《うな》った。

龍かと思い見あげたが、頭を押さえ込もうとするような濃い灰色の雲が、空全体をみっちりと覆《おお》っているだけだった。白く輝く鱗《うろこ》は見えない。

意識して游気《ゆうき》をかいでみたが、白杉《しらすぎ》に似た香りもしない。

感じるのは炭が燃える匂いと、かすかに塩気のある汁物の香り。道の右手、田圃の向こうに、五軒ほどの家が肩を寄せ合うようにしている里《り》があった。中の一軒の煙抜きから、細い煙が出ている。

空の音は遠雷だろう。

視線を地上に戻した瞬間だった。胸の奥から不意に、気持ち悪さがせりあがった。あまりに突然のことで、日織は思わず手綱から片手を離し、口を押さえた。むかつきがたまらなくなり前屈《まえかが》みになる。

「如何《いかが》しました!?」

後ろにいた夏井が異変を察し、声をあげた。

日織の馬の傍らを歩いていた比多は、すぐさま轡を握り、馬を宥めた。夏井は手綱を引いて馬の歩みを止め、背から飛び降り駆け寄ってきた。鳥手たちも馳《は》せ寄る。先を行く真尾も馬木も馬の足を止めふり返り、顔色を変えた。

「……おろして……」

手で口を押さえつつ、日織はなんとかそれだけ言えた。腹の奥からどんどんなにかがあがってきて、胸を圧し、今にも吐きそうだ。

斜めに傾いだ日織の体に、夏井の手がまわされた。比多も手を出す。

夏井と比多の手で、滑り落ちるように鞍《くら》からおろされたが、支えてくれる二人の腕を振り払い、馬の足もとから少し離れて膝《ひざ》をつく。轍に溜まった泥水が、たちまち袴《はかまし》に染みこむ。

「濡れます。早くお立ちに」

焦った夏井が日織の腕を摑むが、そのまま、日織は轍の泥水の中に嘔吐《おうと》した。気持ち悪さが次々とせりあがってきた。

夏井は摑んでいた腕を放すと、背後から日織の肩を抱き、背を撫でる。夏井の袴もあっという間に泥だらけだ。このままでは衣も、日織が汚してしまう。

「夏井、離れてくれ……」

再び嘔吐し、続きは言えなかった。

「お休み頂ける場所を探せ！」

馬木が命じる声が聞こえる。

目の奥が熱く、視界が揺らぐ。気持ち悪さはあるが、二度の嘔吐で吐き気はおさまった。大きく口で息をして、不快さを散らす。

「立てますか？　せめて木立の下に」

背をさすりながら夏井が指さしたのは、田圃の畦《あぜ》に、境の印として植えられたらしい槙《まき》だった。常緑なので葉は青々していたが、葉の形が細いために雨宿りには適さないまばらさ。それでも泥の中にいるより、ましだろう。

夏井と比多の手を借り立ち上がったときには、随分楽になっていた。

「すまない二人とも。一人で立てる」

泥に汚れた自分と夏井の袴、さらに皮衣にまで散った吐《と》瀉物《しゃぶつ》。ひどい有様に吾ながら呆然《ぼうぜん》とした。

（……どうしたというのだ）

これほど唐突な体の異変は、体験したことがない。体の不調というものは、じわじわと現れる。おかしい、妙だと思っているうちに、悪くなる。

しかし今、日織の身に起こった異変は、病の経過をすっ飛ばしたかのようだった。

原因に心当たりもないので、気持ちの悪さが引いた安堵《あんど》より、体への不安が強かった。

（なぜこのような異変が）

異変という言葉が頭に浮かぶと、理屈を考えつく前に、何かがぞっと背筋を走った。悪寒《おかん》に引きずり出されるように、一つのことが思い出される。

自分の体でありながら、まるで自分のものではないような唐突な異変を、最近感じたことがあった――と。

反封洲へ向かう船旅の途中だ。

船酔いで苦しみ、漂着の津と呼ばれる小さな港で休んでいた日織は、鬼に襲われた。そのときに全身が熱を発する異変を体験した。

入道《にゅうどう》し、皇尊となった日織の体には、自覚できなくとも何らかの変化があるらしい。漂着の津では鬼を前にして、身内から噴き出る熱となった。神を侮《あなど》る鬼を圧するように、熱は発せられた。

（なら、今は？）

二つの約定を成して他国に戦を唆すために、それが罪深いことだと理解しながら、日織は旅立ったのだ。さらに龍が八洲へ泳ぎ出て、雨を降らせ続ける異変が起こっていると知りながら、すぐさま龍ノ原に戻ろうとはしていない。

体の奥から噴きあがった不快感は、なにを意味しているのか。

（地龍《ちりゅう》の怒り……？）

二度目の悪寒を覚える。

来須居を立ってから五日目に、日織たち一行は国境を越え、附道洲に足を踏み入れた。ゆるく弧を描きながら北から南へと連なる護領山にそって、東林地は広がっている。名の通り、雑木で被われた手つかずの森だ。あまりにも広範囲なために森とは呼ばれず、一帯は東林地と呼称されているらしい。

温檜葉のような、利用価値のある木は少ない。幹が容易に傾いだり曲がったりする広葉樹の雑木と、それらの足もとをうめる熊笹《くまざさ》、雪笹の群れ。これと定めた木に巻きついて被い、ゆっくりと絞め殺していく蔓《つる》。積み重なった腐葉土のために、柔らかな足もと。強い湿気。

東林地には、獣道のような細い道が幾筋も通っていた。馬がかろうじて通れる道幅だったが、さほど険しい上り下りはない。しかしゆるやかな起伏がくり返され、じわじわと人と馬の体力を削《そ》ぐ意地悪さがあった。

東林地を北から南へ貫く道のひとつを、ひたすら辿《たど》った。

夜は鳥手《とりて》たちが下草を鉈《なた》で払い空地を作り、木々の間に革布を斜めにかけて雨よけにした。下に寝床用の皮衣を敷き横になり、焚火《たきび》も熾《おこ》した。

日織の体調はすぐれない。

逆封洲の国境を越える前もさほど良くはなかったが、まだましだった。

雨が腐葉土に染みこみ、東林地の中は枯れ葉の腐食臭に満ちている。たまらなく苦痛だった。今まで特に不快だと思ったこともない香りが、日織を苦しめる。

馬に乗っていても常に気分が悪く、思考が鈍く、目眩《めまい》に似たものに時々襲われる。何度もこみあげる気持ち悪さには極力耐えたが、小休止の度に吐いた。

食事もろくに喉《のど》を通らない。常に体は熱っぽかった。

己の体は神の怒りに触れているのか。だとしても日織は、動かし始めた計を諦《あきら》めることはできない。龍ノ原を取り戻す方法は他にない。

東林地に入って二日目の夜。

鳥手が準備した乾飯《ほしいい》の粥《かゆ》を一口すすったが、それ以上は吐き気がして食べられなかった。白湯《さゆ》だけ飲み、革布を打つ雨音を聞きながら横になって目を閉じる。

様々なことが脈絡なく頭に浮かぶ。集中して考えを巡らせることができない。

皮衣を敷いても、地面からくる冷えがきつい。

道中、菅笠や皮衣で雨を避けているとはいえ、水はじんわりと大衣や袴に染みこむ。それらをろくに乾かすこともできず、旅に出てから体は冷えたまま。手先足先の芯が冷えかたまり、凍った内側から腐りそうな気がする。加えて、不意に襲われる震えと、気持ちの悪さ。

目を閉じていても眠気は来ない。

「皇尊《すめらみこと》」

呼ばれて目を開けると、夏井と真尾がこちらを覗《のぞ》き込んでいた。彼らの背後で燃える焚火は湿気で思うようには燃えず、小さく不安定だ。二人の輪郭は橙色《だいだいいろ》にくっきり夜闇に浮いていたが、そのぶん顔は暗く表情がよく見えない。

「来須居《くるすい》に引き返すおつもりはありませんか？」

すかすような優しい声音で、夏井が切り出す。

「あまりにも体調がお悪い。今、真尾殿とも話をしておりました。一旦《いったん》戻り、体を整えられては如何でしょう。八洲に異変がある今、猶予《ゆうよ》がないと焦っておられるのはわかります。しかし」

「いや、行く」

それ以上言っても無駄と知らせるために、あえて遮った。

「しかしこのままでは、お体がもたない」

薪《まき》の爆《は》ぜる音がした。湿った薪から立ちのぼる濃い煙が流れてきて、胸がむかつく。

「仮に今、来須居に引き返し命を永らえようとしても、央大地の異変が取り返しのつかない状態になれば、自ら命を絶って異変を止めるしかない。結局わたしは、わたしの計を成す以外に生き延びる道がない。体がもたなければ、そういう定めだったと諦めるしかない」

肘《ひじ》を支えにし、日織は上半身を浮かす。

「だから、わたしは行く」

「お連れします」

不意に比多の声がする。いつの間にか、夏井と真尾の後ろに彼女の姿があった。

「わたしは空露様から、皇尊を頼むと言われています。頼まれたからには皇尊の命に従い、お望みの場所にお連れします」

静かに、まるで当たり前のことに答えるように言い切った。

「しかし、比多。皇尊のご様子が」

駄々っ子がもう一人現れたとばかりに、夏井が情けない顔をする。

「皇尊のご様子がどうであれ、わたしの仕事は、皇尊の望みに沿うこと」

たとえ危うくとも、日織が望むなら叶《かな》えるまで。余計な考えは、もたない。比多のそんな在り方は、枝葉がなく真っ直ぐだ。

今の日織にとっては、それが心強く頼もしい。

「わたしは、行く。比多が連れて行ってくれる」

視線を交わすと、比多が「はい」と応じる。

夏井と真尾は顔を見合わせた。角度を変えたために、二人の表情が見える。夏井はひどく心配そうだが、真尾が諭すような冷静な目で夏井を見返す。

しばし夏井は逡巡《しゅんじゅん》したが、諦めたように小さく息を吐き、日織の肩と背に手をかける。

「ご決心は、よくわかりました。横になってください」

優しい手に促され、再び上半身を倒すと、比多は用が済んだとばかりに踵《きびす》を返す。

「ありがとう、比多」

声をかけたが、彼女はちらっとふり返っただけだった。当たり前のことだと言いたげな顔だ。

（本当に……良い女だ）

たったあれだけの会話で疲労を覚え、日織は目を閉じる。

夏井と真尾が、引き返す提案をしたのは当然だ。日織自身ですら、己の身がもたない気がする。誰の目から見ても、日織の体調の変化は異常だった。

「真尾」

二人が立ちあがる気配がしたので、呼び止める。

「はい」

「地龍と皇尊は、つながっているのだろう？」

「おそらくは」

「では、わたしの身の異変は地龍の怒りによるものか？」

真尾は祈社《きしゃ》の神職をまとめる長《おさ》であり、地龍を鎮《しず》める様々な儀式をおこなう皇尊を助ける最高位の神職であり、かつまた神話を読み解き学ぶ学者でもある。その彼に訊《き》きたかった。

「わかりません。龍と縁《えにし》を成した皇尊が、神の怒りをかった例《ため》しなど神代《かみよ》からありません。わかる者があるとするならば、龍と縁を成した皇尊御自身のみのはず。御自身がおわかりにならないのであれば、わたしにもわかりません」

しばらくの沈黙の後、真尾はそう答えた。

「確かにそうだな」

日織は小さく笑った。息苦しさを宥《なだ》めるように、浅く息を繰り返す。

自分でも口にしたように、どれほど神の怒りが自身の体を蝕《むしば》もうが、進む以外に道はない。神の怒りが頂点に達し、日織の体が潰《つぶ》れる前に、目的を果たして龍ノ原《たつのはら》に戻れば、日織は勝負に勝てる。

（勝負？）

浮かんだ言葉が皮肉すぎる。縁を成したはずの神と、今は度胸比べの勝負をしているようなものなのかもしれない。

最初は神を欺《あざむ》こうとし、今度は神に勝負を挑もうとしている。

神代より今に至るまで、日織は歴代最も不遜《ふそん》な皇尊なのかもしれない。

畏れが軀《からだ》を絞る。

神は、央大地の成り立ちまで仕組んでいる。日織に与えられている役回りも運命も、神が仕組んだことなのかもしれない。

（抗《あらが》わず流されれば、神の御心《みこころ》に適《かな》うのか？）

そうなのかもしれない。

神は、人が従順であることを望んでいるのかもしれない。

しかし日織は、神が仕組んだものの中で抗いたいのだ。無駄かもしれないが、あがきたい。それが神と勝負するということ。

皇尊は、地龍にとっては神代からたった一人なのだと言われる。治央尊《おさのひさしのみこと》の血を継ぐ者が皇尊を継承していても、地龍にとっては一筋の血脈に過ぎず、個々歴代ごとに人の思いがあるなどとは気づいてもいない。

地龍にとって日織は、血脈の流れの一部に過ぎず、個として認識すらされないのだ。

神にひとつの命として認められておらずとも、ただの流れの一部として眺められているだけでも、日織には思いがある。意思がある。望みがある。

何かに縋りたいような弱気が、ふと胸にさす。

(わたしと縁を成した龍は、八洲のどこにいるのだろうか。あの龍ならばことによると、今のわたしになにか道しるべを……)

いや、と自分の中の冷静な部分が、甘い考えを否定する。

龍ノ原で日織が惑い間違えそうになった時ですら、龍は姿も見せなかったし、わずかな忠告すらしてはくれなかった。

龍は地龍の一部。地龍の和魂《にぎみたま》が形になり地上に泳ぎだし、それが千々に別れてあるのだ。根本は地龍と同じ。

龍も地龍と同様に、日織をひとつの命としてではなく、皇尊の流れの一部としか感じていないはずだ。

だからひとつの命としての人の都合や願いで、なにかをしてくれるわけはない。

それどころか今、龍は、龍ノ原にあるはずの流れの一部である皇尊を見失い、不安なのだ。不安がる相手に向かって、助けてくれもないだろう。

神は日織を追い詰めようと、意地悪をしているのではない。時に助けともなる力を示してくれる。だがそれは神の理によってふるわれる力であって、人のためにふるわれる力ではない。人に都合が良いだけの、人知を超えた力はない。だから日織は人知を超えた力と勝負を続け、勝つしかない。

(折れるな。潰れるな)

己の心と体に、囁く。

（わたしは龍ノ原を取り戻す。そして再び、悠花に会うのだから）


来須居を出発したときに比べ、日織の手首は一回り細くなった。

翌日、東林地を東から西へ流れ下る川が目の前に現れた。

附道洲《ふのどうしゅう》には国を三分する、阿川《あがわ》、奈川《ながわ》という二つの川がある。一行の目の前に立ちはだかったのは、阿川。源流近くらしく、さほどの幅はなかったが、左右の岸に大岩が多いので馬を渡らせるのは苦労した。しかし越えれば附道洲の都、平良には、一両日中に到着できる。そのことに励まされて流れを渡った。

阿川を渡ると、一行は進路を西に変えて流れに沿って進んだ。

半日で東林地を抜けると、田畑が目につくようになり里郷《りごう》が現れた。同じ雨空の下であっても、人の営みがある地は明るい気がする。視界が開けているからだろう。

日織は馬上で手綱を握り続けていたが、馬を御する体力はつきかけていた。察した比多が、昨日から轡《くつわ》をとってくれた。

日織は俯《うつむ》いて体の力を抜き、せめて鞍にまたがり続けようと努力した。

西へ進路をとって東林地を出た翌日。小雨だった。景色に細かな引っ掻《か》き傷をつけるかのように、降り続いている。

「もうすぐですよ、ご覧ください。平良です」

励ます比多の声に、日織は視線をあげた。

三

路《みち》の左右に掘立柱《ほったてばしら》の建物が、ぽつりぽつりと建っていた。ぬかるみには幅の狭い轍が幾筋もあり、頻繁な荷車の往来をうかがわせる。菅笠を被った者たちが籠《かご》を背負い、あるいは馬を引き、日織たち一行の前を足早に歩いていた。

日織たちは、平良の東側から都に入ったようだった。

正面である西には、二つの峰が連なるなだらかな丘。中腹、密集する杉の合間に、城らしき殿舎《でんしゃ》の檜皮《ひわだ》屋根が見えた。

平良城だ。

平良城のある丘の麓《ふもと》から滲《にじ》み出て広がったかのように、建物が建ち並び、路ができて、都が広がっている。

（着いた……ようやく）

ここまで辿り着けただけで、全身の力が抜ける安堵を覚えた。

今一度、正面にある平良城へぼんやり視線を向けると、ふと懐《なつ》かしさを覚え、気の抜けた一言をぽつりと口にした。

「龍稜《りゅうりょう》を思い出す」

巨大な一つの岩である龍稜と目の前にある丘では、高さも幅も、木々の種類も生え方も違う。しかし斜面の中程を削り、そこに殿舎が連なる造りが似ていた。

「龍稜を真似たと言われているそうですから」

馬の足を速め、夏井が日織の隣に並ぶ。

「丘の中腹を段々に拓いて殿舎を配置したのは、龍稜に倣《なら》ったとか。古い都なので、神代からの言い伝えが残っています。平良城が東面しているのも、護領山《ごりょうさん》を正面に拝するためだそうですよ」

夏井の指先を追って東をふり返ると、薄灰色にけぶる護領山の影があった。

(静かで、落ち着いている)

路を進んでいくと、建物は軒が触れ合うほどに密集している。

酒を飲ませる舗《みせ》や、飯を食わせる舗。あるいは品物を売り買いする舗は、路幅の広い通りに集まっていた。出入りする人々の口調が、今まで訪ねた八洲のどこよりも、おっとりとしている。龍ノ原の民を思い出させた。

「附道洲の者は、龍ノ原の者たちと似ているのか?」

「附道洲には阿北郡《あほくぐん》、阿南郡《あなんぐん》、奈見郡《なみぐん》の三郡がありますが、こんなしゃべり方をするのは阿南郡の者たちだけです。ことに平良は、龍ノ原の者と話しぶりが近いですね」

仕事がら、比多は様々な洲を行き来しているので、それぞれの民の暮らしをよく知っている。こういった知識は、民に立ち交じって生きてみなければ得られない。

逆封洲《さかのほうしゅう》の国府《こくふ》――俗に都と呼ばれる来須居は、全《すべ》てが新しく、広々と整然とした、活気のある商の都といった様子だった。

反封洲《たんのほうしゅう》の都、大蓋《おおがい》は、戦《いくさ》に備えて身構えているようだった。

附道洲の都である平良は、先のどちらの都とも趣を異にする。自然に寄り集まってできた里が、ゆっくりと広がり、里の素朴さと安らぎを保ったまま大きくなって郷《ごう》になり、都になった。そんな感じがした。

軍士の姿はちらほらあるが、民の暮らしを守るために配置されているだけなのだろう。彼らは簡単な革の胸当だけをつけ、二人一組で歩き、都の民たちと気軽に言葉を交わしている。平良は、阿川と奈川という二つの川にはさまれた阿南郡にある。隣接の国々と国境を接していないし、川という天然の防壁があるゆえに、隣国の敵から都を護《まも》り固める必要性がない。

落ち着いた国。

平良の様子から受けた附道洲の印象は、それだった。

八洲のうちの三国をこうして訪れてみれば、龍ノ原を中心にした五つの国は、気候も安定して人が暮らしやすいのだろうと思えた。

比べて北の、有間が国主《こくしゅ》である反封洲を含む三国は、気候が厳しいために争いが激しいというのがうっすらと感じられた。都の様子からして反封洲は異質だった。

「あれは、護領衆《ごりょうしゅう》」

ひそやかな声が聞こえた。

酒舗《さけみせ》の軒下にある丸太に腰掛けた連中が、真尾を視線で追っている。

正面から来た中年女は、包みを抱えてせかせかと焦る様子だったが、日織たち一行を避けようと路の傍らに寄りつつ真尾に目をとめたらしい。驚いたように立ち止まる。

「護領衆だ」

囁《ささや》きが、また何処かから聞こえる。声に含まれるのは敬意と、畏れに近いもの。

真尾も視線には気づいているだろうが、顔の筋ひとつ動かさない。

「護領衆が珍しいのですかね？」

人々の反応を妙に感じたらしい夏井に、比多が苦笑する。

「確かに珍しいですが。珍しいだけじゃ、ありません。畏れているんですよ、護領衆を」

穏やかさを旨《むね》とする神職を畏れる理由が、日織にはわからない。

「なぜだ？　附道洲にも八社《はっしゃ》はあるし、社《やしろ》を預かる護領衆の従氏《じゅうし》もいるだろう。なにが珍しくて、なにが怖い」

「八社を預かる従氏は護領衆といえど、八洲の者です。八洲の民は、龍ノ原の護領衆以外は、本当の意味で護領衆だとは思っていません。附道洲の民、ことに平良のような古い都の民たちは、龍ノ原の護領衆を畏れているんです。さらに言うなら、護領衆以上に皇尊を最も畏れるでしょうがね。八洲の民は程度の差はあれ、護領衆や皇尊を畏れます。平良の民は、それが強いということです。誰しも、後ろ暗いことの、ひとつふたつはありますから」

夏井はぴんときたようだ。「そうか」と、何度か瞬《まばた》きした。

「畏れられるのは、治央尊が八虐を定めて罪を問うたからか。八洲にはあまたの神が在《いま》すが、それらの神々は人の罪を問わないと聞いたことがある。央大地で人の罪を問うのが、地龍信仰のみだから」

龍ノ原の民にとって罪を罰する神は、傍らにあるがごとき身近さ。

しかし八洲の民にとっては、罪を罰する神は護領山の内側、龍ノ原に在すものと認識されている。心の距離は遠い。

龍ノ原から護領衆がやってくれば、神の遣いがやってきたような感覚になるのだろう。

自分にはなにひとつ罪はなく、体の隅々まで清廉《せいれん》だと胸を張れる者など、ほとんどいない。だから、怖い。そういうことだ。

皇尊となれば、地龍に最も近いところにある者だ。護領衆より、遥《はる》かに怖いと思われて当然かもしれない。

道行く者たちは、見咎《みとが》められるのを畏れつつ、畏れるからこそ見ずにはおられないのか、ちらちらと横目で真尾に視線を向けている。

そんな中で、畏れるよりも好奇心いっぱいの目でこちらを見つめる者があった。

八つ、九つほどの男の子だった。大人のものを借りてきたのか、肩から膝上までもっさりと身の丈に合わない大きな簑が包んでいるが、そこから下は痩《や》せて黒ずんだ脛《すね》が顕《あら》わになっており寒そうだった。

痩せてはいたが、日焼けして健康そうな子どもで、すばしっこそうな体つきと目をしている。大人たちとは違い、少年の目は真っ直ぐ真尾に向けられ、姿を追っていた。

「あの子には、護領衆を畏れるほどの後ろ暗いところがないみたいですね」

ただ珍しそうな顔をして真尾を見つめている子どもに気づいて、夏井が微笑する。

「幸せな子なのだろうな」

微笑《ほほえ》ましくなり、日織の口元もゆるんだ。

あのくらいの年頃のとき、日織は幼いながら、神を憎いと感じる自分は悪い子だと思っていた。子どもでも善悪の判断はつく。子どもだから罪を知らない、とは言えない。

（あの子は良い親に育てられて、幸福で、罪を知らず真っ直ぐに成長しているのだろう）

物怖《ものお》じしない瞳《ひとみ》が好ましかった。すると慌《あわ》てて子どもの背後に駆け寄ってきた男が、子どもの手を引く。

「これ、これ！　そんなに見るな」

「とと。なんでそんな顔するんだ？」

「おまえも知ってるだろう。地大神《ちのおおかみ》は人が悪いことをしたら、罰をくだすんだぞ」

子どもは呆《あき》れたように、父親らしき男を見あげる。

「怖がりだなぁ、とと」

日織たちが通り過ぎる間に交わされた会話が、耳に入る。

都人の視線を感じつつ、比多の案内で、平良にある八社に向かった。

八社は、平良城が位置する場所から北、峰繋《つな》がりの丘の、平良城とほぼ並ぶ高さにあった。同じように斜面を拓いた造り。

麓から続くなだらかな道の左右は、深い杉の森。のぼっていくと、檜皮葺きの一層の門が待ち構えていた。

「まるで祈社ではないか……」

先頭を行く真尾が、呆れたように檜皮葺きの門を見あげる。

八社の造りは、祈社に倣ったのがあきらかだった。

真尾の表情が複雑なのは、八社という、科人《とがにん》たちの末が作った社が、最も格式の高い祈社を真似ているのが面白くないのだろう。逆封洲の八社のように、似せようとしてもしきれない可愛《かわい》げがなく、祈社によく似ており、しかも歴史が古いだけに、祈社とは比べものにならないとはいえ威厳もあるからだ。

一行が門前に到着すると、黒の衣を身につけた従丁《じゅうてい》たちが五人ほど飛び出してきた。手に手に、棒を持っている。

先頭の馬木は馬を下り、従丁たちを遮るように前に出た。

「止まれ！　何者だ！　ここを附道洲八社と知って……っ」

四十がらみの従丁が先頭で棒を構え、馬木に突きつけて鋭く誰何《すいか》した。しかし彼の視線は馬木の背後、馬上の真尾に引き寄せられ、言葉が途切れる。

真尾は無表情に従丁を見おろしていた。かけらも感情を表さない顔と、微塵《みじん》の動揺もない態度。黒い衣と切り揃《そろ》えた髪。彼が護領衆なのは明白で、全身から発する威厳は、ただ者ではないと従丁が察するには充分だったろう。

従丁は真尾を見あげ、構えていた棒の先が自然にさがる。

「……どなた様、でしょうか」

遠慮と怯《おび》えを滲ませ、弱々しく従丁が問う。真尾が口を開く。

「附道洲八社を預かる従氏は、合歓《ねむ》であったと記憶している。鹿角音《かづぬね》の祇従《ぎじゅう》、小峰《こみね》もいるはず。どちらかをこちらに呼べ。小峰ならば、より都合が良い。わたしの顔を知っているはずだ。わたしは祈社の大祇《おおぎ》、真尾」

息を呑《の》み、従丁たちが飛び退《さが》った。まるで太刀を突きつけられているかのように、顔色が白い。

追い打ちをかけるように、真尾は続けた。

「後ろにおわすのは龍ノ原の皇尊。附道洲八社に、皇尊臨幸である。道を空けよ」

地龍を祀《まつ》る静かであるべき八社が、突然混乱し、乱れ、大騒ぎになった。

門前でわずかに足止めをされたが、その後はすんなりと、日織は八社の最奥《さいおう》にある客殿に通された。

附道洲の八社には、十五年前鹿角音として遣わされた、小峰という祇従がいた。彼が、かつては真尾と親しい間柄だったのが幸いだった。

客殿に入るや夏井と真尾は、乾いた衣に着替えてすぐに御床《ごしょう》に横になれと、日織に勧めた。体調の悪さを見かねたのだろう。

しかし日織は彼らを口説いて硯《すずり》と筆を用意させ、一通の書札《しょさつ》を作った。附道洲国主、頭阿治路にあてたもので、「国主たるあなたに大切な話がある。附道洲の先行きにかかわる大事だ。早急に会いたい」と、したためた。

今から国庁《こくちょう》へ出向き、頭阿治路の手にこの書札が渡るようにせよと真尾に命じた。

今日を入れて、九日の長旅だった。真尾は泣きごとなど口にしなかったが、龍ノ原から出たことのない神職の長にとって、旅は楽ではなかっただろう。彼も疲れているはずで、八社に到着してすぐ、休む間もなく国庁へ行けと命じるのは心苦しかった。

だが日織は気が急《せ》いていた。

央大地を巻き込む大異変が起こるまで、もう四十日を切っていた。

皇尊の焦《あせ》りを理解しているらしく、真尾は文句一つ口にせず、書札をたずさえて出て行った。彼を見送ると目眩がし、日織は倒れるように御床《ごしょう》に横になった。

そこに草風《そうふう》と名乗る老婆《ろうば》がやってきた。

彼女は、真尾と夏井の求めに応じ、八社を預かる従氏の合歓が手配したらしい。癒師《いし》だという。

龍ノ原や八洲には薬師《くすし》と産婆がいる。様々な薬草を混ぜ合わせ、病に効く薬を作るのが薬師で、お産で子をとりあげるのが産婆。

癒師は、薬師と産婆を兼ね、附孝洲《ふのこうしゅう》が発祥らしい。そのため癒師がいるのは附孝洲と附道洲、附敬洲《ふのけいしゅう》三国のみだという。

「お悪いところは、ないように思います」

御床に横たわった日織の傍らで、背を曲げてちんまりと座った草風は、一通り体を調べてからそう口にした。

生成り木綿の清潔な大衣《おおきぬ》と袴を身につけた草風は、灰をまぶしたような髪をきっちり結い上げ、広い額を見せている。彼女は握っていた日織の手首を、丁寧に胸の上に戻す。

「お悪いところがない？」

草風の背後から、心配そうに覗き込んでいた夏井が眉《まゆ》をひそめた。

「逆封洲からこちらへの旅の間、ずっと体調を崩しておられた。食事もろくに喉を通らず、随分と痩せてしまわれたのだけれど」

「お体に触れました。確かにお痩せです。こういった場合、体の中に悪いできものがあったりしますが、触れた限りは見つけられません。臓腑《ぞうふ》が腫《は》れてもいない。脈も遅からず、速からず。お熱もない」

杉で造られた殿舎は、青々した香りが満ちている。白杉ほどかぐわしくはないが、吸い込めば胸の内側が洗われるようで、体調の異変があってからこっち、一番気分がましだった。

（やはりな）

悪いところはないという草風の言葉に、日織は軽く目を閉じた。

異変は、ただの病ではない。

「御体が弱っているようなので、力をつける薬をお届けしましょう」

「でも、それだけで良いのかな」

不安そうに夏井は食い下がるが、草風はすげなく立ちあがる。

「それしかできませぬ故《ゆえ》に」

「力をつける薬でも、もらえればありがたい。礼を言う、草風とやら」

日織が声をかけると、皺《しわ》に埋もれる細い目で、草風はしばしこちらを見つめる。日織が何者か、彼女には知らされていない。しかし物腰から、日織がただ者ではないと察してはいるらしく、「必要なときには、またお呼びください」と丁寧に頭をさげ、出て行った。

客殿は広々していた。巡らされた簀子縁《すのこえん》の幅も広く、階《きざはし》は七段ある。母屋《もや》は中央の梁《はり》から五色の布が垂らされ、半ばで前後にわけられていた。日織が横になっている御床は五色布の奥にあり、さらに周囲をゆったりと几帳《きちょう》で区切ってある。

日は沈みきっていなかったが、母屋の奥は薄暗い。御床の足もとにひとつ、結《むす》び燈台《とうだい》がともされている。

御床の傍らに腰を下ろした夏井が、日織を覗き込む。

「ご気分は？」

「良い、随分」

「確かにお顔の色が、ここ数日よりましです」

夏井が表情を改める。

「皇尊。御自身の不調の原因が、地龍の怒りにあるとお考えなのですね」

「他に思い当たる節があるか？」

「慣れない旅が続いていています。そこまで思い詰められないほうが」

「反封洲へ向かう道中で一度、自分の体の内側に、自分のものではないような異変を覚えたことがある」

薄暗い梁を見あげながら、淡々と口にした。

「身内に異様な熱を感じたのだ。あれは……入道した後に感じた熱に似ていた。鬼を退ける神威と呼べるものだった。わたしの体は地龍と繋がっている。神威が身内からあふれるのであれば、同じく神の怒りも、あふれて当然かもしれない」

夏井の表情が険しくなる。

「神はそれほどに皇尊にお怒りと？」

望んで日織は龍ノ原を出たのではない。今も龍ノ原を取り戻すために、八洲にいる。

それを神が怒るのは不条理と、夏井は感じたのだろう。

日織も同じように感じるが、神とは、そのようなもの。泣いても喚《わめ》いてもしかたない。

そのとき。

「皇尊。国庁より戻りました、真尾です」

五色布の向こう、枢戸《くるるど》の方から声がした。

背後の几帳の方へ夏井はふり返り、日織は肘をついて上体を起こす。

「真尾。こちらに参れ」

日織の肩に夏井が衣を着せかけると、几帳の絹をあげ、真尾が入ってきた。御床の前に端座して叩頭《こうとう》する。

「国庁に参り、皇尊の書札を平良城に届けさせました。それに対しすぐに、平良城より、御前衆の三人が参りました。国主、頭阿治路の返事を持参しており、皇尊に直接書札をお渡ししたいとのこと。八社に連れて参りました。正殿《せいでん》に待たせております」

「御前衆が返事をか⁉」

予想を上回る早さに声が弾んだ。

「急なことですが、いかがなさいますか」

「無論、会う。夏井、支度を頼む」

八社に入り気分が随分良くなっていることもあり、急に気持ちが晴れる。

(御前衆が来たか！　これほど順調に事が運ぶとは)

御前衆とは八洲のどの国にも置かれている、国主の相談役なのだと、日織は龍ノ原を出て初めて知った。龍ノ原でいうところの、太政大臣《おおまつりのおとど》の役わりのようだ。

太政大臣と違い、御前衆は先代の国主が選び任じるという。家人《けにん》のうちでも長年仕えてきた実績があり、国主と家人たちの信頼厚い者が選ばれる。現国主は任を解けないため、家中では唯一《ゆいいつ》国主に意見できる者たちだという。

そのような重臣が、直々に返事を持ってやってきたのだ。

期待は大きくなる。

御床から降りると、夏井が手早く揃えた衣を身につけた。

真尾に導かれ、背後には夏井を従え、日織は回廊を正殿へと向かう。回廊の軒端《のきば》からは雨垂れが激しく落ち、ともすれば内側に吹き込む。空模様が少し荒れてきた。

正殿に続く回廊に、八社の従氏合歓と、鹿角音の小峰が控えている。

合歓は日織とたいして年は違わない、若い男だった。小峰は真尾と同年代。彼らは礼をとり、日織たちを無言《こうべ》で送る。通り過ぎざま日織が「世話になる」と一言告げると、神職二人は一層深く頭を垂れた。

正殿の簀子縁には、馬木と鳥手たちが控えている。

西側にある枢戸から、真尾が先に正殿へ踏み込む。

「皇尊臨幸である」

中から聞こえた真尾の声に促され、日織は敷居をまたいだ。

二章　国主《こくしゅ》　頭阿治路《とうのあじろ》

一

最奥《さいおう》には白木の祭壇が据えられているが、左右の端に杉の枝が飾られているのみ。祈るための形代《かたしろ》はない。大地そのものである地龍《ちりゅう》を形代にすることなどできぬゆえ、祈りは大地に捧げられるからだ。

祭壇に対するように三人の兵《つわもの》が叩頭《こうとう》していた。附道洲《ふのどうしゅう》の御前衆《おんまえのしゅう》だ。日織《ひおり》は祭壇前に立つ。真尾《まなお》と夏井《なつい》は、それぞれ日織の斜め背後の左右に控える。

「顔をあげよ」

真尾が命じると、御前衆の三人が顔をあげた。

「附道洲の御前衆、三人です。中央におりますのが、曽地常磐《そじのときわ》」

真尾が目線で示すのは、三人の真ん中。すこしだらしなくも見える無精髭《ぶしょうひげ》を生やした五十がらみの男だった。髻《もとどり》の結い方も雑だ。大衣《おおきぬ》も色褪《いろあ》せて、皺《しわ》が多く、見苦しい。太い眉《まゆ》と大きな目。表情にはあけすけな明るさのようなものが滲《にじ》んでいる。

　次に真尾の視線は、やや左へ移った。

「左隣が、多々播無良《たたはりのむら》」

　常磐と大差のない年齢に見えるが、頭髪がほとんどなく、かわりにもみあげから頬、顎《あご》にわたって濃い髭のある男だった。大衣の上に革の胸当をつけている。肩幅が広く、首も太く、四角張った厳《いか》つい顔。細い目の中で光る瞳《ひとみ》は驚くほど鋭い。手指は太く短く、ごつごつしていた。

「右隣は、幾鳴三居《いくなりのみつい》」

　最後に真尾の視線がとらえたのは、こちらも五十代だろう、温和そうなふっくらとした女だった。白髪混じりの髪を、頭頂部にきっちりまとめており、黒に近い深い藍色《あいいろ》の大衣を身につけていた。大衣の袖《そで》と裾《すそ》の端に、菊花の模様を染めてあるのが女性らしいところ。地味な身なりだが、薄く化粧はしている。他の二人と同様に傍らに太刀を置いているので、女ながらに兵なのだろう。女の御前衆というのは八洲《はっしゅう》でも珍しいはずだった。

　反封洲《たんのほうしゅう》の兵は、腰に毛皮をさげて大衣は片肌を脱いで身につけ、髪を結わない。将や軍士に近い性格があると、身なりからもわかる。

吏に近い。
逆封洲《さかのほうしゅう》の兵はきっちりと大衣は身につけ、髻を結って頭に小さな冠をつけており、官
附道洲の兵は、大衣は身につけているが着崩しは自由なようだ。衣装に対して厳しい
律がないのだろう。里郷《りごう》の者が兵のように装《よそお》ったと言われても、納得できそうだった。
「国主、頭阿治路からの書札《しょさつ》を預かってきたと聞いた」
日織が口を開くと、曽地常磐が懐《ふところ》から書札を取り出して両手で捧げ、高めの擦《かす》れ声で
応じた。
「国主より、皇尊《すめらみこと》への返事にございます」
夏井が進み出て書札を受け取り、日織に手渡す。
頭阿治路が御前衆を三人遣わし、こうしてすぐに返事が来たとなれば、早ければ明日
にでも対面できるかもしれない。期待が高まる。
(わたしは、神との勝負に勝つための一歩を、これほど早くに踏み出せる)
書札は、滑らかで上質な漉《す》きの紙だ。感触を頼もしく感じながら開く。
しかし、書かれていたのは、たった一行。それを読み愕然《がくぜん》とした。
「……なんだと?」
吾《われ》知らず声が出た。
そのまま、しばし動けなかった。

屋根を打つ雨音が、不意に強くなり高く響く。

「如何《いかが》されました？」

不審げに問う真尾に応じられず、日織は書札を手にしたまま、正面に座る三人の御前衆を見据えた。三人はこちらを真《ま》っ直《す》ぐ見つめている。畏《おそ》れている様子も、悪びれている様子もない。三人ともに感情の読めない瞳だった。

「どういうことだ、これは」

日織の問いに、御前衆たちは叩頭した。

「国主の意向でございます」

曽地常磐が答える。代表して応じているので、彼が御前衆の筆頭なのだろう。

夏井が気遣わしげに、こちらを見ている。

「如何されました。返事には、なんと」

重ねて真尾が問うので、日織はようやく書札を掲げて見せた。真尾は一読するなり、目を見開く。彼には珍しく驚きが表情に出た。夏井も書札を覗《のぞ》き込むと、「え？」と小さく声を出す。

余白ばかりの書札にたった一行、こう書かれていた。

『臨幸賜り恭悦ではあれど、科人《とがにん》の末たる吾《わ》が身は皇尊に拝謁《はいえつ》するあたわず』

自らは科人の末であるから会えないと、へりくだってはいるが——附道洲国主、頭阿治路は、皇尊との対面を拒絶したのだ。

「まさか」

真尾が呟《つぶや》く。

（附道洲国主を、容易に説き伏せられるとは思っていなかった。そのように甘くないだろうと、覚悟はしていた。しかし……これは……説き伏せる以前だ）

八洲《はっしゅう》の国主が、皇尊の臨幸を拒絶するなど考えられなかった。

皇尊の下した命ひとつで、八洲の国主たちは、必要もないのに厄介払いに等しい遊子《ゆうし》の媛《ひめ》を受け取り続けていた。龍《たつ》ノ原《はら》を蹂躙《じゅうりん》した附孝洲《ふのこうしゅう》国主の中目戸《あたりのまと》でさえ、表向きは皇尊に従う態《てい》をとっている。

皇尊を拒絶するとなれば、中目戸以上に、皇尊や龍ノ原の権威を蔑《ないがし》ろにする国主であるのかもしれない。

「書札が、全《すべ》て。それが国主の意志」

曽地常磐が言うと、続けて御前衆三人は叩頭して声を合わせた。

「伏してお願い申しあげます、皇尊。龍ノ原にお戻り願います」

日織はぽかんとし、御前衆たちの頭頂部を見る。

(帰れ、と?)

真尾と夏井の戸惑う気配が、背後から伝わってきた。

「吾が附道洲国主は、自身は科人の末であるから、皇尊に拝謁できる者ではないと申しております。龍ノ原にお戻りください」

顔を伏せたまま常磐が言葉を重ねる。

頭阿治路は、日織と会うのを拒否した。侮《あなど》りも甚だしいが、かといって日織に対して何をするつもりもない――そういう意味か。

(ただ追い返されようとしているのか? わたしは)

御前衆たちは、また声を合わせる。

「伏してお願い申しあげます。龍ノ原にお戻りください。けして、龍ノ原を侮ってのことではございませんので、なにとぞお怒りになられぬように」

侮っていないとわざわざ告げているということは、侮っていると告白しているようなものだろう。顔を出さず、たった一行の書札で帰れと告げる無礼を、御前衆も重々承知している。

だからこそせめてもの礼をつくそうと、御前衆が来たのか。

しばし愕然とした。しかし不意に自分の思い込みの愚かさが恥ずかしくなり、ふふっと小さく笑ってしまった。

御前衆三人は顔をあげ、訝《いぶか》しげな表情になる。

日織の口元に、自嘲《じちょう》の笑みが浮かぶ。

御前衆も気の毒なことだと、日織はうっすら彼らに同情した。皇尊を追い返す嫌な役割を、請け負わざるを得なかったのだから。

中目戸は龍ノ原を侮っている。同じように侮る国主がいても当然。頭阿治路もそうなのだろう。

阿治路は目戸のように、龍ノ原を欲しがったり、蹂躙したり、役立てようと考えもせず、眼中にも入れず無視したのだ。徹底的な無関心は、蹂躙するよりももっと、龍ノ原が侮られているということかもしれない。

日織もそうだが、真尾も夏井も、そこまで徹底的に龍ノ原を侮る国主がいるとは、考えていなかった。しかし考えてしかるべきだった。

(侮られたからとて、なんなのだ)

また、かすかに気持ちの悪さがあがってきたが、のみ込む。

(わたしは計を成さねば生きられない。侮るならば、侮れば良い)

帰れと言われ、尻尾《しっぽ》を巻いて帰るなど日織にはできない。

「国主が無理であれば、国嗣《くにつぎ》、頭矢治路《やじろ》には会えぬか?」

うすく微笑《ほほえ》みながら、訊《き》く。

御前衆たちは目顔でなにかを語り合う。やはり筆頭の常磐が応じた。

「申し訳ありませぬ。それもできかねます」

「今一度、そなたたち三人で国主を説得してもらえぬだろうか？　会えるように」

「無理なのです」

顔をしかめ、常磐が困ったように即答する。

「国主は決断しました。一度した決断を覆《くつがえ》すことはいたしません。なので、お願い申しあげます。龍ノ原にお戻りください」

御前衆たちの揺るがない態度を見るにつけ、これ以上問答しても埒《らち》はあかないだろうと思えた。

「いや、それは聞けぬな。戻らぬ。わたしは、ここにいる」

言い放つと日織は立ちあがり、踵《きびす》を返して西の枢戸《くるるど》へと向かう。真尾と夏井が慌《あわ》てて追従する。日織らの背を追うように、三人の御前衆の声がした。

「どうか、龍ノ原へお戻りください」

背にあたったそれに、日織は内心で乱暴に応じていた。

(たわけ！　誰が戻るものか！)

敷居をまたぐと、背後から真尾が言った。

「皇尊。お怒りはごもっともですが、冷静に」

「怒っていない。そして冷静なつもりだ」

事実、日織は腹を立てていなかった。己の甘さには苛立《いらだ》つが、それも気持ちが乱れるほどではなかった。幾つも犯す失敗の一つだ。褒められたことではないのだろうが、失敗を重ねたおかげで失敗の理由を見据えるだけになり、さほど取り乱さなくなった。

（しくじったなら、取り戻さねば。すぐに）

対面を拒否する阿治路と、どうすれば会えるのか。次に打つ手はなにか、日織は立ちあがった瞬間から思考を巡らしていた。

簀子《すのこ》縁《えん》から回廊へ降りると、まだ合歓《ねむ》と小峰《こみね》が控えていた。足早に日織が近づくと、恐縮して礼をとり顔を伏せようとする。

「礼はいらぬ。顔をあげよ。そなたたちに訊きたいことがあるのだ」

日織を追ってきた真尾と夏井に、合歓と小峰が、窺《うかが》うような視線を向けた。皇尊と言葉を交わす許しを求めているらしい。

「良い。皇尊のお許しがあった」

真尾は彼らを安心させるように告げたが、彼自身、日織が八社《はつしゃ》の神職になにを尋ねるつもりかわからず、戸惑っているようだった。

「頭阿治路と対面したことはあるか？　あるならば、どのような人物か。教えてくれまいか」

「わたしは従氏《じゅうし》となって六年ですが、国主様にお目にかかったことはありません」

日織の問いに最初に応じたのは、位は低くとも八社を預かる立場にある合歓だった。

「国主は儀式をしないのか？　儀式をすれば、従氏とは顔を合わせるだろう」

「儀式はいつも、代理の御前衆が行います」

よくよく地龍信仰を侮っているのだろう。どんなに地龍を敬う心のない国主でも、年に一、二度、大切な儀式は形だけでも行うだろうに。

「そなたは？」

次に、鹿角音《かづぬね》の小峰に水を向ける。

「鹿角音として附道洲の八社に遣わされた十五年前、お目にかかりました。それから儀式の際には、ときおり。ただやはり儀式にはご熱心ではなく、徐々に代理に任せることが多くなり、ここ十年ばかりはお目にかかっておりません」

「会ったことはあるのだな？　そなたには、どのような人物に見えた」

小柄な小峰の視線は、日織の顎あたりにある。背は低く、肩幅も狭く、細い。全体が小作りではあったが、目は丸く大きく、良くものを見ていそうな賢《さか》しげな光がある。年若の合歓がおっとりした風情《ふぜい》なので、好対照だった。

「気力にあふれ力にあふれた、国主と見えました。それゆえに時に、無謀と思える行動もあり、危うげではありました。しかしそれは、阿治路様が二十代の頃の話です。今はもう四十一になられたはず」

小峰の語る阿治路の印象は、逆封洲《さかのほうしゅう》で聞いた評判と、おおよそ合致しているようだった。

かつては短慮粗暴と言われた男の中で、徐々に地龍への信仰心が薄れ、代わりに時大器《ときのたいき》と呼ばれる国主になったということか。

なにがあって阿治路は、変わっていったのだろう。

「国主に意見できる、国主に並ぶ身分の者はおらぬか？」

もしそんな立場の者がいたら、都合がいい。その者の理解があれば、国主に皇尊との対話を促してもらえるかもしれない。

合歓と小峰は顔を見合わせる。

「同等となると、お一人でしょうか？　小峰様」

合歓が確かめるように問うと、小峰も「おそらく」と頷《うなず》く。

「誰だそれは」

すかさず訊いた日織に、小峰が応じる。

「阿治路様の腹違いの弟、奈見郡郡主《なみぐんこおしゅ》の頭阿毛野《とうのあけの》様ならば、身分として同等に近いと言えます。ただ国主様に意見できても、聞き入れてはもらえないと思われます。先代国主様が身罷《みまか》られる直前、どちらが新たな国主に相応《ふさわ》しいか争いがあり、お二人の仲がよろしいとは言えませんので。身分が対等とは申せませんが、やはり国主様に意見できるのは、御前衆三人のみでしょう」

結局、国主に意見できるのは御前衆しかいない。しかし先ほど対面した彼らは、国主に従順そのものと見えた。あの三人を懐柔するのは難しそうだ。

(どうする)

しばし沈黙して考えたが、阿治路と会う方法は、もはやひとつしかないだろう。自分の中で決心を固めた。

「よく聞かせてくれた」礼を言う。しばらくわたしは、こちらに滞在するつもりだ。良いか？」

合歓と小峰は深く礼をとる。

「ここは八社。地龍を祀《まつ》る社《やしろ》ゆえに、地龍に最もちかいところに在《いま》す皇尊は社の主《あるじ》。御《み》心《こころ》のままに」

小峰の言はよどみない。「では、頼む」とだけ言って、日織は回廊を客殿に向かって歩き出した。真尾と夏井も従う。

「これから如何なさいます、皇尊」

まさか真尾も、国主が皇尊との対面を拒絶するとは考えていなかっただろう。彼には珍しく、内心の焦《あせ》りが声音に滲む。

「会う。なんとしても」

日織はそれだけ答えた。

夕闇《ゆうやみ》が迫っていた。あたりが暗くなるほどに、回廊の屋根を打つ雨音が大きくなる。勢いよく流れる水路の音らしきものが、八社のどこからか響く。

客殿に戻り母屋《もや》に入ると安堵《あんど》したのか、急に目眩《めまい》と吐き気がした。ふらついて咄嗟《とっさ》に杉柱に手をつくと、夏井が肩を抱いてくれる。

（忌々《いまいま》しい！）

己の体に苛立つ。不調に苛立つのは、ひいては地龍の怒りに苛立っているのと同じだろうが、どうしようもない。

存在が大きすぎるために、神は人の喜びにも苦痛にも気づかない。苛立ったところで、どうしようもない。それは知っているつもりだ。しかし幼い頃からずっと、神は無慈悲で意地悪だと思い、腹を立て、挑もうとした自分の根っこは変わらないらしい。余裕がなくなると、当たりたくなる。

「皇尊。御床《ごしょう》へ、お早く」

「まだだ」

夏井の胸を押しやると、自分の胸に手を置き、せりあがってくる悪心《おしん》を宥《なだ》めながら声を張った。

「馬木《まぎ》、いるか！」

鳥手《とりて》の長《おさ》は、日織について客殿に戻っているはずだった。案の定、枢戸の外、簀子縁にいきなり人の気配が湧《わ》く。

「お呼びでしょうか」

日織は杉柱を掌《てのひら》で突き放して勢いを借り、枢戸に向かうと敷居の前に跪《ひざまず》く。

馬木の衣からは、雨の湿った香りが強くする。片目を被《おお》った革の帯も濡《ぬ》れた色。

「頼みたいことがある。平良城《たいらじょう》に忍び込み、国主、頭阿治路の居所を探れ。彼がいつ居所にいるかも調べよ」

「承知しました」

「それと、わたしが城に忍び込める方法を考えてくれ。忍び込み、阿治路に直接会う」

「えっ⁉」と、夏井が大きな声をあげると、流石《さすが》の真尾も「なにを莫迦《ばか》なことを仰《おつしや》る」と、目を見開く。

馬木の表情も険しくなる。

「鳥手の長としては、無謀なおふるまいは容認しかねますが」

「それ以外に、阿治路に会える方法があるか？」

「誠意をもって書札をお送りください。何度も届けば附道洲の国主とて、心を動かされましょう」

もっともらしい真尾の意見だったが、跪いたまま、日織はふり返った。

「心を動かされるまで、どれほど時が必要だ？　そもそも心を動かされる保証もない。書札が届き、相手が目を通す保証もない」

「御前衆のどなたかと親交を深め、それを突破口として……」

顎に手をやり、官吏らしい搦《から》め手の策を口にした夏井に、日織は視線を移す。

「先ほどの三人の態度からすると、彼らは国主の意思に逆らうつもりは毛頭なさそうだ。彼らと親交を深め、彼らの考えを変えるとなると、どれほど時がかかる？　御前衆は選《え》りすぐりの家人《けにん》だ。国主が拒絶した龍ノ原の者に、簡単に気を許すと思うか？　他に国主に意見できそうな、阿毛野《あけの》という異母弟はいるようだ。だが仲が悪い。そちらから国主に近づくのも無理だ」

また吐き気が襲った。ぐっとこらえる。

あたりは暗くなり、客殿外の景色は定かではない。濡れた土と杉の香りばかりが強い。軒から落ちて簀子縁に跳ねる雨粒が、少しずつ枢戸の方へ近づく。

「時が惜しいのだ。そしてわたしは、必ず頭阿治路を説き伏せ、約定《やくじょう》を結ばせねばならないのだ」

むかつきを抑えているので声は低くなった。

「そのためならば、どのような無茶でもしなければならない。まず阿治路に会わねば、話にならぬ」

有間《ありま》の言葉が胸に強く残っている。

――会ってはじめてわかることの方が、万倍も多い。

会うことで糸口を摑《つか》める可能性は大きい。

しばしの沈黙の後、馬木が応じた。

「承知いたしました」

「馬木！　ならぬ」

滅多にないことに、真尾が声を高くした。

「皇尊をお護《まも》りするべき鳥手の長が、皇尊御自身の願いとはいえ、玉体をそこないかねない命に従ってはならぬはず」

「はい。常ならば」

「わかっているならば、皇尊をお諫《いさ》めするのが……」

「しかし今は常ではございません」

馬木が、真尾を遮った。

「計が成らねば龍ノ原は救われず、皇尊御自身のお命がどうなるかすら、わからぬ状況。危険を避けて破滅の道しか残らぬとなれば、愚か。今あえて、危険をとるべき時かと存じます」

大祇《おおぎ》に、鳥手の長が口答えした。それが信じられないらしく、真尾は次の言葉を発することなく馬木を見つめる。

日織も、まさか馬木が大祇に意見するとは思わなかった。鳥手の長として、彼は日織の考えも願いも理解してくれたのだろう。心の底から生まれる感謝の念で、胸が熱いような痛いような、えもいわれぬものを覚えた。

「馬木。頼む」

頷くと馬木は立ち、足早に回廊を去って行く。それを見送っていると、回廊で馬木とすれ違いに小峰が近づいてきた。気づいた真尾が枢戸から出て、簀子縁で待ち受ける。

「開いた口が塞《ふさ》がりませぬ。皇尊が盗人《ぬすっと》のように他国の城に忍び込むなど」

背中越しに真尾が、心底呆《あき》れたと言いたげにそっと呟く。

柱に手を添えて立ちあがり、日織は枢戸の陰に身を寄せてもたれかかった。

「他の方法があるならば、教えてくれ」

答えはなかった。真尾にも他の方法などわからないのだ。

真尾の正面に、階《きざはし》をあがってきた小峰が近づき礼をとる。

「失礼いたします、真尾様。念のため、ひとつお知らせに参りました」

「なんの知らせだ」

「必要かは、わからないお知らせなのですが」

と、前置きして小峰は続ける。

「明日、頭阿治路様が、平良の西に作らせた堤の検分に出られると国庁喧吏《こくちょうけんり》より触れがありました。国嗣の矢治路様もご同行とのことです」

暗がりに身を寄せながら、日織は耳をそばだてた。

(阿治路が城から出てくる？)

先ほど合歓と小峰は、正殿《せいでん》での会話を漏れ聞いているはず。さらに日織が阿治路のことを問うたので、気をきかせてくれたのだろう。

(これはまたとない機会ではないか？　城に忍び込むより、ずっと良い)

小峰が去ると、真尾が母屋に入ってきたので、彼の前に手を出して歩みを止めさせた。

「待て、真尾。明日」

日織が口を開きかけると、真尾は聞きたくないとでも言いたげに首を横にふる。

「また、おかしなことを口走りめさるか」

「聞け、真尾。わたしは明日、阿治路に会いに行く。検分に出た阿治路の足を止められれば、城に忍び込むよりは良いだろう」

「できるとお思いですか？」

「やってみなければ、わからぬ。明日が駄目ならば、盗人の真似《まね》だ」

機会は多いほど良い。どのようなことでも試してみなければならない。

「合歓殿、小峰殿に、検分がどのように行われるのか、詳細を訊いて参りましょうか？」

奥から歩み出てきた夏井が、申し出る。

「その上で、どのように事を運ぶべきか馬木にも相談しましょう。鳥手の力は必要でしょうから」

頼むと言うと、夏井は微笑み「では、御床で横になっていてください」と言葉を残し、出て行った。日織はよろけるように母屋の奥へと進み、御床に横たわった。

真尾は几帳《きちょう》の向こうに座り、沈黙する。日織のやり方に納得していないのだと、全身で不満を表しつつも、なにも言わない。不満ながらそれ以外の方法がないからだ。

「悪いが、わたしは、やれることは全てやるぞ。皇尊らしからぬ、と言われても」

真尾からため息がひとつ、返ってきた。

二

翌日、日織は旅で身につけていた大衣に着替え、馬木と鳥手たちに護られながら、八社を出た。夏井と真尾も同行した。

城から出てくる阿治路と、対面するためだった。城から出てきた阿治路一行の前に真尾が進み出て列を止め、皇尊が対面を望む口上を告げる段取りを考えていた。いくら皇尊との対面を拒否している国主でも、大祇を蹴散《けち》らして列をすすめはしないだろう。

阿治路は平良城の正面、東門から出てくると思われた。そこで待ち構えようと準備をしていたが、先に様子を見に行った鳥手が駆け戻ってきた。

阿治路は城を出て、丘の麓《ふもと》にある国庁に入っているという。検分に出ると触れが出る前に、すでに移動していたらしい。

急遽《きゆうきよ》八社の坂を馬で下り、頭阿治路が通ると知らされている都の大路へ向かおうとした。しかし大路どころか小路にまで人があふれており、馬ではすすめなくなった。

「都の民が、国主の姿を拝むために集まっているようです」

人ごみに割り込んで、大路の様子を見てきた鳥手が知らせる。

そこで馬木は馬を空地に留め、はす向かいにある酒舗《さけみせ》の娘に銅の粒を渡した。附道洲の洲貨《しゆうか》らしく、駄賃を渡して馬を見てくれるように頼むらしい。

大路は人が押しあって、立錐《りつすい》の余地もない。笠《かさ》などつけていたら邪魔だと怒鳴られるので、誰もが頭を雨にさらしている。互いに肩や背が密着し、熱気になり、濡れた衣や簑《みの》が蒸れ、湯気が立ちのぼりそうなほどだ。板葺《いたぶ》き屋根によじ登っている者すらいる。

馬木と鳥手に護られてはいたが、集まった民の数に気圧《けお》される。

あまりの人出に鳥手たちも気を抜けないらしく、夏井と真尾には、「吾らから離れませぬように」と、きつい声で注意を促す。

大路には近づけないので、小路の出入り口にわずかな隙《すき》を見つけて立ち止まった。馬木が傍らで囁《ささや》く。

「これ以上、近づけませぬ。人をかきわけようとすれば喧嘩《けんか》になりかねません」

あたりを埋める民を見回し、日織はため息をつく。

「これでは、阿治路に近づくのは無理だな」

押し合う民をかきわけて阿治路に近づこうとしたら、馬木も指摘したように喧嘩になり、乱闘になりかねない。断念するしかない。

(真尾が言うところの、盗人の真似をするしかないかな)

機をひとつ逸したのが残念だった。

「八社に戻りますか?」

前に出ようとする者に肩を突き飛ばされた夏井が、よろけながらも問う。

「いや。阿治路の顔だけでも見たい」

龍ノ原を歯牙《しが》にもかけぬ国主の顔が、見たかった。

降り続く細かな雨は相変わらずの冷たさなのに、大路の游気《ゆうき》だけが蒸れていた。熱気に気持ちが悪くなりそうで、日織は冷たい游気を求め、あおのいて息をする。

遠く東には雨にけぶる護領山《ごりょうさん》の連なり。

目の端に、軒に座っている子どもの痩《や》せた足が垂れているのがうつる。

一人は丸顔で、一人はひょろりと背が高く顎の尖《とが》った子ども。残りの一人は何処《どこ》かで見た覚えのある、日に焼けた顔をしたすばしっこそうな子どもだ。

並んだ彼らは前のめりで、三人とも木簡《もっかん》を握りしめていた。

子どもらの手にある木簡の材質は、栗《くり》だろうか。表面は滑らかに鉋《かんな》がかけられ、木簡の頭の部分は段々にくぼませて、凝った形にしてある。

よく見れば周囲の者はみな、木簡を握っている。幅も厚さも、材も様々。出来映えも大きさもまちまちなので、各々《おのおの》で作ったものだろう。共通しているのは木簡に、墨で大きく丸印が書かれていること。

（あれはなんだろうか）

近くにいる者の手にある木簡をよく見ようと、目をこらしていると。

屋根に座っていた子どもの一人が、西を指さして声をあげた。

「国主様だ！」

どっと、人垣が前へと動く。

鳥手たちは日織を庇《かば》い、巻き込まれないように建物の板塀に日織を押しつける。

人垣の最前に陣取った者たちが、大路へと手を伸ばす。見れば、竹籠《たけかご》を抱えた数人の兵が、大路を西から東へ歩いている。彼らが抱える籠の中へと、人々が手にある木簡を投げ入れていた。

籠に手の届かぬ者は、大路へ向けて投げつけるのみ。ぬかるみに落ちたそれを、兵が拾って籠に入れる。ぬかるみに沈みそのままになる木簡もあるが、気にしている者はいなさそうだ。とにかく手にある木簡を、大路へ向けて投げる。運が良ければ拾ってもらえるだろう、というように。

ばらばらと木簡が投げられ、屋根に上っていた三人の子どもも木簡を投げた。

大路に幾本もの木簡が落ち、それがまるで導いたかのように、先駆けらしい槍《やり》を担《かつ》いだ軍士が現れ、続いて馬にまたがった二人の兵の姿が見えた。

「国主様ぁ！」

子どもの甲高い声に誘われるように、馬上の男がこちらに顔を向ける。

膝《ひざ》まで被う、黒と茶の縞《しま》模様の大きな皮衣を身につけた男だった。腰に佩《は》く太刀は異様なほどに長い。一人では抜けないだろう。自分で抜刀して戦うための太刀ではなく、他に使い方があるのだ。異様なのは太刀だけではない。頭から黒の頭巾《ずきん》を被《かぶ》り、目から下、顎まで、漆で塗り固めた革の面に覆《おお》われている。

人垣のなかで、「国主様」と繰り返し甲高い声で呼んで跳ねる女。

太い声が「時大器」と、馬上に向けて発せられる。

人々の熱っぽい視線は、一人の男に注がれていた。

黒い頭巾をつけた男が附道洲国主――頭阿治路。

阿治路の背後を、同じように騎乗して追従しているのが国嗣の矢治路だろう。父と同じく膝まである皮衣を身にまとっている。こちらの皮衣は灰色で、腰にある太刀もよく目にする長さだ。目から下を覆う面と、国主と同じ形の赤い頭巾。

民の声に、阿治路は小さく頷きつつ馬の歩を進めた。

国主一行が通り過ぎると、満足げなざわめきとともに、織りの弱い布がばらばらとほどけるように人垣が崩れて広がっていく。

（……これほど民に慕われる国主がいるのか）

壁に身を寄せ、日織は呆然《ぼうぜん》としていた。

頭阿治路は間違いなく良い国主のはず。そうでなければ民の歓呼をもって迎えられるはずはない。

龍ノ原は、そんな良き国主に拒絶されたということ。

人が散って少なくなると、夏井が大路へ歩み出た。ぬかるみに沈んでいた木簡を拾い、戻ってくる。

「なんでしょうか、これは？」

泥にまみれた木簡を手に、首を傾《かし》げた。

八社に持ち帰った泥まみれの木簡を、水ですすいで小峰に見せた。客殿に呼ばれてやってきた彼は、一瞥《いちべつ》するなり答えた。

「それは言札《ことふだ》というものです」

「言札？」

手にある湿った木簡を日織は見おろす。

人の熱気にあてられ、日織は八社に戻ってからしばらく横になっていたが、今はかなり回復し、挟軾《きようしよく》に寄りかかることもなく座れていた。

五色布で区切られた、客殿母屋の表側に皇尊の座が据えられている。とはいえ、背後に几帳を立て、挟軾と藁蓋《わろうだ》を置いただけだ。傍らには真尾と夏井が控える。

「十二、三年前でしょうか。その頃は国主様の政《まつりごと》も不安定でした。課される税や賦役《ふえき》の負担が大きく。さらに逆封洲や附孝洲へ、度々侵寇《しんこう》を試みられていたので、軍士としてかり出される者も多く。国主様への民の恨《うら》みは、高まっておりました」

正面に端座した小峰は、過去に思いを馳《は》せるようにしばしの間を置き、再び口を開く。

「国主様が、逆封洲への侵寇を企図され柵《さく》へ出向かれようとした時でしたか。行列が通る予定になっていた都の大路に、木簡が一つ立てられました。行列の先頭にいた兵が抜いたそれには、罰印《ばつじるし》が書かれていたそうです。気に留めずに捨てたそうですが、帰途にまた、同じ場所に、同じものが立てられていたと。それから国主様が城をお出になる度に木簡は立てられ、しかも数が増えていきました。わたしも、見たことがあります」

小峰が見たのは、奇妙な木簡が立てられはじめて一年が経《た》った頃だという。

国主が通る予定になっている大路に、行く手を阻《はば》むように横一列に、木簡が地面に突き立てられていたらしい。

「罰印が書かれた木簡が並ぶ様は、不気味でございました。恨みを飲んで死んだ者たちの、小さな墓標のようで……」

当初、阿治路はそれらを抜き捨てさせただけで、気に留めていない様子だったらしい。

以後同じようなことは続き、立てられる木簡はどんどん増えていった。

さすがに気味が悪くなったのか、阿治路は木簡を立てた者を探して罰せよと命じた。

だが木簡は夜陰に紛れて立てられる上に、誰か一人の仕業ではなく、誰かが先導しているわけでもないらしい。散り散りに、多くの者が己の判断でやっているようで、二、三人は捕らえたが木簡は立ち続けた。

「民の、無言の抗議でしょうね」

痛ましげに、夏井は眉をひそめた。罰印を書いた木簡を並べ続けるだけの抵抗しかできないというのは、声をあげれば罰せられたからだろう。

かつての阿治路の治世は、民にとって苦しいものだったに違いない。苦しみ怒りを抱えた民たちは、無言で国主に「非」と突きつけ続けたのだ。「おまえなど、いらぬ」と。

（怖いことだ……それは）

もし日織が同じように、龍ノ原の民に「非」と突きつけられたら、神に拒絶されるよりも矜持《きょうじ》が砕けそうだった。

「左様にございます。誰もがそう思い、民の言葉を伝える木簡は言札と呼ばれるようになりました。その頃から、政に変化がありました。国主様は隣国への侵寇を止《や》められ、税も軽くなり。代わりに治水や義倉を作ることに、熱心になられました」

阿治路は軽々に城を出なくなり、御前衆や家人たちに命じ、民の暮らしを満たすために様々なことをした。

まずは荒れ地の開墾を奨励した。土地は開墾した者の所有となり、なおかつその土地に関しては五年間税を納める必要がなくなった。農地が広がった。

広大な土地を所有している者は、三年ごとに郡主《こおしゅ》の検分を受け、一定以上の収穫がある場合は、小作の者に土地を分配させた。富の傾斜が薄まり、民の働く意欲が高まった。

津を整え、商人たちに無利子で金を貸し付けて船を作らせ、細々だが北の三国へ穀物を売れるようにした。結果少しずつ、他国からの富が国内に流れ込みはじめた。

附孝洲のように、突出した富や豊かさを享受しているのではないが、民の生活の豊かさが底上げされたという。

数年後。

滅多に城から出なくなった阿治路が、奈《な》川《がわ》の支流の治水を検分することとなり、数年ぶりに都の大路を通ることとなった。

そのとき大路に札が並んだ。

しかし札には罰印ではなく、丸印が書かれていた。

阿治路は全て回収させて持ち帰った。

「国主様はその後も、滅多に城からお出ましにはなりません。しかしお出ましがあれば必ず大路に札が立ち、数は多くなっていきました。数年前からは今日のように、民が札をもって待ち構えるようになりました」

手にある湿った木簡に書かれた、滲んだ墨の丸印。その意味――。

(民が国主に「是」と伝えた)

強いと思えた。血統と歴史と力で、己が国主だと信じて権をふるうよりも、民から示された丸印によっての方が、より強く自分を信じることができるだろう。

だから阿治路は、龍ノ原を拒絶するのかもしれない。龍ノ原と皇尊は、神話によって権威を誇り尊ばれている。阿治路から見れば、対話する価値もないほどに弱々しいのかもしれない。

母屋の四隅と枢戸の左右に置かれている結《むす》び燈台《とうだい》の火が、湿った風に揺らぐ。

「なぜ阿治路はそのように変わったのだろうか」

手の中にある「是」を意味する言札に目を落としながら、日織は呟いた。

民の声を突きつけられた阿治路は、それを受け入れた。短慮粗暴と言われていた男であれば、受け入れるどころか、さらに逆上しそうなものだろう。

「時とともに人は変わるものだが、それだけなのだろうか」

「憶測……、噂《うわさ》ではありますが」

日織の疑問に、小峰が前置きをして応じた。

「言札が立ちはじめてしばらくして、国主様は妻を亡《な》くされました。国嗣の矢治路様の母君である方を。国主様の変化は、それがかかわっているのではないか、との噂があります。お美しい方でしたが」

「病かなにかで亡くなられたのですか？」

夏井の問いに、小峰は言いにくそうに声を落とす。

「自らお命を絶たれたようです」

「なぜ？」

驚き、日織が問い返すと、さらに小峰の声は低くなった。

「詳細は定かではありませんが、国主様のおこないにお心を痛め、それをお諫めするためではないか、と。そんな噂があります。御前衆が、そのように話しているのを耳にした者があるとか」
聞いて日織の脳裏に真っ先に浮かんだのは、悠花《はるはな》だった。彼もまた日織が皇尊として
あるためにと、厳しいことを口にする。思いやりゆえでも、相手に心の余裕がなければ
伝わらず、仲違《なかたが》いの原因になってしまう。
阿治路にも妻があり、悠花のように諫言《かんげん》したのかもしれない。阿治路の心に余裕がな
く仲違いし、これ以上ないほどに心が離れてしまったら、妻は絶望しただろう。
結果、妻が命を絶って、阿治路はようやく妻の真心に気づいたのかもしれない。
妻を慈《いつく》しんでいたのであれば、生前の妻が望んだことを思い返し、後悔し、ようやく
自らを省みたかもしれない。
悠花が西殿《にしどの》から去った時の気持ちが蘇《よみがえ》り、胸が絞られるように痛む。
(どれほど後悔しただろうか、阿治路は)
手にある言札を強く握った。
小峰も悼《いた》むように目を伏せてから、その場を辞した。
客殿から小峰が去ってしばらくして、馬木がやってきた。
「昨日より平良城を探らせていた配下が、戻りました」
枢戸近くに膝をついた馬木は、懐から折りたたんだ料紙を取り出した。夏井が受け取
り、日織に手渡す。

開くと、所々雨に濡れた、平良城の殿舎《でんしゃ》の配置を描いた図だった。

龍稜《りゅうりょう》に似た造りらしく、正面の東門は最も低い位置にあり、そこから続く外郭が一段上がる。さらにもう一段上に、内郭。殿舎の配置は、反封洲や逆封洲と似ている。

外郭が政の場。内郭が国主《こくしゅ》の生活の場だ。

内郭最奥《さいおう》、西殿と書かれた殿舎に、黒丸印がつけられていた。

「印の場所が国主と国嗣、双方が居所と定めている殿舎です。二連大屋根ということなので、おそらく母屋がゆるく二つにわかれ、国主と国嗣、別々に使えるようになっているのでしょう。朝と夕、御前衆《おんまえのしゅう》が三人揃《そろ》って西殿へ入り、国主と国嗣の指示を直接聞いているようです」

たった一日では、鳥手も中を覗くことはできなかったようだが、国主の居所がわかれば充分だった。

「南脇殿《みなみわきどの》が国主の妾《みめ》の居所です。距離がありますし、国主は妻を亡くしてからも、妾を西殿に呼ぶことはなく、また訪ねることもないとのこと」

「西殿への出入りは？」

「決まって訪れるのは、先ほど申しました御前衆の三人が、朝夕に指示を仰ぎに入るのみ。他には帯刀《たちはき》が二人、常に西殿に侍《はべ》っているとのこと。朝餉《あさげ》夕餉の膳《ぜん》、白湯《さゆ》などは、女丁が簀子縁まで運びます。帯刀が受け取り、母屋の中へ届けます」

西殿に常にいるのは、国主と国嗣、護り役の帯刀二人。滅多に外へ出ず、出入りも極力控えているとは、用心深いのか人嫌いなのか。

「わたしが城に入り込み、国主と国嗣に直接対面するのは難しいと思うか？　馬木」

真尾の顔色を窺いながらも、馬木は応じた。

「女丁に身をやつせば、存外容易だろうと配下は申しておりました。城の護りは、かたくありません」

「問題は、二人の帯刀でしょうかね。皇尊《すめらみこと》が女丁のお姿で西殿に入り込んだら、すぐに帯刀に、ばっさりやられましょう」

日織の手元を覗き込むと、夏井が気がかりを口にする。鳥手の長は素早く答えた。

「帯刀に対処する手はあります。皇尊が忍び込まれる直前に、鳥手がひと騒動起こし、帯刀を外におびき出します。そのすきにわたしと皇尊は中に入り、内側から門《かんぬき》をかける。そうすれば帯刀は中へ戻れず、わたしが皇尊をお護りしつつ、国主と国嗣と相対することができましょう」

真尾は無表情だが、馬木を見る目は忌々しげだ。皇尊の求めに応じる能力は高く評価しているだろうが、この場合、日織を危険な場所に押し出す役割を、馬木が担っていると感じられるのだろう。

体に問うように、日織は胸に手を当てる。

幸い、体調は良い。またいつ悪化するかわからないが、雨の中で野宿するよりは体が楽なぶん、八社に入ってからぐんとましになっていた。

「明日の夜にでも、忍び込めるか？」

「はい」

聞こえよがしに、真尾が大きくため息をつく。

「皇尊。今一度お考え直し頂けませぬか。うかつに他国の城に忍び込み、御身になにかあれば、吾《われ》らはどうすれば良いのですか」

「どうするかと？　そうだな」

当然そうなる場合も、日織は考えていた。すらすらと口から出る。

「附義洲《ふのぎしゅう》に向かった乙名《おとな》と、葦封洲《あしのほうしゅう》に向かった多麻呂《たまろ》に向けて鳥手を放ち、一旦《いったん》逆封洲《さかのほうしゅう》の来須居《くるすい》へ戻れと伝えよ。そなたたちも来須居へ戻れ。有間に託した『一附二封《いっぷにほう》の約定』は成っているはずだから、そこで和気《わき》と有間と図り、この先どうするのが最善か決めよ。わたしが死ねば、少なくとも八洲《はっしゅう》の異変は治まる。代わりに龍《たつ》ノ原《はら》で殯雨《もがりあめ》が降り出すだろうが、そうなれば不津《ふつ》が喜んで入道するはず。央大地《ひさしだいち》は安定するのだから、時がないと焦る必要はなくなる。考える時間はたっぷりあるだろう」

「そのような不吉なことを口になさいますな」

諫める真尾に、日織は苦笑する。

「おまえが言い出したのだろう。わたしの身に何かがあれば、と。しかも当然考えておくべきことなのだ」

龍ノ原を出てから頻繁に死を意識する。

死は厭《いと》わしく恐ろしい。突き詰めて考えると真っ暗な深みに落ちそうになるほどに怖い。しかし否応《いやおう》なく、今の日織に寄り添っているものだ。

恐ろしいからと竦《すく》んでいては、寄り添っている死は嬉々《きき》として日織を抱きしめて殺す。恐怖を司《つかさど》る心の一部は、龍ノ原を出てから痺《しび》れて鈍いままだ。痺れたままでいてくれと願う。痺れが消えれば、きっと恐怖で動けなくなる。

翌日、深更《しんこう》。

日織は、鳥手が用意した女丁の大衣《おおきぬ》を身につけた。比多《ひた》を客殿に呼び、髪を女丁らしく結い直してもらう。日織が平良城へ忍び込むつもりだと告げても、比多は「そうですか」と素っ気なく応じ、「お体はよろしいのですか」とだけ訊いた。

八社に入ってからの三日で、日織の体力はかなり回復した。時々こみあげる気持ちの悪さ、目眩はあったが、日に日に楽になっている。自分の中で暴れる地龍《ちりゅう》の怒りを、少しでも宥めて楽でいられる間に、約定を成したかった。

「夏井、真尾。わたしになにかあれば、後のことは頼む」

簀子縁まで見送りに出た二人に告げると、真尾は「今から考え直されても良いのです」とでも言いたげに、日織を見据える。彼から視線を外すと、夏井と目が合う。

「もしもの時ですが……、悠花皇女《ひめみこ》に、お伝えすることはありますか？」

夏井が悠花のことを持ち出したので、面食らった。

「どうして、こんな時に悠花だ？」

乙名や多麻呂、あるいは和気や有間に伝えるべき事があるか問うのが、この場合は普通だろう。

「皇尊が、悠花皇女を、誰よりも慈しんでおられるようなので」

片えくぼを見せて、夏井は月白《つきしろ》によく似た顔で微笑む。短い間だったが、月白が悠花を姉のように慕っていたのを思い出す。

「そうだな」

日織は軽く目を閉じる。

誰よりも愛《いと》しい。もう一度会いたかった。幸せになってほしい。自由に生きて――。

様々な言葉は浮かぶが、なにを伝えても日織が彼のもとに戻らなければ、哀《かな》しませるだけで終わる。

「いや、いい。なにもない」

「なにも？」

「もしもは、ない。わたしは必ず再び悠花に会う。だから夏井に頼むことはない」

夏井が嬉《うれ》しそうな声で応じた。

「ええ。わかりました」

傍らにいた馬木に促されて階を降りると、革鞜《かわぐつ》に足を通し、紐《ひも》をきつく結ぶ。山道を行くと聞いていたから、きつめに固定した。続いて軒下で簑と笠を着ける。

杉に囲まれた八社は、青々した香りが濃い。雨のために余計に際立《きわだ》つ強い香りを吸い込む。白杉《しらすぎ》の香りならばなお良かっただろうが、胸がすっと落ち着く。

階の欄干に降りかかる雨が跳ねる。

一歩踏み出す前に、ふり返った。

「では、行く」

真尾と夏井が恭《うやうや》しく礼をとる。

「行ってらっしゃいませ」

馬木が歩き出す。その背に導かれ、雨音が響く闇に日織は踏み出した。

三

斜面がきつかった。水を含んだ落ち葉がふやけ、一歩踏み出すごとに足が滑る。

先を行く馬木に遅れまいと、日織は杉の幹に手を添え、膝に力をこめて踏み出す。大きく足が滑ると、左右と後ろを護る鳥手が、「お手をこちらに」と声をかけてくれたが、「必要ない」と断って、蔦《つた》を摑み、杉の皮に爪《つめ》を立て、進む。

雨夜の山中は真の暗闇だ。

灯りとして、鳥手たちは腰に小さな球をぶら下げていた。土器《かわらけ》の球で、ごま粒のような穴が無数に空いていた。中に油を染《し》みこませた芯《しん》があるようで、火が灯《とも》っている。芯が固定されている内部の皿は、どういう仕組みか、土器の球がどれほど揺れても水平を保つらしい。

雨に打たれつつも、大衣の下には薄ら汗をかく。肌が蒸れ、気持ちの悪さが込みあげてきた。それをいなすために口で息をし、杉の香りを吸い込む。

菅笠《すげがさ》の縁から滴《したた》る水が睫《まつげ》に触れるので、何度も瞬《まばた》きをした。

鳥手たちの腰に揺れる小さな球の灯りでは、ぼんやり足もとが見える程度だ。目をあげれば闇しかなかったが、不意に遠くに灯りが見えた。

雨粒に乱反射するのは、薪をくべて燃やされる大きな篝火《かがりび》。篝火は二層の檜皮《ひわだ》屋根の下にある。平良城の正面である、東門だ。日織の身の丈ほどの高い石垣の上にあり、石の階段伝いに城へ入れるようになっていた。

暗闇に浮かぶ石垣、門、その奥に建つ殿舎。日織の目にはすべてが重々しく映る。石垣は厚い苔《こけ》に被われている。東門の柱も年月を呼吸して黒く色を変え、平良城が経てきた年月を窺《うかが》わせた。

龍稜の殿舎は八十一年ひと巡りで建て替えをする。それによって軽やかに龍稜は生まれ変わり続けるが、平良城にその思想はないようだ。

年月が、石垣や門や殿舎に降り積もっている。

平良城には築地塀《ついじべい》がなく、丘の斜面を削って平らな場所を拓《ひら》き、石垣で押さえて殿舎を並べているのみ。段々畑のように、門、外郭、内郭と、奥へ行くごとに斜面をあがり、石垣で一段ずつ高くなる。

杉木立の中、斜面をのぼり、東門から数えて三段目にあたる石垣で支えられた場所に出た。中央に檜皮葺き二連大屋根の殿舎が二棟、前後に建つ。東殿と西殿だ。その二棟を囲むように、幾つかの殿舎が配置されていた。

目的の西殿は、平良城の最奥。急な斜面を背にしている。簀子縁《すのこえん》の床には等間隔に灯りがあった。油皿に隙間のある丸い土器を被せ、常夜灯としてある。

南の端の殿舎からのみ、うっすら灯りが漏れていた。

鳥手たちに先導されて、東殿の簀子縁下に、腰をかがめて入った。

そこで馬木と日織は手早く笠を外し簑を脱ぎ、手足を拭《ふ》いた。身なりを整えてから簀子縁下を出て、回廊へと向かう。

槍を手にした軍士が、西殿へ続く回廊の南北に一人ずついた。

鳥手二人が、それぞれ軍士たちの背後に回り、飛びかかった。

硬く両手で握った布で、軍士の鼻から顎《あご》を覆って口を封じる。それと同時に引き倒し、声を出す隙も与えず押さえ込む。縄をかけ、回廊から闇の濃い庭の隅へと引きずっていく。

国主の居所にしては護りが手薄だ。

馬木は警戒してあたりを見回しているが、鳥手の調べでは、平良城の護りはゆるく、国主の居所でさえ、十重二十重《とえはたえ》に囲み護っている様子はないらしい。

無防備すぎるのがかえって怪しく、罠《わな》だろうかと疑いたくなる。

しかし気配に敏感な馬木や鳥手たちなら、ここまで来れば罠に気づくはず。今も鳥手たちは、小枝が折れるかすかな音にも反応しようと、耳を澄まし、肌感覚を研ぎ澄まし続けている。

（幾度も危難を乗り越えさせてくれた鳥手たちだ。信じよう）

腹をくくり、日織は馬木に目配せした。彼は脇に抱えていた麻布の包みを、こちらに手渡す。中には藁《わら》が詰めてあるのみだが、いかにも貴重な品であるかのように、朱に染めて編みあげた絹の紐をかけてある。

「女丁のふりをして西殿に声をかけて頂き、中から戸を開かせます。それを機に、配下が帯刀を外へ誘うので、皇尊とわたしが西殿の中に入り、内側から閂をかけます」

帯刀が外に出れば、中には阿治路と矢治路の国主親子二人だけ。

侵入者が皇尊とわかれば彼らは驚くだろうが、命を取ろうとはしないだろう。最悪、即座につまみ出されるだろうが——一言、二言、言葉は交わせるはず。

その一言、二言で、阿治路に、日織の言葉は聞くに足ると思わせる必要がある。

様々な言葉が頭を巡るが、結局は、対面した相手の反応にあわせるしかない。咄嗟の判断で言葉を選ぶしかない。

包みを両手に捧《ささ》げ持って回廊を歩み、正殿の階をあがり、日織は枢戸《くるるど》の前に立つ。

日織から半歩の距離を置き、馬木は腰をかがめて背を丸め、女丁に付き従ってきた下働きのような低い姿勢をとった。

(はじめるぞ)

目顔で告げると、馬木は頷く。

「夜分に恐れ入ります、国主様。御前衆より、使いを頼まれて参りました。お届け物でございます」

女らしい高い声を作った。

内側に人の動く気配がし、枢戸の片側が音もなくなめらかに開く。

「御前衆から？」

姿を現したのは、四十がらみの兵《つわもの》。帯刀の一人だ。上背があり首が太く、枢戸にかかった掌は大きい。帯刀の体には、なぜか甘ったるい香がまといついている。

「はい。こちらの包みをお届けせよとのこと……」

帯刀が訝《いぶか》しげに目をすがめた、そのとき。

鈴を振ったような澄んだ音が闇夜に響く。

日織も馬木も驚いたふうを装《よそお》い、雨が降りしきる西殿の前庭をふり返る。

帯刀が大きく戸を開き、腕で日織を脇に退《ど》かし、簀子縁へと踏み出す。

中からまた一人、若い兵が顔を出した。西殿に二人いるという帯刀の、もう一方に違いない。

「どうしました、虎生《こう》殿」

虎生と呼ばれた帯刀は、前庭の闇を凝視する。

「妙な音がした。高い音だ」

「音？」

と、問い返しながらも、若い帯刀は日織と馬木に目を向けた。

「なんだ？　おまえたち」

「御前衆の使いで参りました」

日織が膝を折ると、彼は「ああ、ちょっと待て」と、おざなりに言って虎生という帯刀を追って簀子縁へ出る。

馬木の視線が「今です」と告げた。

日織は開いた枢戸の隙間に、身を滑り込ませようとした。

しかし間が悪く虎生がふり返り、視線がこちらに流れる。

「何をしている！」

太い声にびくりとしたが、片足はすでに敷居をまたいでいた。言い逃れができる状況ではない。しかも虎生の声に反応した若い帯刀がふり返り、「おまえ！」と、叫んで一歩踏み出しこちらに手を伸ばす。

「お入りください！」

鋭く馬木が叫び、肩を突かれた。勢い余って手にある包みが母屋《もや》の中へと落ち、自身も転げ入ると、外から枢戸が閉じられる。

続いて鋼《はがね》が打ち合う音がした。帯刀が抜刀し襲いかかり、馬木の短刀がそれを弾いたのだ。思わず枢戸を押し開けそうになったが、

「閂を！」

激しく動きながら発せられたらしい声によって、自分のとるべき行動を理解した。

左右に目を走らせると、枢戸脇に立てかけられていた閂が目に入る。手に取り鎹《かすがい》に押し込む。

日織が中に立て籠《こ》もれば、馬木はこの場から逃げられる。帯刀を傷つけずにすむ。これから交渉を試みる相手の配下を傷つけては、上手くいくものもいかなくなる。

日織は置き去りになるが、馬木の他にも、闇に潜む鳥手が三人いる。立て籠もる日織を護るために、彼らが何らかの手をうつはず。

「閂をかけた！　逃げよ！」

応じる馬木の声はなかったが、乱れる三つの足音が階を降り、水たまりを蹴散らす音がした。さらに「賊だ！」、「待て」と叫ぶ帯刀たちの怒声。

殺気だった帯刀に捕まれば、身分や目的を問いただされる前に殺されかねない。一旦、馬木は逃げる必要がある。

枢戸に手を当て、乱れ打つ鼓動を鎮《しず》めようとした。すぐに大勢が西殿に駆けつけ、国主の無事を確かめようと、この戸を乱打するだろう。

唐突に吐き気がした。

思わず片手で口を押さえ、吐き気の原因が母屋の中に籠もる強い薫《かお》りだと気づく。香が焚《た》かれている。体調が万全でも気分が悪くなるほどに、薫りがきつい。

動きを止め、せりあがってきたものが治まるのを待った。

背後で結び燈台の炎が揺れている。

そこでやっと日織は、妙に静かなことに違和感を覚えた。

（人の気配が……ない？）

帯刀が飛び出し、見知らぬ女丁が転げ込んできて門をかけ、外は騒がしい。にもかかわらず国主親子は、一言も声を発していない。

親子ともども、この騒動に気づかぬほどに熟睡しているのか。

もしくは――国主親子は無言で、気配を殺し、日織の背を見つめているのか。

念のため帯には護《まも》り刀《がたな》をさしてあり、衣の下に隠してあった。柄《つか》に触れつつ、意を決してふり返る。

母屋は中程で、二つの几帳によって区切られていた。

几帳の手前に結び燈台が二つあり、炎は天井に向かって真《ま》っ直《す》ぐに燃え、細く黒い煤《すす》が立ちのぼっていた。母屋に籠もる強い薫りは、燈台の油皿に混ぜられた香料によるものだろう。払邪香《ふつじゃこう》に似ていたが、さらに甘さを加えたような独特な匂《にお》い。

几帳の絹の向こうには、低い影が二つ並んでいる。

（誰かいる？　二人？）

母屋の奥に、人が二人座っているように見えた。

「無礼を許してほしい。わたしは龍ノ原の長。皇尊の御位《みくらい》にある者だ。二日前、書札《しょさつ》を送ってあなたに対面を求めた。覚えておいでだろうか」

返事はない。

「附道洲《ふのどうしゅう》国主？」

やはり返事はなく動きもない。眠っていても、さすがにここまで声をかければ身じろぎの気配くらいはして良いはず。

（おらぬのか⁉）

焦《あせ》り、早足で几帳に駆け寄って絹を押し開くと、日織の動きが止まった。啞然《あぜん》として思考すら止まった。吾知らず声が出る。

「……これはなんだ」

絹を通した弱い光に浮かぶのは、二つ並んだ大きな箱。黒の漆が塗られ、ぴたりと蓋《ふた》がとじられている。櫃《ひつ》のようだったが、あまりにも大きい。中に人一人が横たわれる幅と長さがある。

全身がそそけ立つ。

目の前の二つの箱は——棺《ひつぎ》だ。

後ずさった。

（なぜ棺が国主の居所にあるのだ）

混乱する日織の首を、すうっと冷たい風が一筋撫《な》でた。

「ああ、ご覧になってしまいましたか」

背後から声がした。

□□□

帯刀二人と、さらなる加勢数人に追われた馬木は、一旦平良城を離れざるを得なかった。できうる限り派手に立ち回り、帯刀と周囲の兵や軍士をひきつけ、杉が林立する山中へ駆け込んだ。

皇尊は西殿に立て籠もった。

皇尊が附道洲国主と対話する時を稼ぐために、兵や軍士を極力自分に多くひきつけ、西殿が開かれるのを遅らせようと試みていた。

馬木もそうだが、皇尊も、西殿が瞬《また》く間に包囲され、こじ開けられるのは承知している。こじ開けられるまでもなく、附道洲国主と国嗣が対話を拒絶すれば、戸は内側から即座に開かれる。わかっていながら、たった一言、二言でも、皇尊は附道洲国主と言葉を交わしたいと望んでいた。

皇尊の必死さは、馬木にもよくわかっていた。だから大祇に苦い顔をされても、皇尊の望みを叶《かな》えようとした。

さらに皇尊が望む方法でしか、龍ノ原は救えないとも考えていたからだ。

馬木に家族はいない。

鳥手《とりて》であった父を失ってからは、独りだ。妻を娶《めと》る気にもなれず、皇尊に仕えることが己の存在価値と心得て生きてきた。執着するものは特になかったが、唯一《ゆいいつ》、龍稜から眺める、四季に応じて移ろう景色は好きだった。龍稜の景色を護《まも》ることは皇尊を護ることと同義のような気がしていた。

表に出ることのない鳥手には、ひっそりと景色を眺めているのが相応《ふさわ》しいと思えたが、この景色を密《ひそ》かに護っているのは自分たちだという自負もあった。

馬木は誇りであるあの景色を取り戻したかった。不遜《ふそん》ながらそれは、皇尊と似た思いだとも感じていた。

足もとは悪く、視界もほとんどない。顔に降りかかる雨が邪魔をして、常よりも動きは鈍る。馬木は腰に揺れる球——灯球《ひだま》のわずかな明るさだけを頼りに、杉林の斜面を全力で駆け上った。

帯刀は、加勢の兵たちに馬木の追跡を任せ、西殿へ戻ったらしい。追っ手の先頭に立つ者の号令の声が、途中から変わっていた。

幾人かの兵が松明《たいまつ》を掲げて追ってきたが、長い時間が経てば雨に湿気《しけ》って、勢いが衰え消える。鳥手とは違い、悪条件での活動に慣れていないようで、追っ手の気配はぐんぐん離れていった。

もう良いだろうと馬木は判断し、杉の根元に膝をつく。

(西殿はどうなった。皇尊は、国主と対話されておられれば良いが)

鞜の底に巻いた滑り止めの紐を締め直しながら、馬木は暗闇《くらやみ》の向こうにあるはずの、平良城《たいらじょう》の気配に耳を澄ましていた。

国主との対話ができず、皇尊が西殿の外へ連れ出されたとしても、周辺には配下の鳥手三人が潜んでいる。皇尊の身に何かあれば配下が対処する。様々な状況を想定して事前に打ち合わせをしていたし、不測の事態になっても、鳥手たちは皇尊を護るために適切に動くはず。

聞こえるのは雨音ばかりになった。

城の方角は静かだ。

(対話ができておられるのか)

気にはなったが、軽々に動いてはならない。

懐《ふところ》に入れてあった薄い革布を頭から被り雨を避け、時が経つのを待った。

かなりの間、馬木は動かなかった。夜明けは遠かったが、見あげれば杉の先端が、黒い影になって空に突き出しているのが見えるようになった。

頃合いだ。そう判断すると革布を畳み懐に入れ、平良城へ向けてくだる。

平良城は何事もなかったように、薄闇の静寂の中にあった。

檜皮葺きの屋根に雨は静かに降り、道しるべのような灯火がぼんやり回廊に並ぶ。門の左右に燃える篝火は火の粉を散らし、槍を構えて立つ軍士の影を揺らしている。

昨夜の騒動が嘘《うそ》のようだ。

（皇尊は何処だ。もはや八社《はっしゃ》にお戻りか？）

順調に国主との対話がなされ、早々に引き上げたのかもしれない。そうであれば喜ばしいと思いながら、西殿へと忍んでいく。

空の色が黒から濃い藍《あい》へと変わりつつあり、西殿と前庭の様子はうっすら確認できた。背筋が粟《あわ》だった。

昨夜も、前庭の方々には水たまりがあり、整っているとは言い難かった。それでも今の状態よりはましだった。

馬木の目に映る前庭は、幾つもの入り乱れた足跡が残り、泥田のようになっていた。荷車らしい深い轍《わだち》が、右往左往して方向を変えた痕跡《こんせき》がある。庭の隅にあった黒竹の一群れは車輪に轢《ひ》かれたらしく、根元から折れ、ばらばらの筋状に割れ、泥にまみれていた。

何かがあった。

（しかし……城は静かだった）

密《ひそ》やかに声を殺し、音を殺しながら、大変な混乱が起こっていたのだ。

警戒しながら、馬木はあたりを用心深く観察する。兵も軍士もいない。西殿の周辺に人の気配がない。西殿正面の枢戸には外から閂がおり、錠もかかっていた。

素早く西殿の簀子縁へとあがり、壁に耳をつけて中の物音を聞いた。なんの音も聞こえない。枢戸に近づき、密かに声をかけてみる。

「皇尊」

中に閉じ込められているかもしれないと思ったが、反応はない。

簀子縁から降り、殿舎の周囲を歩く。すると殿舎の真裏、簀子縁の欄干に傷があった。短刀の先でわざとつけられた傷で、傷の長さと数、位置で、様々な情報を伝える、鳥手が使う暗号だった。

配下が残したものに違いない。

『あるじ　を　おう』

かなり急いだらしく、伝言を読み解くと、たったそれだけの言葉になった。

あるじとは皇尊のこと。おうとは、追いかけるの意味。

混乱があり、鳥手たちは急いで皇尊を追いかけなければならない事態になっている。

皇尊の身に何かがあった。

何処かへ、連れ去られた――。

西殿の庭の轍は、皇尊を運ぶための荷車のものか。

そう判断すると、馬木は八社に向け駆け出した。

大祇《おおぎ》と夏井王に事態を知らせる必要がある。その後は、皇尊を追った配下からの連絡を待つしかない。配下が連絡をよこしてくるとすれば、八社だ。

一刻も早く八社に戻り、馬木は配下からの報を待たなくてはならない。

危険は承知で皇尊をここまで導いたが、現実に皇尊が連れ去られれば、焦りは覚える。しかしこれが鳥手の長《おさ》として決意し、決断した結果なのだ。失態だとも、読みが甘かったとも、思わない。大きな危険は覚悟していたのだから、仕方ない。

今は悔悟するときではない。素早く的確に、皇尊のために動くときだ。

（鳥手の面目にかけて、皇尊をお護りせねば）

思い切りの良すぎる、お行儀の悪い皇尊だ。馬木は少年の頃から二人の皇尊に仕え、今上《きんじょう》が三人目。前二人の皇尊とあまりに違うので、当初は面食らった。

だが今上がそんな風にふるまうのは、そうしなければ御位に立っていることすら難しいからだと理解した。不憫《ふびん》だと感じた。御位につきながら、そのようにふるまわねばならなかった皇尊は歴代いないはず。

なんの巡り合わせか、馬木はその皇尊に仕えることになった。運が悪いとは思えない。面白い巡り合わせに挑む気持ちになる。どんな皇尊であれ、護るのが鳥手の矜持だ。

三章　乾く龍《たつ》ノ原《はら》　濡《ぬ》れる八洲《はっしゅう》

一

「龍ノ原の左《さ》の大臣《おとど》、小勢乙名《こせのおとな》と申します」

藁蓋《わろうだ》に座った乙名は一礼し、正面にいる附義洲《ふのぎしゅう》の国主《こくしゅ》、早田桐《はやのたぎり》を見あげた。視線が上向くのは、附義洲の国主が胡床《こしょう》に腰を下ろしているからだ。胡床はたいがい野外で腰掛けるために使われるので、殿舎《でんしゃ》の中で使うのは珍しい。

「胡床を使うのを、許してもらいたい。わたしは生まれつき膝《ひざ》が悪いゆえだ。龍ノ原を侮《あなど》るつもりはないのだよ」

乙名より目線が高いのを気にしたのか、田桐は言い訳がましく口にした。

「お気になさらず。こうして国主様に目通り許して頂き感謝いたしております」

旅に適した粗末な身なりを、乙名は持参した衣に替えていた。

龍ノ原の臣として威儀を正したのは、交渉の第一歩で躓《つまず》かないため。初対面では、見てくれで対処されがちだ。初っ端《しょっぱな》から侮られては、要求を通すのに骨が折れる。

堂々たる押し出しの乙名に、田桐も相応の礼をもって応じた。

「皇尊《すめらみこと》からの使者。しかも代人《だいにん》として左の大臣が来たとなれば、粗略にあつかうはずはない。吾《われ》らは科人《とがにん》の末ではあるが、礼節は知っておるのでな」

本人も口にしたように足が弱いらしく、座るときには帯刀《たちはき》の手を借りていた。かなり痩《や》せている。顎髭《あごひげ》をたくわえて国主の威厳をたもつ努力はしているが、既に年齢も五十を超えていると聞く。

（これが臆病《おくびょう》と評される国主か）

目の前の国主を、乙名は観察する。

逆封洲《さかのほうしゅう》を立つ直前、皇尊の計らいで、乙名と多麻呂《たまろ》は来須居城《くるすいじょう》にあがった。そこで逆封洲が摑《つか》んでいる隣国の事情を、狗栖雨屋《いぬすのあまや》なる御前衆《おんまえのしゅう》から聞けた。

様々な話があったが要約すると、附義洲国主の早田桐は、臆病者ということらしかった。彼が国主となってからは、隣国と極力諍《いさか》いを起こさないように、細心の注意を払っているようだ。

隣国の動きに少しでも変化があれば、過剰なほどに軍を動かし身構える。しかし自分たちからはけして行動しない。小競《こぜ》り合《あ》いでは徹底的に抵抗するが、和議を提案すれば、一も二もなく応じる。

田桐の身体《からだ》が弱いのが原因だと、逆封洲では考えているらしい。国嗣《くにつぎ》がまだ幼く、田桐が長生きしなければ、附義洲は幼い国主を擁することとなり、隣国から侮られ脅威が増す。弱い身体を庇《かば》いながら、田桐は生き延びることにのみ汲々《きゆうきゆう》としている、と。


国主の印象は、都の印象と似ていた。

附義洲の国府《こくふ》――都は、高杢《たかもく》。隣接国の国境《くにざかい》から最も遠い沿岸に位置している。

附義洲国土は三分の一が海にせり出しているので、領土の大半が常に強い海風にさらされる。高杢も一年を通して強風が吹くために、都の建物は屋根が低く傾斜が緩く造られていた。吹く海風を避け、大地に腹ばいになっているような都だ。

さらに今は、長雨が続いている。

昨日、乙名が高杢に到着して目にしたのは、垂れ込めた灰色のぶ厚い雲の下にある家並みで、大地と空の両方から押しつぶされそうなほどに息苦しい風景だった。

高杢城の殿舎も全《すべ》て軒が低い。軒と簀子《すのこ》縁《えん》の欄干は迫っており、欄干から身を乗り出せば軒に触れられるほどだ。高さのないぶん殿舎は幅広の造り。

乙名が通されているのは、高杢城の外郭正殿《せいでん》。城中で最も格式高い殿舎ではあるが、やはり平べったくて幅広の造りだった。圧迫感が増すのを嫌ったのか、天井板は張られていない。龍ノ原の殿舎もほとんど天井板を張らないが、龍ノ原周辺他四洲の格式ある殿舎では天井板が見られると聞く。

「さて……。国庁《こくちょう》からは、皇尊の代人として書札《しょさつ》を持参したと聞いているが」

顎の髭を撫《な》でる田桐に、乙名は懐《ふところ》から書札を取り出した。田桐の傍らに控える御前衆がいざり出て受け取り、手渡す。

白杉《しらすぎ》の薫《かお》りがする書札を開くと、田桐は一読し、難しい顔をした。

「一原八洲《いちげんはっしゅう》の安寧のため皇尊は、『二附一封《にふいっぽう》の約定』なるものを望まれておられるのか」

「附義洲国主様におかれましては、附道洲《ふのどうしゅう》、葦封洲《あしのほうしゅう》と約定を結んで頂きたく存じます。今、皇尊は附道洲へ臨幸なさり、約定をすすめております。葦封洲には右《う》の大臣、造多《つくりのた》麻呂《まろ》なる者が参っています」

「逆封洲と附敬洲《ふのけいしゅう》、反封洲《たんのほうしゅう》が結ぶとなれば、吾《わ》が国は『一附二封《いっぷにほう》の約定』で結ばれた国に挟まれ、脅《おびや》かされる。となれば、吾らも他国と結ぶのが得策であろうな」

うむうむと、田桐は素直に感心したように頷《うなず》く。

「左様に存じます」

「ではあるが。皇尊のお考えである『二附一封の約定』が、吾が附義洲にとって最善であるかと言われれば、……わからぬなぁ」

気弱そうに眉尻《まゆじり》をさげるので、乙名はすかさず問う。

「なにゆえにですか」

「附義洲のみのことを思えば、手を結ぶのは附孝洲《ふのこうしゅう》と葦封洲、もしくは附孝洲と叛封《はんのほう》洲《しゅう》でもかまわんだろうに。逆に、附孝洲と結べば益は大きいかもしれん。あの国は潤《うるお》っておる。おこぼれに預かれるやもしれん、なぁ」

と、傍らにいる御前衆に、田桐は同意を求める。

気配を消すかのように静かに座っていた御前衆は、白髪の老人だ。彼は「左様ですな」と一言応じただけ。相づちはうつが、口出しはしない。国主に全てを任せているという態度だ。

手にした書札を上げたり下げたり、ためつすがめつしながら、「どうであろうか」「どうかなぁ」と、田桐は煮え切らない態度で呟《つぶや》いている。

(この国主、侮れぬ。利に聡《さと》い)

あやふやで気弱そうな様子ではあるが、田桐は痛いところを突く。自国の利益だけを考えれば、約定の形は幾つもある。その中で、龍ノ原を救うための約定を選ばせなければならない。それが乙名の役目。

「確かに。仰《おつしや》るとおり、附義洲が附孝洲と結ぶ益はありましょう」

ひとまず乙名は認めた。

「おお、そうであろう。そう思うか」

書札を膝に置き、田桐は身を乗り出す。

「はい。しかし約定を結ぼうと、どなたが相手の国主に投げかけ、主導なさいますか？」

「それは誰かのぉ？」

と応じるが、答えがわからないと白状するように、田桐は梁《はり》へと視線を彷徨《さまよ》わせる。屋根が低いので梁も必然的に近く、鉋《かんな》がかけられ木目が美しく浮き出て見栄《みば》え良くしてあった。

木目を視線でなぞる田桐に、乙名は問う。

「田桐様が、他の国に約定をもちかけますか？」

「わたしがもちかけても、自国の利益のみを考えての提案と一蹴《いっしゅう》されるかもしれぬが」

「ならば他の国主が動きましょうか？」

「……動かぬやもな……動いたとしても、わたしと同様に一蹴されるか」

「しかも附孝洲は今、龍ノ原を蹂躙《じゅうりん》しております。龍ノ原を介して周囲四洲の何処《どこ》へでも侵寇《しんこう》できるのです。附孝洲は約定を必要としません。ならば、附義洲が約定を結ぶべき国は、自《おの》ずと決まりましょう」

「附道洲……か。いってしまえば、附道洲が要《かなめ》ではあるからな。約定に入る残り一国は、葦封洲、叛封洲、どちらでも同じだ」

「しかも約定をすすめているのは、皇尊。八洲の国主ではないゆえに、八洲のどこの国の益にも与《くみ》しておられない。これほど信頼に足る約定の仲立ち役がおりましょうか。これほど各国国主が安心できる仲立ちは、ありましょうか」

膝の上にある書札に目を落とし、田桐は泣きそうなほどに困惑した表情になる。

「約定を……」

「お考えください」

促すと、田桐は小さく呻《うめ》いて腕組みする。

「そうであるなぁ。約定を結んだ方が国のためにはなる。少なくとも逆封洲との国境は、心配がなくなる。それはありがたい。ありがたいが……」

ふっと思いついたように、田桐は乙名に視線を戻す。

「附道洲はまだ、約定を結ぶと承知したわけではないのだろう?」

「皇尊が今、国主と対面して話を進めているはず」

「では――附道洲が承知したならば、こちらも承知しよう」

田桐の返事に、乙名は感心した。

(用心深い)

望ましい約定だが、今までになかったことだ。どう転ぶかわからないので、先走って自国だけ片足を突っ込んで足を取られる事態を避けたいのだ。

これを小心、臆病と評するむきもあろうが、果断で浅薄な国主よりは、乙名にとって好ましい。

「皇尊より、附道洲が三国の約定を望むと知らせがあれば、即座に結ぶと。そういうお考えで間違いありませんか」

「間違いない」

「では少しの間、わたしは高杢の八社《はっしゃ》で待たせて頂きます。じきに皇尊より、附道洲は約定を望むと知らせがありましょうから。知らせがあれば参上いたします」

機嫌良さそうに、田桐は頷く。

「うむ、そうしてくれれば助かる。附道洲から知らせがあれば、すぐにな」

田桐が退出し、乙名も家人《けにん》に案内されて正殿を出た。

「首尾は如何《いかが》でしたか」

馬にまたがり高杢城の門を潜《くぐ》ると、轡《くつわ》を引いていた鳥手《とりて》の若者が乙名に気安く問う。逆封洲からここまで、乙名を護衛してきた鳥手だ。二十代の若さで、動きも機敏で、性質も明るい。道中、乙名が里《り》の者のような身なりだったために気安く感じたのか、物怖《ものお》じせずに接してくる。構えない若者の態度が、乙名には心地よかった。

「皇尊より附道洲が約定を結ぶとの知らせがあれば、結ぶそうだ」

「附道洲からの知らせを待つ、ってことですか。なんで待つ必要があるんですか？　附義洲の方から、約定を結びましょうと手を差し出さないんですかね」

細かな雨に目を眇《すが》めながら、若者は乙名をふり返る。

「用心深いのだ。しかし知らせさえあれば、早田桐は必ず約定を結ぶ」

利に聡い田桐は、附義洲にとって望ましい約定を逃すまい。約定を結んで、不都合なことなどない。かえって結ばずにいるほうが、『一附二封の約定』に怯《おび》え続ける羽目になるので、願ったりのはずなのだ。

ただ慎重さ故《ゆえ》に、一歩を踏み出すのを躊躇《ためら》っている。

一歩を促すのが、附道洲の意向だ。同じ考えで約定を結びたがっている国があるという、確約。

先に手を差し出してひょんなことになるよりは、相手が手を出すと確信してから、手を出す。もどかしいが、見知らぬ同士が結ぶときにはありがち。

「附道洲は、うまく事が進んでいるでしょうか」

前方から荷馬車が来たので、鳥手の青年は正面に視線を戻し、背中越しに言う。

「進んでいてもらわねば、困る」

逆封洲と附義洲の国境の一部には、標高はさほどでもないが、岩壁が立ちあがったような、登攀《とうはん》が困難な険しい山の連なりがある。そこを迂回《うかい》して国境を越えるには、海沿いもしくは内陸、どちらかの道をいくしかない。

海沿いには国境を睨《にら》む柵が置かれている。下手な騒ぎを嫌い、乙名は内陸の道を選んだ。しかしそのため、高杢到着までにかなりの日数を要した。

皇尊の旅が順調であれば、乙名よりも三、四日早く、附道洲の都に入っているはずだった。

附道洲では今、ことはどのように動いているのか。

天地から押さえこまれたような都の、憂鬱《ゆううつ》な雨の景色の西へ視線を投げた。

家並みの向こうに見えるのは、なだらかな丘。護領山《ごりようさん》も見えなければ、ましてや龍ノ原、附道洲など見えはしない。皇尊がいる場所は遠い。

（あなた様に全てがかかっている、皇尊）

乙名からすれば頼りないばかりの皇尊だが、御位《みくらい》にある限りは降りられないことを彼女は知っている。さらに降りることを良しとしない、意地がある。けして傑物とは言わない。だが望みのために地を這《は》うような無様さを甘受し、体や心をすり減らしても前に歩こうとするので、信じたいと思う。

あの皇尊は龍ノ原を取り戻す、と。

□□□

太刀の切っ先というのは、ぞっとするほどに鋭く美しい。鼻先に突き出されたそれをまじまじと見て、造多麻呂は知った。

（おいおい……勘弁してくれ……）

恐怖をいなすために、内心で相手を茶化してみる。

多麻呂に太刀を突きつけているのは、彼よりも十ほど年若い国主。葦封洲国主、出最《いづのも》上《がみ》。北の国の兵《つわもの》らしく、背が高く四肢が長く、衣の上からでも筋肉のはりがわかるような体格の良さだ。顔立ちも整っている。半端《はんぱ》な長さの髪を一つに結んでいるが、くせっ毛なのか、毛先が四方へ跳ねていた。

「もう一度、名乗れ」

最上が命じる。鼻先の刃《やいば》に視線が吸い寄せられ、寄り目になりながら、端座した多麻呂は再び名乗った。

「皇尊の代人として参りました。龍ノ原の右の大臣、造多麻呂と申します」

「間違いなく、おまえは皇尊の代人だな」

「はい。こちらに証《あかし》が」

書札を取り出そうと懐を探りかけたが、

「おまえは敵だ」

強い口調で言われ、驚いて手が止まり、鋼《はがね》の輝きの向こうにある最上を見あげた。

（なんでそうなる？）

相手の挙動の理由がわからない。恐ろしい上に、混乱する。

葦封洲の国府——都の宇垣《うがき》に入ったのは、昨日だった。護衛の鳥手は多麻呂と同年代の男で、長《おさ》の馬木に次ぐ実力と経験がある者らしかった。かなり腕の立つ者が、乙名ではなく多麻呂についたのは、葦封洲が荒れているからだった。

野盗が多く、民の心もすさみがちだと聞いた。実際、宇垣に到着するまでの間に、怪しげな男数人が、多麻呂と鳥手をつけてくることがあった。身なりを粗末なものに替え、肉付きと毛並みの良い馬は売り、痩せた駄馬に替えた。

なんとか宇垣に辿《たど》り着き、八社に身を寄せて国庁に向かった。皇尊の代人と名乗るとしばらく待たされ、すぐに宇垣城へ連れて行かれたのだ。

八洲の城といえば、多麻呂は逆封洲の来須居城しか見たことがない。城とはあんなものだろうと思い込んでいたので、宇垣城の様相に驚いた。

宇垣城は都の町並みから遠く外れていた。

しかも川の中州のような場所にある。

もともと南北を川にはさまれた台地の東西を、人の手によって掘って水を流し込み、台地を囲むように川の流れをつなげ、防御の堀としたらしい。

続く長雨で川は増水し、石造りの橋が流れに沈んでしまっていた。小舟で台地に渡ったが、水しぶきが船縁《ふなべり》を越え、船体が軋《きし》み、不安をあおられた。

台地は高い築地塀《ついじべい》に囲まれて仰々しいし、通された外郭正殿も、古びて黒ずむ柱がひたすら厳《いか》めしい。母屋《もや》の最奥《さいおう》に几帳《きちよう》が立てられ、国主の座がしつらえてあったが、多麻呂はそれを目にして呆《あき》れた。几帳の絹が色褪《あ》せ、端が薄く裂けていたのだ。

貧しい国とは聞いているし、国土も荒れているようだが、国主の座くらいは威儀を正しておけば良いものを、と。

待っていると、数人の兵を引き連れて若者が現れた。絹の、濃紫《こむらさき》の大衣《おおきぬ》を身につけた若者が「国主、出最上だ」と名乗った。

意外にすんなりと国主と対面できたと喜びながら、多麻呂は礼をとり名乗った。

名乗った途端――これだ。鼻先に刃がある。

「皇尊は吾らの敵。ということは、おまえは敵だ」

くっきりとした二重の大きな目と、意志が強そうな吊《つ》り上がった太い眉。若さも考慮すると、思い込みは強そうだ。彼に従っている家人は、五人。みな若い。取り巻きの年齢に幅がないのは、気力と勢いは充分だが年長者の知識や意見を聞くのは苦手、あるいは鬱陶しがる傾向があるのかもしれない。

多麻呂は最上の性質を見極めようと、用心しながら問いかける。

「なぜ皇尊が、出最上様の敵なのでしょうか？」

「皇尊は反封洲の国主となった伴有間《ともものありま》に、書札を下した。反封洲は葦封洲の敵。敵の国主に書札を下し、国主に押しあげるために力を貸した」

あのことかと多麻呂は納得し、反封洲と葦封洲の関係はかなり悪いのだと察した。

「皇尊は八洲には等しく向き合われる方です。必要とあらば、最上様にも書札を下されます。現に、このように」

内心は冷や冷やしているのを気取られないように、多麻呂はゆっくりとした動きで懐の書札を取り出し、もったいぶって両手で捧《ささ》げ持つ。

「こちら、皇尊より預かって参りました。葦封洲国主、出最上様への書札でございます」

取り巻きの家人たちが珍しげに覗《のぞ》きこみ、最上は手ずから書札を取りあげた。

多麻呂に突きつけていた太刀を鞘《さや》に戻し、最上が書札を開くと、白杉の薫りが広がる。

家人たちが顔を見合わせた。白杉の薫りは知らないだろうが、かいだことのない爽《さわ》やかな香りは、龍ノ原の神性を彼らに感じさせたかもしれない。

「『二附一封の約定』だと？　皇尊がこのようなことを考えていると、誰が信じられる。

おおかた反封洲の有間と図り、葦封洲になにか仕掛けようとしているのだろう」

紙面から目をあげた最上の表情は、険しい。

「なぜ、そのように思われます？　先ほども申しましたが、皇尊は八洲には等しく向き合われます」

「ならばなぜ、ここに書いてあるような『一附二封の約定』まで結ばせている！」

料紙を突き出し、最上は怒鳴った。

「反封洲に益をもたらすために、『一附二封の約定』を成さしめたのだろう。なのになぜ、それに拮抗《きっこう》する『二附一封の約定』を結ばせる。そんなことを、するはずがない。これは何かの罠《わな》であろうが」

「書札にもありますように、皇尊は一原八洲の安寧をお望みゆえに二つの約定を成さしめようとしています。どこか一国の利益に与する意図はございません」

「そんなきれい事を信じられるか！」

「実際に今、皇尊は『二附一封の約定』を成すために、御自身で附道洲へ入っておられます」

「附道洲国主を口説き約定を成さしめようとしていると？　今、皇尊が？」

「そうです」

「ほぉ、そうか」

冷めた目で、最上は多麻呂を見おろす。

「では附道洲国主から吾が国へ、約定を望むとの遣いが来るのか？」

「はい。こちらから使者を送らなければ、皇尊に促された附道洲の方から必ず使者を送ってきます。約束いたしましょう」

「なににかけて約束をするのだ」

「かける？」

「おまえは約束すると言った。しかし口先だけならば、なんとでも言える。おまえの言葉の重みをはかる必要があるだろう。約束を違《たが》えたらなんとする？」

面に出そうになる感情を隠すために、多麻呂は笑顔を作った。

（人の言葉尻をとらえて、したり顔か。この小童《こわっぱ》！）

最上は、多麻呂の笑顔に眉をひそめる。わずかだが慄《おのの》いた感もあったので、ここぞと口にした。

「附道洲から約定を望む使者が来なければ、わたしの命をおとりください」

口にして、自分でもうんざりする。

命をかけるなど、今この瞬間まで考えていなかったのに——口にしてしまった。

しかし仕方ない。多麻呂は皇尊に使命を託された、龍ノ原の右の大臣なのだ。龍稜《りゅうりょう》を吾が物顔に歩く附孝洲の軍士たちに歯ぎしりし、焼かれた里を見て怒りに震えた。生まれ育った国を踏みにじられ、奪われたのを見せつけられるのは耐えられない。

さらに一人の人としても、龍ノ原をこのままにはしておけない。多麻呂には愛らしい妻と、六つと五つの二人の子がある。妻の腹には、子がもう一人宿っている。

多麻呂が護領山を越え、行方をくらませば、一族に累《るい》がおよぶのは必定だった。

皇尊が呼んでいると鳥手が迎えに来たとき、多麻呂は妻と子、一族に、護領山中に身を潜めるように指示した。妻は不安がり、六つになる活発な長男は母の不安を感じ取り、怯えていた。逆におとなしい五つの二男は、深い山に分け入り暮らすと聞いて、「面白そう」と瞳《ひとみ》を輝かせていた。内気すぎると心配していた二男の意外な一面を見て、多麻呂は面白く思い、子どもたちの成長と秘められたものをもっと見たくなった。

子どもたちが育つための国を、失ってはならない。

皇尊の計が成らなければ、龍ノ原はあのままだ。妻と子も一族たちも、いつまでも護領山に潜み続けられはしない。時が経《た》てば、附孝洲軍士たちは準備を整え、必ず大規模な山狩りをはじめるはず。

そんなことはさせない。そのために今ここで、命をかけるのは仕方がない。

最上は、「よし」と満足げに頷く。

「附道洲の使者がこなければ、おまえの首を刎《は》ねてやろう」

多麻呂は「はい」と応じたが、心から目の前の若い国主が忌々《いまいま》しかった。

（楽しそうに、首を刎ねるなどと口にしおってから）

同じく若いが、華奢《きゃしゃ》で気持ちもぐらつきがちで頼りない、けれど必死な吾が主《あるじ》の方が、最上より万倍もましだった。

（頼みますよ、皇尊）

多麻呂の命は皇尊に託されてしまった。

二

大人が二人悠々と横になれる広さの、黒く艶《つや》のある平たい石は、天然の巨大な御床《ごしょう》のようだ。石の上に板屋根をかけてあるために、一層、御床めいた感が強くなるのだろう。夏であれば板屋根が陽ざしを遮り、なおかつ石の冷たさで、横たわれば心地よいかもしれない。

しかし今、季節は晩秋。

温暖な附敬洲とはいえ、石の上に座っていれば、いくらも経たぬうちに芯《しん》から冷える。しかも龍ノ原の異変により、龍《りゅう》が呼んだとおぼしき雨が降り続き、游気《ゆうき》は冷えていた。今も峰を吹き抜ける風にあおられ、雨粒が斜めに吹き込んで、石の御床の端を濡らす。

硬く冷たいはずの石の御床に、附敬洲の国主、追大盾《ついのおおだて》は悠然と胡座《あぐら》をかいて座っている。白と灰が入りまじった長い髭が目立つ。齢《よわい》は八十に近いと聞く。一原八洲においては長寿だ。たいがいの人の寿命は、六十五前後。長くて七十だ。

大盾の背後に見えるのは、灰色にうねる海。北門津《ほくもんつ》を思い出す景色だったが、北の海に比べて波は低く、岸を砕こうとする獰猛《どうもう》さはない。

「なるほど。おおよそのことは理解した」

齢を感じさせない姿勢の良さと、明瞭《めいりょう》な喋《しゃべ》り。肌のはりが失われてはいるが、腕や首の皮膚の下にはまだ筋肉が浮いている。

大盾を目の前にした有間は、この老人は雪檜葉《ゆきひば》に似ていると思った。

雪に埋もれても青々と葉をつけ、寒さに動じることなく真《ま》っ直《す》ぐに立つ木。

(いや、ここは附敬洲。喩《たと》えるならば温檜葉《ぬくひば》か)

どちらにしろ、人として心身ともに強く成熟している。

老人の前には、二通の書札があった。龍ノ原の皇尊の手による書札と、逆封洲国主末和気《すえのわき》の手による書札。有間の背後に控えている、皇尊代人である空露《うつつゆ》と、逆封洲国主代人である関金蒲生《せきがねのがもう》、二人がそれぞれ大盾に差し出したものだった。

一原八洲の安定のために、皇尊が二つの約定を望んでいること。さらに二つの約定が成立したあかつきには、附敬洲は附道洲と機を合わせて附孝洲へ侵寇せよ、それが両国の益となる、と。皇尊の書札にはそのようなことが書かれている。

一方の逆封洲国主の書札には、逆封洲は皇尊の意向に沿い、反封洲と既に手を結んだと書かれている。そこに附敬洲も加わり、『一附二封の約定』を結んでもらえないかと、同盟を促していた。

「吾ら反封洲は、既に逆封洲と手を組みました。さらに逆封洲の意向と同様に、貴国と手を組むことを望みます」

石の御床の前には縁取りのある筵《むしろ》が敷かれ、有間はそこに胡座をかいている。空露と蒲生は、背後に端座して顔を伏せていた。

皇尊の旅立ちを見送り、有間もすぐに来須居を後にした。

来須居から戸津《とつ》まで川を下れば早かっただろうが、続く雨のために水位があがり流れが速く危険なため、陸路を行くしかなかった。三日で戸津に着いたが、こちらも雨が続いている影響か、船が出せないほどに波が荒れていた。波が落ち着くのを待って出航し、附敬洲に到着したのは来須居を出発してから八日後。

陸路を行った皇尊の方は、すでに附道洲の都、平良《たいら》に到着しているだろう。

昨日。附敬洲の都、玖波《くば》に入った有間は、国庁を通して国主との対面を願った。八社で返事を待っていると、今朝遣いがやってきて、国主が対面すると告げた。

一行が案内されたのは、国主の城である玖波城ではなかった。

連れてこられたのは、この場所。

都から徒歩《かち》で半日の場所にある柵《さく》だった。しかも殿舎には案内されず、物見のために整えられた山頂へと導かれた。

空露も蒲生も、なんのつもりかとひどく警戒していたが、有間はとくに気にしなかった。なにかするつもりであれば、昨夜八社で休んでいる間に仕掛けてきたはずだ。

有間と行動をともにする反封洲家人たちも、主と同様に落ち着いている。附敬洲の兵たちが、反封洲の兵たちの目から見れば、少年のように細身で頼りなく見えたからだろう。剣技や弓術はすぐれているかもしれないが、組み打つときは敵ではない、と。

大盾は山頂で待っていた。待っていたというより、彼は常にこの物見の山頂におり、眠るときは別にして、起きているときの居所はここと定めているのだという。

殿舎の中では息が詰まる、というのが理由らしい。

濃い茶の大衣の袖《そで》をさばき、大盾は姿勢を正す。

「承知した。附敬洲は『一附二封の約定』を結ばせてもらいましょう。反封洲国主殿」

傍らには御前衆らしき家人の姿もあるが、彼らに相談もなく、大盾は即座に応じた。

決断の早さはありがたいが、早すぎるのも問題があろう。後にひっくり返されては、たまらない。

「わたしが言うのもなんだが、家人に相談はしなくて良いのですか、大盾殿」

「必要なかろう。この誘いに乗って、附敬洲にはひとつの損もない。それは明らか」

附敬洲は『一附二封の約定』を結ぶはずだと思ってはいたが、予想よりもはるかにすんなりと事が運ぶ。大盾の果断さは想像以上。

有間は附敬洲に入る前に、国主の人柄や国の内情について知ろうと努めた。

幸いなことに、そして驚いたことに、東二《とうに》が姓を賜り逆封洲の蔵守《くらのかみ》として家人の列に加わっていた。彼の計らいで得られた話によると、附敬洲は附孝洲との国境争いに悩みながらも、土地の開墾をこつこつとすすめ、他国との商《あきない》も奨励し、堅実に国を維持しているということだった。

国をそのように保てるのは、国主が適度に賢く適度に大胆で、「均整のとれた人物であるからでしょう」とは、東二の言。

大盾と対面し、この国主ならば、うまく国の舵取《かじと》りをしそうだと有間も感じる。

「約定には乗る、と。では附道洲が『二附一封の約定』を成したのち、それと機を合わせて附孝洲へと侵寇することについては？」

「それも、乗る」

反応は素早く、迷いはなかった。

「附孝洲は、他洲に比べて力が強くなりすぎて、ちと厄介。吾ら附敬洲も国境を度々侵され、附道洲も同様。あちらが攻められれば、こちらの攻めは多少ゆるくなり。こちらが攻められれば、あちらの攻めはゆるくなる。附敬洲と附道洲は、附孝洲の侵寇を受けながら、互いに探り探り、ゆるく共闘していたようなものなのだ。誰かを通じ、機を合わせて附孝洲に対抗できるとなれば願ったり。附孝洲の力を大きく削《そ》ぐのは、共通の願いのはず。ただ附道洲国主とは、話したこともない。わしがそう思っておるだけで、先方はそんなつもりはないというかもしれんが」

声をあげて笑った大盾だったが、すぐに笑いを引っ込め、唆《そそのか》すような老獪《ろうかい》な笑顔で有間を見やる。

「反封洲が力を貸してくれるのも、心強い。附道洲国主と話したことも意を通じたこともないが、まともな判断ができる国主であれば、この機を逃すはずはなかろう。わしは、逃さん。しかも附道洲と共闘することは、吾ら附敬洲と附道洲が、『一附二封の約定』と『二附一封の約定』をゆるくつなげる役割を担《にな》える。この先どのように国の力の均衡が変わろうとも、附道洲と附敬洲は、良き方になびくことができよう。逆封洲や反封洲には申し訳ないが、そのような利点もある」

背後の蒲生をちらりと見やると、彼は無表情を通していた。ただ大盾を見る目には侮《ぶ》蔑《べつ》の色がはっきりと浮かんでいる。なにしろ大盾は、八洲の力の均衡が変われば、『一附二封の約定』など反故《ほご》にして、新たな秩序を作るやもしれないと言っているのと同様だ。

堂々と裏切り宣言をしていると捉《とら》えられても、不思議ではない。

これが附敬洲の本音だ。

（だからこそ信用はできよう）

これから何年も先のことはわからないが、今は信用できるということだ。

大盾は背後に控えている兵に、「筆と硯《すずり》、紙をもて」と命じた。石の上に料紙を広げ、太い文字で二通の書札を書きあげる。

「こちらは逆封洲国主殿へ、こちらは皇尊へ届けたい」

有間の方へ押し出された一枚は和気に宛《あ》てたもので、附敬洲は『一附二封の約定』を結ぶとある。もう一枚は皇尊に宛て、附敬洲は附道洲と呼応し附孝洲へ侵寇すると記されていた。

受け取った有間は、蒲生と空露にそれぞれを手渡す。

「蒲生はそれを和気殿へ届けろ。空露は皇尊の元へ。すぐに立て」

彼らは書札を押し頂き、深く一礼して立ちあがった。二人にはいつでも出発できる準備をさせていた。このまま彼らはそれぞれの主の元へ、書札を運ぶ。

（書札を受け取れば、皇尊と和気殿はまずはひと安心するはず）

『一附二封の約定』が成るのは、当然の成り行きだ。有間にとっては、問題はここから先だった。同盟の国として附敬洲とともに附孝洲を侵寇することが、彼の一番重要な目的。『一附二封の約定』に加わるのを承知した最も大きな理由は、冬越えなのだ。

食糧――米、麦、稗《ひえ》、蕎《そば》、なんでも良いが、附孝洲からごっそりと奪い自国へ運びたい。八洲の安寧、国境の安定ももちろん必要だが、その前に反封洲は来たる冬を越えねばならないのだから。

皇尊は龍ノ原を取り戻そうと必死だろうが、有間もまた同様なのだ。

二人の代人がさがると、有間は再び大盾に対峙《たいじ》した。

「これで『一附二封の約定』は成ったので、事をすすめたい。附孝洲に侵寇するお手伝いをいたす。こちらに吾が国から、兵を乗せた船を呼びたい。よろしいか？」

「願ってもない」

「侵寇をどのようにすすめるか、ご相談もしたい」

「それは申し訳ないが、わしではなく国嗣としてもらいたい」

「大盾殿ではなく？」

顎髭の白さを見よとばかりに、大盾は二、三度それを撫でる。

「わしを幾つだと思っておられる。さすがに戦《いくさ》は無理じゃ。国嗣は柵に控えておる。案内させよう」

大盾に目配せされた御前衆の一人が立って、「こちらへ」と促す。

礼をとり、有間は立ち、配下とともに山の下へと導かれる。

大盾が侵寇を国嗣に任せようとしているのは、意外だ。

附敬洲の国嗣であった大盾の嫡子《ちゃくし》、金江《かなえ》は、二年前に落馬で首を折り亡《な》くなった。齢五十。国嗣とは言いながら、長年国主の父を支えていたので、家人たちは金江を、国主も同然に思っていたほどの人物だったらしい。さすがの大盾もしばらく気落ちしていたと、噂《うわさ》が流れた。

金江の死によって新たに国嗣として立ったのが、金江の嫡子、深池《みいけ》。金江には五人の子があり、深池が長子で、続く三人が媛《ひめ》、一番下の男子である二の若は十歳。

当然の成り行きで国嗣として立ったが、深池の評価というのは、この二年ほとんど八洲では聞かれない。

二年前に不意に国嗣になった若者に、隣国への侵寇、しかも他国との共闘を任せるのは荷が重くはないだろうか。

大盾本人が戦をするには、確かに年をとりすぎている。だが戦の準備であればできるはず。有間も国主という立場上、戦の準備はするが、附孝洲の侵寇に太刀を持って加わりはしない。

(なぜあえて大盾は、国嗣に戦の全てを任せるのだ)

疑問を抱きながらも、築地塀で囲われた柵の外郭正殿に入った。

正殿に通されたのは有間と、配下の三人。

附敬洲に随行した配下はあと二人いたが、一人は何かあったときのために八社に残してきた。残り一人は、空露の警護につけてある。

「国嗣は戦上手なんですかねぇ」

一番若い配下が、珍しげに正殿の中を見回しながら誰ともなしに問う。正殿といえど柵の殿舎だ。温檜葉の木目は揃《そろ》っているので質の良い材で造られているようだが、装飾はなく簡素だ。

「戦上手の噂は聞いてないな。国嗣になってまだ二年だ。そんなものだろう」

と、別の一人が答えると、一番年かさの者が口を開く。

「しかし若――、いや、国主様は、国嗣になられなくとも、郡主《こおしゅ》に任じられてすぐに評判があがったぞ」

「ということは、さほどの……」

と、口に出しそうになった若者の肩を、有間は叩《たた》いて囁《ささや》く。

「足音だ」

若者は口を噤《つぐ》み、神妙な表情をつくると有間の背後に控える。他の二人は有間の傍らにつく。

簀子縁をきしませ、三人の兵を連れた長身の青年が母屋に入ってきた。大股《おおまた》に颯爽《さっそう》と入ってきた彼は、有間の正面まで来ると礼をとる。

「附敬洲国嗣、追深池です」

顔をあげた彼は、眉が太く目は丸く大きいが、素朴そうな顔つきをしていた。肩は広く、首も手首も太く、幼い頃から太刀を使って鍛錬している者の肉付き。年はおそらく、有間とたいして違わない。

「反封洲国主、有間だ」

名乗った有間に深池は歯を見せ、十ばかりの子どものような邪気のない笑顔になった。

「お噂は耳にしております。仲良くいたしましょう」

目の前に突然、清らかな清流でも現れた気がして、有間は多少面食らう。

(隣国を侵寇する戦図をともに描こうというのに、最初の言葉が、仲良くいたしましょう？　か)

配下たちも戸惑っている気配が、背中に感じられた。

深池に従っていた老齢の兵が、腰をかがめて囁く。

「若。こちらで準備を始めましょうか」

「気をつかわせてしまうが、頼むよ」

「はい、それは。若の顔を潰《つぶ》せませんから」

任せてくれといわんばかりの張り切った表情で兵が出て行くと、深池が残り二人の兵に目配せし「頼むよ」と言う。彼らは母屋の端に積まれていた藁蓋を並べだす。

「酒と肴《さかな》を用意させています。座って、落ち着いて話しましょう」

へりくだるわけでも慇懃《いんぎん》すぎるわけでもなく、対等に、しかし礼を失することなくごく自然にふるまう落ち着きぶりだった。

「お気遣い痛みいる」

「急なことで、たいした準備はできませんでしたが」

はにかむように、また笑顔を見せた。深池の表情が動くと、あたりが明るくなるような気がした。あまりにも明朗な気配をまとっている。周囲から大切にされ、可愛《かわい》がられ、本人の生来の真っ直ぐなものがわずかも曲がることがなく、すっくりと育った木のようだ。

(同じ真っ直ぐな木でも、大盾と随分違う)

目の前の木は現実味がないほどに、傷もなく、折れた枝もなく、すらりと整っている。この真っ直ぐな木は、これからともに戦図を描かねばならない相手として、役に立つのだろうか。

(試すか)

ちょうどそのとき、先ほど出て行った兵が、膳《ぜん》を捧げ持った女丁を数人連れて戻ってきた。

「若。あちらの座でようございますか」

「良いよ、頼む」

と、応じた深池の視線がこちらから外れた。

その機を見計らい、有間が太刀の柄《つか》を素早く握った瞬間。瞬き一つも遅れることなく、深池が一歩足を引き、身構え、自分の太刀の柄に手をかけていた。

有間と深池は、二歩の距離をあけて対峙する格好になっていた。

あまりに素早い反応に、有間の配下以外の者たちは、突然二人が身構えた形になったのが信じられないというように啞然《あぜん》としていた。

こちらを見据える深池の瞳にはぶれも恐れもなく、透き通っている。

(度胸が良い。腕もかなりたつ)

兵の資質としては申し分ないと思われた。

「なんのおつもりですか」

深池の声にわずかな緊張が滲《にじ》む。有間は柄から手を離し、構えをとく。

「随分鍛錬されているようだ」

「お人が悪い。試されましたか」

試されたとわかっても、深池はことに不快な表情も見せず、逆に面白そうに言った。

構えをとき、並べられた膳の方へ有間たちを促す。

「まずは座りましょう。有間殿さえよければ、後で、手合わせをお願いしたいです」

「わたしの太刀は、まっとうなふるいかたをしない。怪我《けが》をさせる」

「決まった形のない太刀の使い方をされる。そういった方と手合わせすれば、上達もしますので、是非」

さらに目を輝かせる。

「怪我をされても文句は聞きませぬが。それでよければ」

「ええ、言いません」

朗らかな応《いら》えに頷くしかない。

互いに正面に座ると、深池は表情を改めた。

「祖父国主《こくしゅ》から御前衆を介して、おおよその話は聞きました。わたしは有間殿とともに、附孝洲侵寇の戦図を描かねばならないと」

「両国の軍団で、いかにして最も成果をあげられるか考えたい」

「その前に、申しあげておきたいのですが」

「伺おう」

「いくら戦といえど、極力非道な真似《まね》をせぬように戦略を立てたいと考えています」

「民を無闇《むやみ》に襲い残虐《ざんぎゃく》にふるまうつもりは、吾《われ》らとてない」

「そうではなく、吾々の軍の犠牲は勿論《もちろん》、附孝洲の軍の犠牲も少なくしたいのです。それを根本の考えとして、戦いたいのです」

「附孝洲の軍の犠牲を、少なく？」

呆《あき》れて、しばし二の句が継げなかった。深池が膝《ひざ》を乗り出す。

「そうです。戦略を工夫し……」

「待たれよ」

有間は鋭く遮った。

「戦とは、相手軍の軍士や兵を、いくら殺すかで勝敗が決まるようなもの。にもかかわらず、相手の犠牲を慮《おもんぱか》りながら戦図を描くと仰るか」

「はい」

迷いなく、強く、深池は頷く。

必要のない残虐な戦略をとることは、有間とて望まない。そんなことを望むのは、己の父伴屋人《とものやひと》くらいだろう。

だが戦略をたてるそのときから、相手の犠牲を考慮に入れてあれこれと戦略をひねり回していては、なにが起こるかわからない戦場では、必ず歪《ゆが》みを生じさせる。

こちらの軍の犠牲を最小限にして、目的を達する。それが戦略を立てる基本。その基本に加えて相手軍の犠牲まで考慮していては、とれる策もとれなくなる。単純な策が複雑になる。

結果、戦場は混乱する。

「吾らにとっても相手にとっても、無残な戦は望まぬ。しかし戦略を立てるときには、目的を達するために、こちらの犠牲をいかに少なくするかのみを、基本として考えねばならぬはずだ。敵軍のことはその上で考えること。基本として考慮するべきではない」

「わたしは、考慮するべきだと思う」

深池は背筋をのばして座り直す。

「吾々、附敬洲の目的は、今後、附孝洲が吾《わ》が国の国境《くにざかい》を侵すのは危険であると、思わせることなのですから」

うっすら、有問は笑う。

「ならば可能な限り軍を潰して、恐怖と絶望を味わわせるのが最善では？」

「ほど、というものがあります。しかも恐怖を植えつける以外にも、方法はあるでしょう。それを考えたい。様々な可能性を見極めて戦略を立てます」

「人というのは、忘れっぽいのだ。自国の先を思うならば、敵が忘れられぬほどに叩く必要がある」

「そのお考えは苛烈《かれつ》に過ぎる」

「そもそも、吾ら反封洲の目的をお伝えしていなかったか？　吾らがこの戦にうま味を見いだしたのは、附孝洲から冬越えの食糧を略奪できるからだ。附孝洲も食糧を奪われれば飢えるのは必定。必死に抵抗するはず。彼らの犠牲も当然大きくなる」

深池が困ったように、眉尻をさげた。

「略奪は容認できかねます」

「ならば、吾らは手を引き申そうか？」

有間の言葉に、深池の傍らに控えている兵たちが、顔色を変える。深池は表情を変えず、先を促すようにじっと有間を見つめた。

「吾らは手を引き、附敬洲のみで戦をなさるか。戦をしないという選択肢はないはず。ここで動かぬようであれば、附孝洲は附敬洲を弱腰、あるいは戦えぬ国とみなして、逆封洲《さかのほうしゅう》の一部を割譲させた後に、次の侵寇の目標にするだろう。それは附道洲《ふのどうしゅう》とて理解していようから、附道洲は一国単独でも動くはず」

しばし沈黙した深池は、ふっと息を吐く。

「そうですね。となれば、ある程度の略奪は認めなければ……」

「ある程度？」

「はい。先にも申しましたが、ほどというものを見極めねばなりません」

深池の傍らにいる彼の配下たちが、もっともだと言いたげに深く頷く。

逆に傍らに控える有間の配下たちは、顔を見合わせていた。内乱で戦った彼らの耳には、深池の言葉は寝言に聞こえているのだろう。

深池の考えは、真っ当で最善だ。しかし有間は、それを追い求めてばかりはいられない。苛烈であろうが、確実に手に入れるべきものは入れなければならない。そのためにこうして、はるばるやってきたのだ。

「戦は、ほどを見極められるようなものではない」

ほど、などという加減が容易でないのが戦の怖いところだ。

「いいえ、できると思うのです。わたしは、より犠牲のない戦をしたい。残酷な戦略はたてたくない」

言葉を切り、深池は瞳に力を込めた。

「十二のときはじめて、父とともに柵に出向き附孝洲《ふのこうしゅう》との小競《こ》り合《あ》いの戦を見ることになりました。そのとき予想外の攻撃があり、わたしは父や家人たちと離れてしまい、附孝洲の兵に囲まれました。最早これまでと芯から恐ろしかったのですが、彼らの中の一人が、敵だとて子どもではないかと、仲間に強硬に主張して見逃してくれました。身なりからわたしが、身分ある者の子弟とわかったはずなのに。しかし戦が終わった後……、わたしを助けてくれた兵の首が、並べられているのも見ました」

当時を思い出したのか、深池の語尾は微《かす》かに震え、有間を見据える瞳には濡《ぬ》れた輝きがあった。

「敵も、人なのです」

強い声音。おそらく深池は良き国主になれる資質があると、有間は直感した。

人の厚意や思いを受け取れて、なおかつ応じたいと願うのは、人の先頭に立つ者には不可欠な資質だ。それがなければ暴君になりかねない。

（だが）

人の先頭に立つとき、特に戦の場合は、優しさや真っ当さばかりでは自らが率いる人を滅びへ導く。

「勝つためには残酷さも必要なことがある」

附敬洲にとっては、深池が敵に見逃された話は美談だろう。しかし附孝洲にとっては、苦々しい話だ。深池を殺していればその敵の兵は生き残れていただろうし、附孝洲にとっては望ましいことだったはず。

「そのお考えには賛同いたしませんが、ともに戦って頂きたい。吾らが戦わねばならない理由があるのと同様に、反封洲にも戦わねばならない理由があるでしょう。先ほどは手を引くと言われましたが、そちらとて冬越えのために簡単にはこの戦から引けぬはず。そして反封洲の力は、吾らにとって必要なのです」

真っ直ぐな瞳で見つめられ、有間は大きくため息をつく。

（心得ているな）

こちらの足もとも、深池はちゃんと見ている。

（この者と戦図を描けるのか？）

素直にこちらに頼るところもありながら、真っ当な主張は強い。すこぶる、やりにくい。戦をするにしても、予期せぬ齟齬《そご》が生じる予感がする。

かといって深池も口にしたように、簡単に手を引けるものでもない。反封洲の厳しい冬は、一原八洲《いちげんはっしゅう》のどの国よりも早くやってくる。

『一附二封の約定』は思いのほかすんなり成立した。

しかし次の段階は、骨が折れるかもしれない。

三

「本当にこちらでよろしいのですか？　空露殿。わたしも附道洲まで一緒に行くべきではないでしょうか？　若――ではなかった、国主様からは、そうせよと仰《おお》せつけられているのですが」

顔に大きなあざがある青年は、気遣わしげに確かめた。

この二日、空露の護衛として一緒に旅した青年は、外見は兵らしい逞《たくま》しさだったが、気質が優しい。日織《ひおり》が有間に預けた与理売《よりめ》にも親切に接していたらしく、空露が与理売のことを知っていると言うと、反封洲での様子を詳しく話してくれた。こんな優しげな青年だが、内乱では有間の傍らで戦っていたという。顔のあざは敵軍に捉えられて嬲《なぶ》られたときにできたもので、怪我はおおかた治ったが、これだけは消えないらしい。

「空露が遠慮したと、有間様にお伝えください。護領衆《ごりょうしゅう》のわたしは、龍《たつ》ノ原《はら》であれば自在に動けますが、他国の兵であるあなたは、附孝洲の軍士や兵に見つかれば面倒です」

応じた空露は、雨に煙る護領山を見やった。附敬洲《ふのけいしゅう》側から見る護領山は、龍ノ原側と植生が違う。龍ノ原側は白杉《しらすぎ》ばかりだが、こちら側に白杉はない。杉が主で、隙間《すきま》を埋めるように斑《まだら》に広葉樹があり、晩秋の今、その部分だけがまばらに色を変えていた。

(越えれば、龍ノ原)

護領山を懐《なつ》かしい気持ちで見あげることが、自分の生涯にあろうとは予想だにしなかった。龍ノ原に生を受け、暮らし、紆余曲折《うよきょくせつ》はあろうとも一歩も護領山を越えることなく土に還《かえ》る。それが当然と思っていた。

「しかし空露殿は龍ノ原を横切り、附道洲の都、平良へ行くのですよね？　どのようにして」

「道案内ができる里《り》の者を探します」

空露の懐《ふところ》には附敬洲国主の書札《しょさつ》がある。日織はこの知らせが来るのを、首を長くして待っているはずだった。

青年は護衛としては頼もしいが、附道洲に行ったことはないという。道案内としては役に立たない。護衛がいるに越したことはないが、それよりも道案内できる者を新たに探した方が得策だ。

「お世話になりました。あなたは、これから附孝洲への侵寇《しんこう》にかかわるのでしょう。どうかお気をつけて。有間様によろしくお伝えください」

お気をつけてと口にしたのは、空露にしては珍しく本心からだった。素朴で気性の優しい青年は好ましかった。

別れを告げ、空露は護領山《ごりょうさん》へ向かった。

青年の計らいで、水を入れた竹筒と乾飯《ほしいい》を入れた袋を手渡されたので、腰にさげた。さらに彼は、近隣の郷《ごう》から雨避けの菅笠《すげがさ》も調達してくれた。

身分ある者が身につける皮衣をまといながら、頭に庶民の菅笠をつけるのはちぐはぐで、長年皇尊《すめらみこと》一族に仕えた神職の美意識としては受け入れがたかった。しかし頭を被《おお》えるのは助かる。背に腹は代えられぬと受け取った。

菅笠は懐かしかった。神職になってから身につけることはなかったが、幼い頃にはつけていた覚えがある。

空露が辿ったのは敬路《けいろ》。龍ノ原と附敬洲を繋《つな》ぐ隘路《あいろ》で、抜ければ龍ノ原の南東。西に葉真山《はまやま》と呼ばれる小高い山のひとかたまりが見え、西南に祈峰《きほう》を望める場所に出るはずだった。

敬路を辿って護領山をのぼっていると、坂の頂き近くから、複数の男たちの笑い声が聞こえてきた。一旦《いったん》足を止めて待ったが、声は近づいてこない。附孝洲の軍士が、道を封じているのだろう。

　軍士を避けるために道をそれ、雑木が茂る中へとわけいった。

　護領山の附敬洲側の斜面は、一歩進むのも難しい。下生えや木々の葉は繁茂して視界を遮り、行く手を阻《はば》む。それに紛れて猿捕茨《さるとりいばら》があるので、かきわけて強引に進もうとすると棘《とげ》が衣を裂き、手足に深い傷をつけた。

　忌々しいことこの上なく、護領山の峰に近づくのに半日を要した。

　峰に辿り着くと、そこからは白杉が林立する斜面になった。

　下生えに足を取られはするが、一歩進むのにあちらの枝を折り、こちらの蔓《つる》を引き毟《むし》るような真似はしなくてすむ。峰を境にこれほど山の様相が変わるのにも驚いたが、さらに驚いたのが、峰を境に地面が乾いていることだ。

　頭につけていた菅笠を取り、光がこぼれる白杉の枝葉を通して空を見た。蒼穹《そうきゅう》に薄い雲が流れている。

　地面には光が斑に落ち、空露の足先を照らす。

　久しぶりに、日の光が射《さ》しているのを目にした。

(雨が止《や》んだ……のではない。降っていないのだ、雨が)

　龍が泳ぎだし、八洲に雨を降らせ続けているのとは逆に、龍ノ原には雨が降っていない。陽ざしのためか随分暖かいので、衣の下がじんわりと汗ばむ。季節が一つ戻ったかのようだ。

これも、皇尊が龍ノ原を離れたことによる異変の一つなのだろう。

八洲では雨が降り、龍ノ原は乾く――。

これが続けばどうなるのかは、誰にもわからない。

(早く、日織を龍ノ原に戻さねば)

異変が続いて一原八洲が沈むより、日織の命がつきる方が空露は怖かった。日織が死ねば一原八洲は救われるとしても、彼女の命を代償にするならば一原八洲など沈めば良いとすら思う。

日織には央大地《ひさしだいち》を護《まも》りたい気持ちがあるようだが、それは彼女にとって大切なものが、央大地に幾つもあるからなのだろう。

空露には、大切なものがひとつしかない。大地が残っても、大切なひとつを護れなければ意味がない。自分が護りきれなかった命があったことを悔いながら、苦しみ永らえるより、大地が沈んだ方がましなのだ。

日織が空露の本音を聞いたら、困った顔をするに違いない。空露が護り続けようとしているのが、自分ではなく姉の宇預《うよ》だと日織は気づいているだろうから、過去は忘れてこれからの幸福を見つけろと言うに違いない。

しかしそんなことはできない。はじめて恋した人の、無残な亡骸《なきがら》を見た。純真だっただけに恋心は強く深く、傷も同じ強さと深さになったのだから。

皮衣を脱いで腰に巻き、菅笠も背に括《くく》り歩いていた。滑らないようにと足もとに気をとられ、周囲への警戒がおろそかになっていたのだろう。

「どちらの護領衆ですか？」

背後から声がした。

道から外れた山中に人がいるとは思わなかったので、驚いてふり返ると、臆病《おくびょう》そうに白杉の幹に半ば隠れるようにして三人、里郷の者らしい男たちがいた。彼らは籠《かご》を背負っており、中には木の枝や枯れ葉が詰まっている。薪《まき》を拾い集めているようだったが、これほど深い護領山山中に、里郷の者が入り込むことなど滅多にないはず。不可解を覚えた。

「あなたたちは、どちらの里郷の方々です？」

問い返すと彼らは素直に応じ、掛山《かけやま》の内川郷《うちかわのごう》、造領《つくりのりょう》、北湖《ほっこ》湖沼《こしょう》の野《の》馬里《まのり》と、三人はばらばらの地名を口にした。普通であれば知り合うはずもない、隔たった場所に住む者たちが行動を共にしている。空露は眉《まゆ》をひそめた。

（……妙な）

ひとりが、おずおずと問う。

「持ち物からすると、もしや旅に出ていらしたのですか？　今、龍ノ原に戻られたばかりでしょうか」

そうだと答えると、三人は得心したように頷《うなず》きあった。

「祈社《きしゃ》に戻られるおつもりならば、おやめください。危のうございます。あそこには附孝洲の軍士たちがいます。龍稜にも、左宮《さのみや》、右宮《うのみや》にも。龍ノ原の民はほとんど、護領山に逃げ込んでおります」

重臣たちが来須居《くるすい》に到着した直後、彼らと込み入った話をすることもなく、空露は有間の元へ行った。龍ノ原の現状を聞く暇がなかったので、男たちが口にしたことは初耳だった。

「民が護領山に？　なぜです」

「附孝洲の軍士らが、皇尊を捜すという名目で、幾つもの里郷を焼きました。恐ろしさにどこの里郷も震え上がりました。そこに百枝皇子《ももえのみこ》から密《ひそ》かにご指示が届き、護領山へのぼれと」

彼らの口から出たのは意外な名だった。

百枝皇子は、先に附孝洲軍に殺害された淡海皇子《おうみのみこ》の異母弟。博学で知られているが変わったところのある人物で、広大な自領を皇尊に返上し、代わりに小岐山《おきやま》あたりの荒れ地に猫の額ほどの土地を望み、そこで一人畑を耕し暮らしている世捨て人と聞いていた。

（なぜそのお方が、民を導くようなことを……）

百枝皇子は、附孝洲の侵寇と皇尊の不在という混乱を良いことに、御位《みくらい》を狙《ねら》う人物とも思えない。かといって世捨て人が、積極的に民の先頭に立つとも思えない。

いったい龍ノ原は今、どのような状況なのか。

「わたしは代祇《だいぎ》の空露という者です。皇尊のお側《そば》近くに仕えています」

男たちは「えっ」と短く声を発したが、すぐに三人ともが顔色を変え、足を滑らせながらも駆け寄ってきた。

「龍を呼ぶ皇尊はご無事ですか⁉」

「やはり、不津王《ふつのおおきみ》が入道《にゅうどう》したというのは嘘《うそ》ですね！」

彼らの縋《すが》る目に見あげられ、たじろぐ。これほど日織が民に求められているとは、予想していなかった。附孝洲に蹂躙《じゅうりん》され、護領山に逃げこんだ民たちは、皇尊を心の支えにしているのだろうか。

「不津王が入道したと噂になっているのですか？」

「祈社から里郷の長《おさ》に鳥が来て、皇尊崩御、すぐに不津王が入道されて新たな皇尊として立たれたと、知らせがあったのです」

心の底から呆れ、侮蔑の念が湧《わ》く。

（そこまでさもしくおなりか、不津王）

己が偽《にせ》の皇尊であることは、入道できていない自分が一番よくわかっているだろうに、それでも祈社から夜鳴鳩《よなきばと》を飛ばさせたということだ。

「不津王は龍稜《りゅうりょう》においでです。その子である能市王《のいちのおおきみ》と高千王《たかちのおおきみ》、さらには舅《しゅうと》の阿知穂足《あちのほたり》様も龍稜にお入りだと、噂に聞いています。もし入道が嘘だとしたら、図々《ずうずう》しい」

忌々しげに背後の一人が吐き捨てた。

「皇尊はいつお戻りでしょう？」

先頭の男が問う。

「戻る？」

まさか日織が護領山を越えたことが知れ渡っているのかと、ひやりとした。

「戻るとは？　何処《どこ》から皇尊がお戻りになると？」

内心の動揺を隠して問う。

「百枝皇子は、皇尊は今、地龍《ちりゅう》の御許《みもと》にあらせられると。邪を払う力を得て、必ずお戻りになられるので、それまで耐えろと仰せです」

地龍の御許とは何処のことだと、神職である空露は顔をしかめた。

神職が地龍の御許と聞いたなら龍道《りゅうどう》しか思いつかないが、民は、人の踏み込めぬ神の領域がどこかにぼんやり存在しているような気になるのだろうか。

博学の百枝皇子が、地龍の御許というあやふやな事を民に伝えているとしたら、日織の行方を知られないためとしか考えられない。さらに必ず皇尊は戻ると言うからには、日織の計を承知しているのかもしれない。

「お目にかかれませんか？　百枝皇子に」

百枝に会い、状況を知る必要がある。状況を知り、それをもって附道洲へ向かい、日織に伝えるべきだ。

空露が百枝との対面を望むからには、皇尊還御《かんぎょ》に関してなんらかの進展があると期待したのか、男たちは表情を明るくした。「吾らと一緒においでください」と、声を張る。

「百枝皇子は、民を励ますために護領山を巡っておられます。吾らが身を潜めている場所にもお見えになる頃だと思います。早ければ、今日明日。遅くとも三日後には」

数日を要するかもしれないが、百枝皇子を闇雲に護領山中で探すより確実だった。附道洲への到着が数日遅れたとしても、百枝皇子と対面するべきだ。そうしていれば、日織が龍ノ原に戻ったときに円滑に事が運ぶだろう。

男たちに案内を頼み、彼らとともに斜面を南へと進みはじめた。

「お側仕えの方がこうしてお戻りになるということは、皇尊の還御も間近ですね。ああ、良かった。龍稜も、あのように恐ろしいことになっていますし」

一人が先に立ち、二人が空露の後ろについて案内していた。先頭の男が最年長らしく、身分ある者にも物怖《ものお》じせず口数が多かった。

「龍稜はどんな状況か知っていますか？　附孝洲の兵《つわもの》たちに蹂躙されているのは、間違いないでしょうが」

　問うと、先頭の男は顔だけ背後にねじ向け、眉をひそめた。

「不津王が附孝洲の兵を引き入れたので、吾もの顔でのし歩いているそうです。しかし、それよりも龍稜そのものが……」

　と言いかけたが、そのとき何かの気配を感じたらしく視線を前方に戻し、「あっ」と声をあげた。

「到着しました、空露様。あれが吾らが仮の里です」

　男が指さしたのは、落雷で裂けて立ち枯れた白杉の巨木の根元だった。周囲が開けており、中心にある白杉が立ち枯れて枝葉がないぶん、日の光がよく射している。

　枯れた白杉に幾筋も縄を括り、周囲の生きた白杉の幹に縄の一端を結び繋いで、縄と縄の間に菰《こも》を被《かぶ》せてあった。簡易な屋根らしい。

　先頭に立っていた男はいち早く駆け出し、菰屋根の下を覗《のぞ》きこみ声をかけた。

「百枝皇子は、今日はお見えか」

「いいえ。お見えになっていません。今日来るものと、決まっているわけでもないですし。どうしたんですか？　嬉《うれ》しそうに」

　中から応《こた》えた少女の声に、聞き覚えがあるような気がした。

「客人があるんだ。皇尊のお側にお仕えしている護領衆をお連れした」

得意げな男に向かって、「まぁ！」「皇尊の!?」と、高い声が飛ぶ。菰屋根の下には、女たちが幾人もいるらしい。六、七人の女たちが、編んでいる途中らしい筵《むしろ》を手にして顔をのぞかせた。

女たちの中に、利発そうな瞳《ひとみ》の少女がいた。彼女は空露を見るなり、不意に力が入らなくなったかのように、手にしていた筵を足もとに落とす。

「空露様……？」

空露も驚き、思わず彼女の名を呼んだ。

「居鹿《いしか》様」

「空露様！」

裸足《はだし》で駆け出してきた居鹿は、縋《すが》りつかんばかりの勢いで空露の前に立った。見あげる瞳が潤《うる》んでいる。

彼女は皇尊一族の媛。紆余曲折を経て采女《うねめ》として勤めることになってからは、常に貴人に仕えるのに相応《ふさわ》しい身なりをしていた。そのため今身につけている、肘《ひじ》まで見えそうな短い袖《そで》の衣や、踝《くるぶし》がのぞく裙《も》の姿には馴染《なじ》みがなく、通りすがりならば彼女と気づかなかったかもしれない。

しかし顔と声とは、空露のよく知っている少女のもの。

「ご無事でなによりです、空露様。皇尊は」

「ご安心なさいませ。ご無事です」

「信じていました。信じていましたが、良かった……」

日織の無事を信じてはいただろうが、どれほど不安だったのか。語らないだけに不憫《ふびん》だったが、目にあふれる光を見ると、この少女を安心させてやれたことにほっとした。

「どうしてここにおいでなのです、居鹿様」

「祈社に逃げよとの皇尊のお言いつけで、祈社に籠《こ》もっておりました。門を閉ざしていましたが、いよいよ附孝洲の軍が強硬に押し入ってくる様子だったので。大祇《おおぎ》真尾《まなお》様のご指示で、半数の護領衆は山中に逃れました。わたしも一緒に」

潜んでいると民が次々に山にあがってきたのだと、居鹿は続ける。そのうち百枝皇子が山を巡って、民を指揮し、潜む方法を教えたらしい。

居鹿を取り囲むようにして、菰の下から出てきた女たちと、周囲で菰屋根を修繕していた男たちが寄ってきた。空露を何者だと怪しむ様子なので、ここまで案内してくれた男たちが、空露の身分を明かす。

集まってきた者たちの顔が一様に明るくなった。彼らは口々に声をあげた。

「代祇。皇尊の還御はいつですか」

「もうすぐですよね？」

「恐ろしいのです。はやく還御願いたいのです」

「龍稜をご覧になりましたか⁉」

矢継ぎ早の問いに、空露は戸惑う。

附孝洲に蹂躙され山に逃れている以上に、民が別の不安を抱いているのが、彼らの言葉から伝わってきた。何にそれほど不安を覚えているのか。

そういえば案内の者も、妙なことを言っていた。龍稜そのものが、と。

「龍稜に、なにか異変があるのですか？」

問うと、安堵《あんど》と喜びだけだった居鹿の瞳に、強い恐れの色が浮かぶ。

「はい」

「どのような異変が」

「ご覧頂いた方が、早いと思います。こちらにおいでください」

居鹿が歩きだしたので、空露はついていく。他の者たちも、空露を慕うようにぞろぞろついてきた。

少しくだると、白杉の樹間に顔をのぞかせる大岩が現れた。居鹿がそれによじ登ったので、空露もあがった。人々も同じように登って景色に目をやる。

岩の上から、龍ノ原のほぼ全景が見渡せた。

手前にある山並みは葉真山。それ以外は景色が開けており、多少の起伏はあれど、平らな土地が広がっている。左手、南西に目を移せば、自分が立っている斜面の連なりの向こうに、ひときわ大きな峰がある。祈峰《きほう》だ。

北西の平地に、巨龍の爪《つめ》のごとく突き出た龍稜。背景には霞《かす》んで青い影となって連なる護領山。

一見して、変わったものは見当たらなかった。

「龍稜をよくご覧ください」

居鹿の指先にある龍稜をしばらく見つめ、それに気づき、身体《からだ》の芯《しん》に震えが起こった。

「あれは……」

思わず漏れた呟《つぶや》きに居鹿が応えた。

「十日ほど前から、あのように見えるのです」

晴れ渡った晩秋の空に、刷毛《はけ》ではいたような薄い雲が所々に流れていた。龍稜は雲を引っかけようと試みる巨龍の爪のように突き出ているが——その先端が、ゆらめいている。水中に没したものを眺めているかのようだ。透明な膜が龍稜に絡《から》みつき、ゆらゆらと陽ざしと風ににじみゆれている。游気《ゆうき》が歪み、ねじれ、踊っている。

「なぜあのように、ゆらめいて……」

空露の呟きに、岩の下から老人の声が応えた。

「あれは熱であろう。熱で游気が歪んで見えるのじゃて」

ふり返り、岩の下に現れた老人の姿を確かめた。肌は日に焼け、灰色のまばらな頭髪を小さな髻《もとどり》にまとめている。長年の農作業に痛めつけられたらしい身体は、どこから見ても里郷の者。ただ、目には、知性の強い光がある。

名乗らなくても、老人が何者か空露にはわかった。すぐに岩から降りて礼をとった。

「お初にお目にかかります、百枝皇子。代祇空露と申します。皇尊のお側に仕えております」

百枝皇子は、皺《しわ》で埋もれるほどに目を細めた。

「皇尊はご無事か？」

「はい。百枝皇子はなぜ、かようなところに」

「乙名に頼まれたのじゃ」

その言葉で、左《さ》の大臣《おとど》小勢乙名の師が、百枝皇子であったことを思いだした。

(これは全《すべ》て左の大臣の計らいなのか)

民を護領山に逃れさせ、百枝皇子を民の支えとして口説き、皇尊還御を待つ。日織よりも先に『一附二封《いっぷにほう》の約定』と『二附一封《にふいっぽう》の約定』の可能性に気づいたのも、乙名だったという。

皇尊不在の龍ノ原でも、乙名によって民は護られている。

しかし――龍稜はなぜあのような様になっているのか。

「百枝皇子。あの龍稜の様は？」

険しい表情で、百枝皇子は首を横に振った。

「龍稜が熱をもっておるらしい。気がついたかの？　龍ノ原は、例年のこの時期よりも随分暖かい」

「それは気づきましたが」

「龍稜を中心に熱を発しておるゆえだろう。龍稜に出入りしておる采女が伝えてくれたところによると、龍稜の木々は熱で枯れ始めているそうじゃ。大殿《だいでん》あたりが最も暑く感じるらしい。龍道は近づくことも躊躇《ためら》われるほどに熱い、と。熱の中心は龍道」

地睡戸《ちのねむりと》の隙間からは、熱風が吹く。龍道の奥にある何かが異変をきたし、熱が龍道からあふれようとしているのだろうか。

地睡戸の奥にある何かとは――地龍の他にない。

「八洲では雨が降り続いております。そして龍が姿を現しています」

岩から降りてきた居鹿や他の者たちが、顔を見合わせた。「まさか」と呟く声が大半だが、居鹿だけがぽつりと言う。

「気になっていました……。わたしは二十日以上、龍《りゅう》の姿を見ていません」

周りの者もざわめき、「そう言われれば」「見ていない」と、不安な声をあげる。

「これは皇尊が、地龍の御許にあるための異変ですか」

誰かが百枝皇子に問う。百枝皇子は意味深に空露に目配せする。その表情から彼が、日織の居所を明確には知らないのだろうと察した。

「そうやもしれぬ」

と、答えた百枝皇子に、空露は訊《き》いた。

「龍道の異変に対して、不津王からなにもお触れはないのですか」

偽りであろうが皇尊を名乗るのであれば、異変に手を打てば良いものをと腹立たしかった。少なくとも民への触れくらいは、形ばかりでも出せば良い。

「軟禁されておるらしいでな。さっき言うた龍稜に出入りしている采女は、軟禁されておる不津王の世話のために、附孝洲が龍稜の出入りを許しておる者だ」

冷ややかに百枝皇子は続けて言う。

「能市王、高千王、阿知穂足までもが龍稜に軟禁されておる。龍道がどうなろうが、不津王にはなにもできぬ」

愕然《がくぜん》とした。附孝洲国主は、形ばかりも龍ノ原を敬うのすらやめたらしい。

龍ノ原は熱を発し乾き、八洲は止まぬ雨で濡れている。熱は荒魂《あらみたま》たる地龍の怒りで、雨は和魂《にぎみたま》たる龍の不安か。皇尊たる日織は、もとは一つのものであるはずの双方を、鎮《しず》めなければならないのかもしれない。そのためには龍ノ原に戻らねばならないのだろうが――果たして、それだけで治まるのだろうかと、普段は意識したこともない神職の勘のようなものが働いた。

一度怒りだした神を、容易に鎮めうるものなのか。
（急がねば……）
ともかくまずは日織が、龍ノ原に戻らなければならないはずだ。
空露の中に大きな焦《あせ》りが込みあげた。

四章　宿す

一

棺《ひつぎ》。

あれは棺だ。

全身を何かが圧するような不快さで、日織《ひおり》は意識を取り戻した。

背中が汗で濡《ぬ》れ、胸のむかつきが酷《ひど》く、息が荒い。御床《ごしょう》に寝かされているらしく、視界の端に几帳《きちょう》の絹があり、真上には天井の梁《はり》がある。小屋裏に梁の影が揺らいでいるので、どこかに灯火があるようだ。

自分がどこにいるのか、どんな状態なのかわからない。

吐き気が込みあげる。肘《ひじ》に力を入れ、御床に押しつけられているかのように重い身体《からだ》を起こそうとした。しかし半身がひっくり返っただけで、その衝撃に我慢できなくなり、御床の傍らに顔を出して床に吐いた。

嘔吐《えず》きながら、頭の奥から滲《にじ》み出すように記憶が蘇《よみがえ》る。

(西殿《にしどの》。国主《こくしゅ》の居所に棺があった。しかも二つ)

大きく息をして吐き気をいなしていると、身体の苦しさに反応し、哀《かな》しくもないのに目尻《めじり》から涙がこぼれて頬を伝う。

国主の居所になぜ棺が置かれていたのだろうか。

棺を目にし、驚き慄《おのの》いた日織の背後から、「ご覧になってしまいましたか」という声がして、おそらく数人に腕を取られた。おそらくというのは、襲われたのが後ろからだったこともあるし、抵抗しようと闇雲《やみくも》に暴れているうちに目眩《めまい》がして視界がすぼまり、意識が途切れたからだ。

西殿に転げ込んだ後、正面枢戸《くるるど》に閂《かんぬき》はかけた。中に入ったときには、確かに人の気配はなかった。にもかかわらず何者かに襲われた。あの殿舎《でんしゃ》にはおそらく隠し戸のようなものがあり、そこから誰かが入ってきたのだろう。

(なぜわたしは生かされている?)

国主の居所に侵入した賊を捕らえて、なぜ生かしているのか。しかも獄所に放り込むのではなく、丁寧に御床に寝かせている。御床は古びて塗りもはげ、軋《きし》むが、横になるには充分だ。

「……鳥手《とりて》はいるか？」

細い声で問うが応《いら》えはない。

西殿に入った日織を、馬木《まぎ》配下の鳥手たちは見守っていたはずだ。彼らが今、日織の呼びかけに応えないということは、鳥手の守備が離れてしまっている証拠。

誰が日織をこの場所に連れてきたのかはわからないが、好ましからざる者の手に吾《わ》が身があるということだろう。自分の置かれた状況が良くないことはわかる。

（逃げなければ）

唇を拭《ぬぐ》い、御床から降りる。

身なりは女丁のままだった。帯にはさんであった護《まも》り刀《がたな》は、当然ながらない。無理にまとめた髪は頭皮が引きつれて痛かったので、解《ほど》く。

日織が寝かされていた殿舎は、逆封洲《さかのほうしゅう》の八社《はつしゃ》客殿と同じくらいこぢんまりしている。

母屋《もや》の中程に一つ、結《むす》び燈台《とうだい》が灯《とも》っていた。

隅々まで見えるほど明るくはないが、光の届くか届かないかの床に、赤犬が一匹伏せていた。獰猛《どうもう》な気配はなく、賢そうな黒い目で日織を見つめている。

近寄ってみると、座ったまま身を起こし、尻尾《しっぽ》をゆるくぱたぱたと揺らす。

なぜ犬がいるのだろうかと、不可解に感じながらも頭を撫《な》でた。嫌がる様子はない。見張りにつけるにしては、おとなしい犬だ。

犬のそばを離れ、蔀《しとみ》と枢戸を押してみるが、外から閂がかけられているらしい。揺らすことはできるものの、開かない。枢戸の隙間《すきま》から流れ込む、雨の匂《にお》い混じりの游気《ゆうき》を感じながら、ため息をついて戸に手を当てた。

手も足も出ないと思ったときだった。

「皇尊《すめらみこと》。お目覚めですか」

外の雨音に紛れるような細い声が、隙間から聞こえた。

隙間に耳をあて、こちらも囁《ささや》き返す。

「誰だ」

「鳥手でございます」

「ああ……！　そなたたち」

彼らの有能さに驚き、同時に感謝の念が湧《わ》く。

「よく来てくれた。ここは何処《どこ》だ」

「東林地《とうりんち》にある柵《さく》です。随分古く、使われなくなって久しい様子ではありますが」

応じる声がふいに明瞭《めいりょう》になったのは、外側から枢戸が開かれたからだった。母屋の中にある灯火だけでは顔がはっきりとわからないが、背の高い男で、声に聞き覚えがある。

附道洲《ふのどうしゅう》までの道中、しんがりで荷を積んだ馬の轡《くつわ》をとっていた者だ。

「これを」

紐《ひも》のついた草鞋《わらじ》が前に置かれた。日織が足を通すと、彼はしゃがみ込んで手早く紐を結んでくれる。彼の頭越しに階《きざはし》の下を見れば、別の鳥手二人の姿がある。

そのとき、日織の傍らを何かが走り過ぎた。鳥手たちも目で追った。母屋の中にいた赤犬だった。犬は、雨が降る暗闇にあっという間に駆け込む。

「……いかん！」

階の下にいた、馬木と同年代の鳥手が、強《こわ》ばった声とともに若い鳥手をふり返る。

「犬だ。知らせに走ったぞ」

「お急ぎを、皇尊」

促され、日織は階を駆けおり、鳥手たちとともに雨の中に走り出た。

「あのようなおとなしい犬が番犬になるのか」

走りながら思わず口にすると、傍らの若者が応えた。

「おとなしいから良いのです。吠《ほ》えれば、吾《われ》らは警戒して近づきません」

そうだったのかと、日織は歯ぎしりした。

おとなしい犬と油断したが、あの犬は油断を誘い、敵が現れたことを主《あるじ》に知らせに走る。戸が開けば、主の元へ走るように躾《しつ》けられているのだろう。

周囲は闇が濃く、視界はほとんどない。

鳥手の腰で跳ねる小さな球の灯りだけでは、頼りない。

足もとがぬかるみ、浮き上がった木の根らしきものを踏み、滑りそうになった。木立の中に入ったらしく、不意に細い枝葉で腕や顔を叩《たた》かれる。

背後がぼんやりと明るくなった。ふり返ると、松明《たいまつ》の炎が五つ迫ってきていた。雨粒が灰色の筋になって見えるほどに、背後の光が広がっていた。

追いつかれると焦《あせ》り、さらに膝《ひざ》に力をこめようとしたが、東林地の独特の腐葉土の香りがする。また胸がむかつく。

(こんな時に)

堪《こら》えて走ろうとしたが、木の根に足を取られた拍子に嘔吐《おうと》した。息が詰まり膝をつく。

「皇尊！」

鳥手たちが日織の両脇《りょうわき》に肩を入れ、立ちあがらせようとしたが、背後がどんどん明るくなっているのがわかった。この状態では逃げられない。

「わたしを置いて行け」

「吾らは皇尊をお救いするために来たのですよ⁉」

「ならばなおのこと、行け！　八社に戻ってこの場所を知らせ、馬木と図り、わたしを救う術《すべ》を考えよ。そなたたちが捕らえられれば命はない。しかしわたしならば、命は取られないはず。相手がわたしの命を取るつもりなら、西殿で取っている」

捕らわれた日織を一刻も早く助けようと、鳥手たちが焦ったのは当然だった。なにしろ相手の考えがわからないのだから、取り返しのつかないことになる前にと動いた。

だが、拙速だったかもしれない。彼らを焦らせてしまったのは日織の責任だ。

「わたしを救いたいなら、行け！」

最善の判断だと自信があった。このままでは鳥手が失われるだけ。それよりも鳥手が逃げることで、日織が救われる可能性を残せる。

護《まも》り手として鳥手たちはすぐれている。即座に日織の言葉を理解し、感情とは別のところで判断したらしい。

「必ずお助けします」

年かさの一人が自分を鼓舞するような強い口調で言い、日織を木の根方に座らせ、闇に消えた。

松明の灯りが近づき、日織の頰を照らした。

「……なんと……。奴《やっ》らは皇尊を、置いてけぼりにしたのかい。呆《あき》れたね」

橙色《だいだいいろ》の炎に照らされた、てれてれと雨に濡れる女の顔には覚えがあった。

名は、確か——。

「御前衆《おんまえのしゅう》、幾鳴三居《いくなりのみつい》」

ふっくらした頬の女は顔をしかめている。彼女を追って、二人の男がそれぞれ松明を掲げて現れる。

一人は雑な髻《もとどり》を結った、無精髭《ぶしょうひげ》の男。

「……曽地常磐《そじのときわ》」

口にしてから、その隣にいる今一人、禿頭《とくとう》に、頬から顎《あご》を覆《おお》う束子《たわし》のような髭の男を見やった。

「多々播無良《たたはりのむら》」

雨が額に降りかかり、肩が濡れ、冷たい滴《しずく》が胸元にどんどん染《し》みてくるのを感じながら、日織はようやく理解していた。

日織をこの場所に連れてきたのは、御前衆の三人だ。

(ならば国主、頭阿治路《とうのあじろ》はなにをしている?)

阿治路の居所にあった棺。

西殿に毎日出入りして国主の指示を仰ぐという、三人の御前衆。

粗暴短慮と呼ばれた国主が、あるときから変わった。

滅多に姿を現さぬ国主と国嗣《くにつぎ》。姿を現した時には、顔半分を面で被《おお》い、頭巾《ずきん》を着け、莫迦《ばか》に大きな皮衣を身につけていた。

それらが日織の中で、一つにまとまり結論を出す。

(附道洲国主の頭阿治路は、死んでいる)

気力が萎《な》えて目を閉じた。

国主の死を御前衆の三人が隠しているに違いないと、確信した。時折姿を見せる国主と国嗣は、身代わり。だから顔を隠し、頭巾を被《かぶ》っているのだ。

(どうすればいい)

死者と約定《やくじょう》は結べない。


日織は、虎生《こう》と呼ばれていた大柄な帯刀《たちはき》に背負われ、先ほど閉じ込められていた殿舎に戻された。抵抗しても無駄だとわかっていたし、抵抗できるほど具合は良くなかった。

湯で満たされた桶《おけ》と大きな布が幾枚か、さらに着替えが運び込まれる。

殿舎には御前衆の一人である幾鳴三居が残った。見張りをかねているのだろうが、手際《てぎわ》よく、泥まみれの日織の身なりを整える手伝いをした。

泥が散っていたので髪まですすがされた。

日織に手を貸しながら三居は、「ご気分はどうです」と度々訊《き》いてきたが、日織は応じなかった。彼女は気分を害した様子はなく、終始口元に笑みを浮かべ、きびきびとよく動いた。世話好きな質《たち》らしい。

袖をたすき掛けにして立ち働く姿は、兵《つわもの》というよりも女丁のようだった。

体をきれいにして下衣《したごろも》と大衣《おおきぬ》を身につけ終わる頃には、日織は身動きできないほど疲れていた。三居が「御床へどうぞ」と促すので従った。

言いなりになるのは歯がゆいが、どうしようもない。

目覚めた時に殿舎にいた赤犬は、三居の犬のようだ。彼女と一緒に母屋に入ってきて、最初とおなじようにおとなしく床に伏せている。

(頭阿治路は死んでいる)

梁を見あげながら、日織は考えていた。

(西殿にあった棺は二つ。一つが阿治路のものだとすると、もう一つは国嗣の矢治路《やじろ》)

泥が沈んだ桶と濡れた布を簀子縁《すのこえん》に出し、母屋に戻ってきた三居に、日織は声をかけた。

「国主、頭阿治路はいつ死んだ？」

しばらくの沈黙の後、福々しい口元に薄《うっす》ら笑みを浮かべたまま三居が答えた。

「十年前ですよ」

それほど前に死んでいたのには驚くが、さらに驚嘆すべきは、国主の死という重大事を十年隠しおおせていたことだ。

十年前と言えば阿治路の政《まつりごと》が変わりはじめた頃で、その前後で彼は妻を亡《な》くしている。

「阿治路が死んだのは、妻を亡くす前か後か？」

「どうしてそんなこと聞くんです」

「妻を慈《いつく》しんでいたと聞いた。その死で動揺して何かあったのだろう」

ははっと、三居が乾いた声で笑った。

「慈しむ？　それで動揺して？　そんな的外れな……ああ」

何か思い出したように、三居が口元をゆがめる。

「そんな噂《うわさ》を、たしか常磐が流していました。未《いま》だに流布《るふ》しているのが驚きですが、それが皇尊にまで伝わったとはね」

（噂を流した？）

なんのために御前衆が、そんなことをしたのだろうか。

「国嗣の矢治路も亡くなっているのだな？　いつだ」

国主が亡くなった場合は、粛々と国嗣が次期国主に立つ。なぜそうしていないかは、明白。国嗣も死んだのだ。確かめると、三居もあたりまえのように応じる。

「国主様と同じ時です」

「……同じ時」

国主と国嗣が同時に命を落とすとしたら、事故か、伝染する病だろうか。

三居はゆっくりこちらに近づくと、御床の傍らに立って日織を見おろす。彼女の口元の笑みが消える。

「御前衆の吾ら三人で、国主様と国嗣を殺しました」

二の句が継げず、日織は無表情な三居を見あげた。

はげかけた薄化粧の下には、こめかみと頰に染みとそばかすが浮いている。細かな皺《しわ》のある口元。ふっくらとした体ながら、腕は太く筋肉の盛りあがりがくっきりしている。一見、世話好きの乳母《めのと》のようだったが、その実、首の付け根の筋肉も逞《たくま》しく、太刀を振るう力は充分にあるとわかる。

先刻までの気のよさそうな女の気配が消え、冷酷な兵の目になっていた。

何を思って三居が日織を見おろしているのか、わからないから怖い。

「西殿でご覧になりましたろう。吾らが阿治路様と矢治路様の首を搔《か》き斬《き》り、棺に入って頂きました」

「……なぜ殺した」

怖いと思いつつも、訊かずにはおれなかった。三居は端座し、腰の太刀を傍らに置くと、なんでもないことのように淡々と口にした。

「あまりにも酷な政をなさるので。そして吾ら御前衆がいくらお諫《いさ》めしても、聞く耳をもたれぬどころか、吾らを罰しようとなさったので。国主様の理屈では、御前衆の任を解くことはできぬが、罰することはできるとのことでした。国嗣の矢治路様もご同様で、国主父子はよく似ておいででした。ついでに言っておきますと、国主様の妻である永虫《ながむし》様は国主様と矢治路様が二人で斬り殺しました。諫言《かんげん》がうるさい、と」

薄暗がりから、赤犬がこちらを見つめていた。犬と同じように真《ま》っ直《す》ぐな目で、三居は日織を見ている。

「実に横暴でした」

断罪する強さで口にした。

「吾らがなしたことに悔いはありません」

二

一片の動揺もなく語る姿に気圧《けお》される。一見気がよさそうな顔をした、福々しい女が、血腥《ちなまぐさ》さすらまとっている気がした。

「三居。どうだ」

簀子縁から、軽い調子の声がかかった。三居はふっと表情をやわらげ、ふり返ると、几帳の絹ごしに答えた。

「終わったよ。皇尊の御衣《おおんぞ》は整った」

枢戸が軋み、人が踏み込んできた気配がした。几帳の絹を押し開いて姿を見せたのは、御前衆である曽地常磐と多々播無良。彼らは三居の横に並び腰を下ろす。

起きあがろうと思ったが、身体に力が入らなかったので、顔だけを三人に向けることになった。

「無礼の数々お許しください。吾らは地大神《ちのおおかみ》を尊ぶ者ではありますが、やむを得ぬ事情によりこのようなふるまいにおよんでおります」

滑らかに告げるのは常磐だ。西殿で聞いた「ご覧になってしまいましたか」という声は、思い返せば彼のものだった。雑でだらしない身なりだが、口を開ければ言葉使いには品があり落ち着いている。

「確かに、やむを得ぬ事情ではあろう。そなたたちが国主と国嗣を殺害した後、十年間も生きているかのように偽装している、というのは」

押し黙った三人は、国主を殺した。彼らは八虐《ぎゃく》のうちでも忌《い》むべき重い罪とされる、国に仇《あだ》なす謀叛《むほん》を犯した科人《とがにん》だった。

しばらくすると多々播無良が、深く頷《うなず》く。

「左様にございます。本来ならば秘密を知った者は生かしておくわけにまいりません。

しかしあなた様は皇尊。あなた様を弑《しい》し奉《たてまつ》ることは八虐のうち最も重い罪であるのみならず、央大地《ひさしだいち》においても最も犯してはならない罪です」

「ではどうする？」

挑むように、日織は三人を睨《ね》めつけた。

「龍ノ原《たつのはら》にお戻り願います。いえ、お戻り頂きます」

目の光が異様に鋭い無良の表情には、威圧感があった。

「わたしは龍ノ原には戻らぬ。まだ戻れぬ」

「吾らがお送りいたします。窮屈ではありましょうが、籠《かご》にでも入って頂いて」

罪人のように籠に押し込めてでも、日織の身柄を龍ノ原に移すと言いたいらしい。続きを、常磐が引き取った。

「龍ノ原では、不津王《ふつのおおきみ》なるお方が新たな皇尊に立ったとの話も伝え聞いております」

不津が入道《にゅうどう》したと偽って祈社《きしゃ》から大首《おおおびと》へ夜鳴鳩を飛ばしたことは、日織も乙名《おとな》から聞いてはいた。愚かな行動だとは思ったが、そのことは八洲《はっしゅう》にも伝わっているらしい。

「吾らはそれが嘘《うそ》か真《まこと》か、知るすべはありません。そしてこちらにも皇尊がおわす。あなた様が真の皇尊か、こちらも吾らには知るすべがありませぬ。ですから、あなた様を龍ノ原にお送りすると申しあげております。ことは龍ノ原で、決着をつけて頂きとうございます」

冷え冷えとした怒りが、日織の中に生まれる。

「要するに……わたしを殺したいが罪が怖くて殺せない、ということか」

西殿で日織が棺を目にしたそのときに殺されなかったのは、彼らが皇尊を手にかける罪の重さに慄いたからだ。

「皇尊殺しの罪を犯すのが恐ろしい。だが、秘密を知ったわたしを放っておけぬ。ゆえに龍ノ原に送り、わたしの始末は不津につけさせようというのだな。卑怯者《ひきょうもの》め。そなたたちは国主を殺した。既に謀叛の罪を犯しているにもかかわらず、そのように取り繕うか」

恥じ入るように無良は目を伏せ、常磐は哀しげに微笑《ほほえ》む。

「いかようにもご解釈ください」

三居はなぜか心配そうな目で、日織を見ていた。わずかな間があり、彼女は「おい。常磐、無良」と、声をかける。

「皇尊は体調がすぐれぬご様子だ。癒師《いし》を呼んで診させようと思うが、良いか？」

「かまわんよ」、「ご無事に龍ノ原にお戻り願わねばならぬ」と、それぞれに答えて立ちあがると、二人はささくれだらけの床を踏んで出て行った。

「親切なことだな」

皮肉を口にすると、一人残った三居は眉《まゆ》をさげて深い息をつく。

「そんな憎まれ口を仰《おっしゃ》ると、可愛《かわい》いお顔が台無しですよ。わかってほしいなどとは、思いませんが。謀叛を犯した科人にも、大切にしたいものというのは、ありましてねぇ」

三居は枢戸に外から閂をかけて殿舎から離れ、すぐに戻ってきた。それから几帳の位置をなおしたり、結び燈台の芯《しん》を調整したり、細々したことを終わらせると、柱の一つにもたれて足を投げだす。すると彼女の傍らに、ひょこひょこと赤犬がやってきて、寄り添うように伏せた。

「そなたは、わたしの見張りをするのか？」

「ええ。なにしろ、国主様のことを知っているのは、わたしたち御前衆三人と、国主様つきの帯刀二人だけですからね。他の者には頼めません」

帯刀二人と聞いて、ぴんときた。日織を背負って殿舎に連れ戻した虎生と呼ばれる帯刀と、西殿にいたもう一人の若い帯刀。あの二人の背格好からすると、国主と国嗣の身代わりとして都の民の前に出ていたのは、彼らだったのだろう。

昨夜、鳥手たちを追ってきた松明の数は五つだけだった。

事情を知り動ける者が、ほとんどいないのだ。

柵の周りを警戒するように命じられた軍士はいくらか置かれているだろうが、事情を知らなければ臨機応変に動けず役に立たない。

鳥手たちが日織を救い出す隙は、いくらもあるはず。待つしかない。

「御前衆とは暇なのか？」

「忙しいですよ、いつも。でも、少しの間ですからね。わたしが動けないぶんは常磐と無良が、うまくやってくれます」

言いながら赤犬の頭を撫でる手つきは、優しかった。

「それはそなたの犬か」

「伊呂波《いろは》といいます。こいつも、わたしと同じ。くたびれた女ですよ。さあ、お休みください」

わたしも寝ますと、三居は腕組みして目を閉じる。

休めと言われたが気が立っているので、目を閉じるどころではない。御床に横たわったまま、日織は考えを巡らしていた。

(附道洲に国主はいない。いるのは国主の命を受けたかのようにふるまい、政を動かしている御前衆のみ。三人は国主を殺し、謀叛の罪を犯した)

このままでは、日織は龍ノ原に送られる。不津も中目戸《あたりのまと》も小躍りするだろう。逃亡を許して歯嚙《はが》みしていたところに日織が献上されてくるのだから、すぐさま命を奪うはず。

(どうやって『二附一封《にふいっぽう》の約定』を結べば良いというのだ！　国主がいない国と)

胸の上にかけてある衣の端を、強く握った。

附道洲が約定に加わらなければ、日織の計は破綻《はたん》する。

附義洲《ふのぎしゅう》と葦封洲《あしのほうしゅう》には、乙名と多麻呂《たまろ》がいるはずだ。彼らは日織が附道洲国主を口説けると信じ、約定を結ぶ遣いがやって来るのを待っている。

(計を成さねば)

鳥手たちに助け出されたとしても、それから先どうすれば良いのか。

体はだるく熱っぽく、動けないほどに疲れ切っていたが、眠気はいっかな訪れない。

焦りだけが強い。


まんじりともせず夜が明けた。

三居が結び燈台の火を消し、枢戸を開くと、雨模様ながら外の明るさが母屋の中を照らす。朝餉《あさげ》の粥《かゆ》が運ばれてきたので、口にした。眠れなかったものの、体を横にしていたおかげで、むかつきやだるさが、ましになっているようだった。

空になった椀《わん》を見て、三居は嬉《うれ》しそうな顔をした。

「起きてくださいまし。癒師が来ましたよ」

朝餉が終わって気がゆるんだらしく、うつらうつらしていた。三居に呼ばれ目が覚めると、御床の傍らに三居と並んで、見覚えのある老女がいた。

「あなたは確か……草風《そうふう》」

「ご存じで？　この者を」

三居が驚いたように草風を見やる。

「三日前、八社に呼ばれてこのお方を診させてもらいました」

草風はゆっくりと御床の傍らに膝をつく。

「わたしは平良城《たいらじよう》に仕えている癒師です。八社で癒師が必要なときも、従氏《じゆうし》はわたしを呼びますので。あなた様のことは何処のどなたか存じあげませんが、八社にとっても平良城にとっても賓《まろうと》と心得ました」

日織の手を取り、草風は脈を診る。それから首に触れ、「失礼いたします」と告げて、衣の合わせから手を入れ胸と腹に触れた。何度も確かめるように触れてから、草風は不可解そうに首を傾げつつ手を引っ込めた。

「三日前、熱っぽく胸のむかつきがあり、お体が重いと伺《うかが》っていましたが。今はどうでしょうか。少しお顔の色がよく見えます」

「あの時より、今はいくぶん良い」

深い困惑が草風の目に浮かぶ。

「あなたさまのお体、大変奇妙なのですが」

奇妙と言われても、不思議ではなかった。龍《りゆう》と縁《えにし》を成し、地龍《ちりゆう》と繋《つな》がりながらその怒りに触れた者の身に起こることなど、誰も知りはしないだろう。

「良いのだ。わたしの不調には理由がある。しかし、それは、そなたにわからなくて当然の……」

「いえ」

草風が遮った。

「わかっております。あなた様の不調の理由」

「わかっている？」

「ご懐妊です」

驚き、言葉がしばらく出なかった。

（懐妊？）

すなわち——子が宿っている、と。

三居が「やっぱりね」と呟《つぶや》いた。

「そんなはずは、ない」

意外すぎる草風の診断に啞然《あぜん》としたが、即座に否定していた。上体を起こして草風を正面に見据える。

「いい加減なことは、言わないでほしい」

「わたしも癒師でございます。いい加減なことなど申しません。伺います。前の、月のものはいつでしたか？」

「始まったのは……三十日前」

指折り数えて答えた。

月のものは規則正しい方ではなかった。間隔など気にする余裕はなかったが、反封《たんのほう》洲《しゅう》から逆封洲へ戻る船上で、月のものがはじまったのは覚えている。おおよそ七日ばかり続き、来須居《くるすい》に到着する頃には終わっていた。

もし身籠もったとするならば、悠花《はるはな》と再会したあの夜しかない。しかしあれは二十日ほど前のこと。

仮に身籠もっていたとしても、まだ体に明瞭な変化があるはずはない。そもそも日織の不調が始まったのは、来須居を出た日からなのだ。

悠花と会った夜から数えれば、たった十一日後。

日織の不調は懐妊が原因とは言えないはずだった。

「どなたかと契《ちぎ》りを交わされませんでしたか？」

直接的に問われ、恥ずかしさに視線をそらす。

「二十日ほど前だ。懐妊はそんな日数では、はっきりとわからないだろう」

「常であればわかりませぬ。はじめてお目にかかった時はまだ、わかりませんでした。しかし今日は、お体に触れると兆候があります」

草風は日織の胸と腹のあたりに視線を動かす。

「吐き気や目眩は、つわりです。察するに、そろそろつわりは治まり、お体が楽になる頃でしょう」

　軽く笑ってしまう。

「契った日から十一日後につわりか？」

「そうなのでしょう」

「莫迦を申すな」

「わたしも信じられませんが。しかしあなた様を最初に診てから四日経《た》った今、あきらかにお体が変わっておられる。おそろしい早さで、御子《みこ》が育っておられるのです」

　言葉を切り、草風は頭の中で日数を数えるように小さく首を揺らす。

「おおよそ一日で、常の六日間ほどの成長をされているとするなら辻褄《つじつま》が合います」

　自分の体は地龍《ちりゅう》との繋がりがあると、漂着の津で感じた。だから地龍の怒りが自分の体を蝕《むしば》んでいると考えた。

　しかし――。

（怒りではないのか？）

　人と契れば、懐妊はありえる。

　しかし常の六倍もの早さで子が育つとは、どういうことだろうか。

「胸にはりがありましょう。下腹に軽く触れてご覧ください。硬く小さなものが感じられます」

促されるままに、日織は衣の合わせから手を入れ、肌に触れた。言われれば確かに胸はほのり、そして下腹に、わずかだが常にはないものを感じる——。

懐妊。

言葉がやっと日織の中に落ちる。

(懐妊？　わたしは悠花の子を宿した？　けれど一日が、六日？　この身は地龍と繫がっているから？　しかし、だからとて歴代皇尊がこのような……)

困惑が混乱にまでなってきた。

歴代、女の皇尊はおらず、皇尊が子を宿した例はない。地龍と繫がりを得た皇尊が懐妊したとき何が起こるのか、誰にもわからない。

日織は懐妊したのかもしれない。

しかし身に宿ったのは悠花の御子か、地龍の御子か。

常ならぬ早さで成長しているとなれば、地龍の御子なのか。だとしたら日織は、龍を生むのだろうか。しかし契ってもいない地龍の子を宿せるのか。

悠花の子と考えるのが、順当。しかしだとしたらなぜ、このような常ならぬ様子の子が育つのか。

血の気が引く。

日織の体が揺れたのを察し、三居がすぐさま肩を抱く。

「すまなかったね、草風。この方に必要な薬などあるかい？」

「心穏やかに、栄養のあるものを食べて、ゆったりとお過ごしになることが一番です。つわりで弱っていらっしゃるので」

「もう良いよ。遠くまで呼んで、悪かった」

三居が礼を言うと、草風は「なんの」と親しげな笑みを返し、出て行った。

三居が日織の手を取った。なんのつもりかと思ったが、驚いたことに、自分の手が震えているのに気づいた。止めようと思ったが止まらず、三居はそれを見越したように、日織の震えごと掌《てのひら》を包み込んでくれた。太く短い指とぶ厚い掌は、温かい。

「はじめてのご懐妊ですか？」

「……そうだ」

威厳をもって応じようとしたが、肩を抱かれ震える手を握られているのだから、みっともない。しかしそれを、どうにかしようとする気持ちの余裕はなかった。

「はじめて身籠もるのは不安なものです。わたしのような女でも、最初の時は不安でしたからねぇ。あなた様のような細っこい方なら、なおさら。御子の育ち方も常とは違われるようだし。不安で当然でしょう」

「気づいていたのか、そなた。わたしが……」

ははっと三居は小さく笑う。

「わたしも三人の子を産み、そのうちの二度は、つわりを経験しておりますから、もしやと」

三居が日織の肩を強く抱く。

「こんなに震えて。大丈夫ですよ」

「……わたしの中に宿っているのは……なんだ？」

常ならぬ早さで成長するもの。それが自分の中にある、という恐ろしさ。

「あなた様の中に宿ったのは、あなた様の御子です」

「しかし常ならぬ……」

「常ならずとも、あなた様の御子ですよ。それだけは間違いないのです。あなた様が育《はぐく》まねば死んでしまう、弱い命。あなた様に必死に縋《すが》って、生まれようとしていると思うと愛《いと》しくないですか？」

怯《おび》える心に、ふと温かいものが触れたようだった。

（わたしに……縋る？）

三居は目尻を下げて日織を見て、「どうです？」と問うように小首を傾げる。

「若い頃、わたしは正直子どもは好きではありませんでした。うるさくて、あつかいもわからないので、苦手でした。でも子を産んでわかりました。産んだ子は、優秀だろうが、ぼんくらだろうが、人だろうが化け物だろうが、可愛いんですよ」

似ても似つかぬのに、なぜか三居の顔に、幼い頃に亡くした母の顔が重なった。目の奥が疼《うず》くように熱くなる。

（わたしも生まれるために、母にしがみついていたはずだ。わたしだけではなく、宇預《うよ》お姉様も、月白《つきしろ》も、悠花も……誰もがみな）

怯えの強かった心に、ふんわり明るいものが浮かぶ。それは生きようと必死にしがみつく、まだ意思も力もない、純粋なだけの小さなもの。

思わず三居の両手に縋り、胸に額を押し当てた。三居が身につけている大衣は、雨にぬれて乾いたためにごわつくし、煤《すす》のようなおかしな臭《にお》いがしたが、慕わしく感じられた。母の匂《にお》い――の、ような気がした。

「そうか……わたしの子」

「そうです。あなた様の御子」

自分の中に宿ったものが怖い。怯えは消えないが、同時に胸の奥に灯った温《ぬく》みがあった。宿ったのは悠花の一部かもしれない、と。子を宿した日織の体が地龍と繋がっているために、子が常ならぬ成長をしているのかもしれない。

成長の過程がどうあれ、宿っているのは悠花の子。

(悠花を……護らなければ)

悠花の一部が自分の中にいるならば、自分の身が大切な気がする。

「さあ、体を横になさってください。お可哀相《かわいそう》に、震えて」

ぶ厚い掌に促されて、再び御床に横たわった日織の手を握りながら、三居はもう一方の手で額を撫でる。

「ああ、申し訳ありません。皇尊にお可哀相に、などと、失礼を。わたしには娘がありましたので、あなた様のような若い方を見るとつい自分の娘と重なってしまい、可愛く思えてしまうのです。お許しください」

「娘がいるのか」

「以前いました」

目元の皺を深くし、まるで自分の娘のように三居は日織を見つめる。

「わたしに似ず、夫に似て、可愛い子だったのです」

「娘は子を産んだか？」

「いえ。十六で死にましたから」

応じた言葉の重さに、日織ははっとした。

「すまぬ。不用意に」

「いいんですよ」

笑って、三居は額の手をやわやわと動かす。

「娘が今も幸せに生きていて、誰かを夫として身籠もったら、孫が生まれたら、と。今も考えないわけじゃありません。けれどだからこそ、あなた様のような若い方が身籠もれば、娘のような気もしてしまうんです。お許しくださいますか？」

「うん」

子どものように日織は応じ、目を閉じた。三居の掌は温かく心地よく、真実娘を思う母の手の温もりがしたからだ。自然と目尻から涙がこぼれたのは、日織の中にある不安と恐怖を理解しながら、励まそうとする女の温みが心地よかったからだ。

「わがままを言っても良いだろうか」

「なんですか」

「少しの間、そばにいてほしい。わたしの気が静まるまで」

「明日の朝までででも、明後日《あさって》の朝まででも、ご一緒します」

また目尻から涙が一つこぼれた。次々に、こぼれる。

（こんな時に子を宿すとは。しかも……常ならぬ）

涙は不安からか、喜びからか。二つの気持ちが混じり合って判然としない。三居に手を握られ額を撫でられ、一日過ごした。日が落ちる前に運ばれてきた粥を口にして、また目を閉じた。三居は御床の傍らにずっと付き添っていてくれた。

夢を見た。

形は定かではないが、何かやわやわとしたものを腕に抱く夢だった。柔らかさと温かさが心地よく、全身を満たすほどに愛しく、自分の体や心はおろか、過去や未来までも全《すべ》て腕の中のものに注ごうと思えた。

はじめて覚える感覚だった。

赤犬の伊呂波が、小さく唸《うな》っている声で目覚めた。

ぼんやり開いた視界のなかに、御床の傍らで胡座《あぐら》をかいて腕組みして顔を伏せ、眠っている三居がいた。几帳の向こう側に灯りがあるらしく、雨風に炎が揺らいで絹の陰影が波打つ。

(風?)

枢戸が開いている。湿った游気を、ふいに鼻先に強く感じた。

と、次の瞬間、胡座をかく三居の背後に何者かの影が現れていた。

三

「動くな。声を出すな」

低い恫喝《どうかつ》の声が間近に聞こえ、日織は顔だけをあげた。

「……馬木」

三居の背後に馬木がいた。彼は背後から三居の喉元《のどもと》に短刀の刃《やいば》を当て、肩をしっかり押さえている。目を覚ました三居は、咄嗟《とっさ》に身構えようとしたが、首に押し当てられたものに気づいて動きを止めた。探るような横目で背後を見る。

「ははぁ、あんたたち昨夜、皇尊を置いてけぼりにした護衛だね。簀子縁に見張りの男が一人、いただろう。まさか殺してないだろうね？」

「無闇に殺すのは技のない者だ。縛って口を塞《ふさ》いである」

「それは良かった。あれは気のいい男なんでね」

闇の中、伊呂波の唸り声が続く。

几帳の隙間から見れば、灯りの届くぎりぎりのところで、伊呂波が背をしならせて立ちあがっていた。気づいた三居は、穏やかな声をかける。

「伊呂波。大丈夫だよ、伏せておいで」

警戒の色を浮かべたまま、伊呂波は主の声に従い身を伏せる。

三居と犬の様子を不可解そうに見ていた馬木だったが、刃はそのまま、日織に目を移す。

「お迎えにあがりました、皇尊。時がかかりましたこと、お許しください」

寝起きで、薄暗い中、現実味が薄いながらも、日織は身を起こした。

鳥手《とりて》が自分を助けに来ると信じてはいたが、己の身に宿るものを知り、強い衝撃を受けた後だったために、まだぼんやりとしていた。

「……来てくれると信じていた」

「お立ちになれますか？」

枢戸《くるるど》から二人、鳥手が入って来た。昨夜の三人の内の二人だった。残り一人は簀子縁で見張りに立っている。御床《ごしょう》の背後に腰を落とした二人は、日織の手を取ろうとした。

「良い……自分で立てる」

体はしゃんとしていなかったが、御床をおりた。

「お逃げください」

三居は日織を見あげて微笑むと、視線を鳥手たちに移し、両手首をまとめて差し出す。

「あんたたち逃げる前に、わたしの両手首と足を縛っていってくれよ。わたしが加勢を呼びに行けないようにね」

「逃がしてくれるのか？　わたしを」

「龍ノ原にお送りしたら、あなた様の命はない。だから吾らはあなた様を龍ノ原にと決めたんですよ。でも、あなた様は御子を宿しておられる」

馬木と鳥手の顔色が変わった。修練を積んだ彼らはそれ以上の反応を示さなかったが、内心動揺しているだろう。

三居が続ける。

「吾らは、皇尊殺しの片棒を担《かつ》ぐつもりだった。だが、あなた様は御子を宿しておられるために、吾らはさらに子ども殺しの片棒も担ぐことにもなる。わたしは、そこまでしたくない。それが民のためだと常磐や無良に言われても、子どもは殺したくない」

馬木が三居の前に回り、手首に縄をかける。彼女は抵抗しないどころか、やりやすいように腕をあげる。

「皇尊、外へお早く」

二人の鳥手が促すので一歩踏み出しかけたが、何かが日織を引き留め、三居をふり返った。

「わたしを逃がしたら、そなたはどうなる？」

「あなた様が国主《こくしゅ》様のことを黙っていてくださるなら、今まで通りに過ごせるかもしれないですがね」

「過ごせなければ？」

「吾《われ》らのしたこと、国主様のことが明るみに出れば、御前衆三人はただではすみませんね。常磐と無良は、家族があるので気の毒ですが。わたしには夫も子もいませんから、それらに累《るい》がおよぶ心配をしなくて良いのが楽ですよ」

日織は眉をひそめた。

「言っていることが、昼間と違う。子は三人産んだと言わなかったか。家族がいるように言わなかったか」

責めるような日織の口調に、きょとんとなった三居は、「ああ」と苦笑した。

「夫も子もいたのですが、死んだのですよ。夫は十五年前、国主様が附孝洲《ふのこうしゅう》の柵《さく》を攻める戦《いくさ》を仕掛けられたときに、討ち死に。一番上の男の子も、二番目の男の子も、それぞれ翌年に十七と十六で同様に。そして末の娘のことは申しましたね。兄たちを追うように十六で川に身を投げました」

まるで夫や子がどこに住んでいるかを伝えるように、淡々と口にしたが、対照的に日織は語られたことに衝撃を覚えた。

三居は家族全てを失っている。しかも娘は――。

「身投げ？　なぜ」

思わず問い返していた。昼間、娘は死んだと三居は言ったが、身投げだったとは聞いていない。

「昼間、言いませんでしたか？　わたしが戦に出ている間に、娘は身を投げました。女丁として平良城にあがってから、すぐでした。身を投げた理由は、本人から訊けないのでわかりません。わかりませんが……、無良が、国主様と国嗣の矢治路様から笑い話のようにして、娘について嫌な話を聞かされたそうですよ。無良は許せぬと怒ってくれましたし、常磐も同様でした。無論、わたしも。聞きたくなかったとすら思える、酷《ひど》い話でしたから」

酷い話の内容は、短慮粗暴の男たちが、下卑た生き物であればあるほど容易に想像できる。

「吾ら三人は国主様親子のふるまいに、悩んでいました。吾らの勤めは国主様をお諫めすることなのに、いくらどのようにお諫めしても聞く耳をもたれない。吾らはまったく役に立っていなかった。民は逃げ出すし、怨嗟《えんさ》の声が聞こえる。吾らは幾度も話し合い、幾度も謀叛の罪を犯そうとしましたが、できなかった。しかし罪を犯す躊躇《ためら》いがようやく消せたのは、娘のことがあったからですよ」

昨夜の、常磐と無良の顔をふいに思い出す。

日織が卑怯者と罵《ののし》ったとき、無良は目を伏せ、常磐は哀《かな》しげに微笑んだ。そして「いかようにもご解釈ください」と、諦《あきら》めたように告げたのだ。くわえて三居が「悔いはありません」と、口にしたときの顔が脳裏をよぎる。

（御前衆《おんまえのしゅう》三人は忌むべき謀叛の罪を犯した。犯したが……）

胸の中にある己の覚悟が、声を発する。おまえも、戦を唆《そその》かす大罪を犯す決意をしているではないか、と。

罪と知りながらも、必要だからと。

両手首を縛られた三居は、続いて両足を揃《そろ》えて前に出す。馬木は複雑な面持ちで、足首に縄をかけはじめる。

「皇尊《すめらみこと》、外へ」

重ねて鳥手が促す。三居も言う。

「行ってください、皇尊。図々《ずうずう》しいですが、無良や常磐をお恨《うら》みくださいませんように。わたしも含め彼らも、ここ十年必死だったのですよ。ともかく、お早く。御身大切に」

両拳《こぶし》に、日織は力を込めた。

（逃げて……どうなる？）

鳥手が助けに来てくれた。さらに三居にも逃がすと言われたのだから、願ってもないことだ。

だが逃げてどうなるのか。

逃げても、国主のいない附道洲《ふのどうしゅう》と約定を結べるはずはない。

政は御前衆の三人が、国主が生きているのを装《よそお》ってここ十年続けているのだから――。

無意識に下腹に手をあてていた。恐ろしい、愛しいという、常ならば同居するはずのない気持ちが自分の中にある。

体の奥から、今までにない力が生まれているような気がした。

もし己の計が成らず龍ノ原に戻れなかったら、央大地が海に沈むかもしれない。もしそうなったときには、自ら命を絶てば良い。最後にはそんな捨て鉢な決断もあると思っていた。疲れ切ってしまえば、もしかすると日織の死は神が欲するところかもしれないから、粛々とそれに従うべきやも知れぬという考えが心の隙間《すきま》に生まれていた。

だが日織の命が絶たれれば、もうひとつの命が消える。

命とは、安易にあつかって良いものではない。

だとすると――日織は己の計を成すしかないのだ。

「皇尊、お早く」

鳥手の声音にじれったさが滲《にじ》む。

「馬木。その者の縄をとけ」

歩みをすすめる代わりに、日織は命じた。

馬木は、三居の足をおおかた縛り終わろうとしていた。日織の命令にふり返った彼の目に、驚愕《きょうがく》の色がある。

「とけ、と？　なぜです」

「すまない、馬木。鳥手たち。わたしは逃げぬ。逃げては全てが終わる」

馬木と鳥手たちを、日織は順に見つめた。

「礼を言う、皆に。わたしの望みに従って危うい真似《まね》をしてくれた。さらに捕らわれたわたしを、これほど素早く助け出しに来てくれた。鳥手たちがいてくれることが、どれほど心強いか。歴代これほどそなたたちに助けられた皇尊はおるまい。心からありがたいと思う。わがまま勝手なことをする皇尊で、すまぬとも思う。だが、わたしはそなたたちを頼りにしてしまっている。わがままついでに、わたしの望みを聞いてくれ。わたしは逃げず、ここに留まり、交渉を試みる」

鳥手たちは啞然とするが、馬木は流石《さすが》に反応が素早かった。

「何が御身にあらせられましたか」

「わかったことがある。わたしは身籠もっている。そして附道洲が今、いかなる状態かも知った」

「ご懐妊とあればなおのこと、このような場所からお早く」

「逃げても先がない。それはそなたたちに無理を願って、平良城に侵入したときと変わっていないのだ。やるべきことは、あのときと同じ。交渉をすることなのだ」

「皇尊を拉致《らち》し監禁した者と、交渉を試みるのですか？　この者らは応じましょうか？」

　日織は頷く。

「相手は用心深く、必死な者たちだ。だが十年も国を安定させる知性と理性のある者たちだ。可能性はある。だから交渉を試みる。そなたたち、この周囲に控えていてほしい。もしわたしの見込みが甘かったときには、そのときこそ、わたしを助け出してくれ」

　今一度、鳥手たちを見回す。

「頼む。今逃げても先がない」

　日織は、手足を縛られたまま目を見開いている三居の前にしゃがむ。

「三居。縄をとくから、曽地常磐、多々播無良を呼んでくれ。御前衆三人と話をしたい」

「なにを仰るのです。お逃げくださいよ」

「ここから逃げても、わたしは自分の成すべきことからは逃げきれないんだ。そなた、子は殺せぬと言ったな。わたしもそう思うから頼むのだ。わたしは逃げても、結局このままで身を滅ぼすしかない。頼む、三居」

「とは、言われましてもね……」

「わたしは、生きたいのだ。この子を生かしたい。そのためだ、頼む」

「逃げないことが、それに繋がるのですか？」

「そうだ」

逡巡《しゅんじゅん》する三居に、日織は重ねて言う。

「常磐と無良は、平良城か？」

「平良城。もしくは平良の邸《やしき》にいると思いますが」

「どのくらいかかる」

「これから馬で向かえば、夜明けには連れてこられるとは思いますが」

「朝になっても構わぬ。だから頼む」

ため息をつき三居は頷いた。縄をとくと、彼女はすぐに出て行った。

馬木の目配せで鳥手の一人が三居の後を追った。おかしな真似をしないよう、見張るためだろう。それを見送った馬木が礼をとる。

「吾らは殿舎《でんしゃ》の近くに控えております」

「すまない、馬木。鳥手たち」

日織が声をかけると、馬木は「御意のままに」と小さく応じ、鳥手たちと一緒に母屋《もや》から出て行った。

すこし吐き気がしたので御床に横になっていたが、以後は眠れなかった。枢戸の向こうの景色が薄暗い灰色になると、御床をおりて簀子縁《すのこえん》へ出る。

雨と土と腐葉土の匂いが強い。

簀子縁の床板の端は腐食して朽ち崩れ、欄干にも亀裂《きれつ》がある。雨粒がしたたり落ちる軒にはぶ厚い苔《こけ》がはびこっている。

簀子縁からは、築地塀《ついじべい》が崩れて、基礎の石組みだけになった様が近くに見える。崩れた築地塀を乗り越え、東林地《とうりんち》の雑木が内側まで侵食していた。

体調が良いせいか気持ちも落ち着いていた。

「ご気分は」

馬木の声が聞こえたのでそちらを見れば、いつの間にか簀子縁に膝《ひざ》をついていた。

「良いよ。ありがとう。三居が曽地常磐と多々播無良を連れてきたら、中へ通してくれ」

「承知いたしました」

と、応じながら、彼には珍しく何か言いたげに言葉尻《じり》が不明瞭《ふめいりよう》になる。

「どうした？」

「ご懐妊……と」

「そのようだ」

「どうすることが御身にとって最も良いのか、わかりません。吾ら皇尊をお護《まも》りして参りましたが、ご懐妊あそばされた皇尊は初めてなので」

困惑しきった馬木の表情を、初めて目にした。

「今までと変わらずで良い。悪いな。苦労ばかりかける」

母屋に戻ると日織は身なりを整えた。その様子を赤犬の伊呂波が見つめていた。

「伊呂波」

呼ぶと、ぴくんと耳が動く。伊呂波の胴にある乳房は、萎《しお》れ垂れている。子犬を産んだことがあるのだろう。

「子というのは可愛いか？」

ぴくぴく茶の耳が震える。

整えた衣の上から、下腹部に手を当ててみた。怖さと喜びが相半ばして、不思議だった。

（龍の子が出てきたらどうするか）

游気《ゆうき》が凝《こご》って形になって龍は生まれるのだから、日織の腹から出てくるはずはないとは思う。だが誰も経験したことがないので、わからない。

（人の子であったら）

男でも女でも、悠花に似れば良いと思った。

（あるいは人と龍が交じり合ったような異形の子か）

ありえるかもしれないが、とりあえずは健やかであればいい。

龍の子の鱗《うろこ》はやわらかいだろうか、温みがあるだろうか、滑らかだろうか。

人の子の肌はどんな香りがするだろうか、手触りはさらさらしているだろうか。

異形の子の肌は鱗と人肌が混じり合うとしたら、どんな触れ心地か。

夢の中での感覚が蘇《よみがえ》る。

どのような子でも良いから腕に抱きたいと、強く思った。悠花を抱きしめたいと思う以上に、抱いてみたい思いが突然に強くなる。自分の中に宿るものがそうさせているかのような、ふいに湧《わ》いた気持ちだった。

（この腕に子を抱くために――自らの命をつながねば）

□□□

馬木が鳥手たちとともに八社《はっしゃ》を出てから、どれほど経っただろうか。

客殿の簀子縁に座った夏井《なつい》は、明けゆく灰色の空を眺めていた。

（雨が降り続き、これほど空が隙間なく雲に覆《おお》われていても、その向こうで陽はのぼり明るくなるとは不思議なものだな）

雲は光を通す。それは今、龍ノ原を取り巻いている状況に似ていると思えた。雨が降り薄暗いが、真っ暗闇《くらやみ》ではない。光は雲の上にある。

「鳥手が戻る気配はありましょうか」

真尾《まなお》が母屋から出てきた。夏井の傍らに立って、大きな水たまりができた庭に目を向ける。

一昨夜、皇尊が平良城への侵入を試みた。じりじりとして待っていた夏井と真尾の元に、真夜中過ぎに駆け戻ってきたのは馬木だけだった。皇尊は何者かに拐《かどわ》かされ、配下の鳥手たちが追っているらしいという。

神職にしては珍しく、真尾は烈火のごとく怒り馬木を怒鳴りつけた。

夏井は、気力が削《そ》がれるような不安を覚えた。鳥手たちは全力で事に当たっているのだから、叱《しか》っても仕方ない。それよりも皇尊の運が尽きかけているのではないかと、ひたすら不安だった。

運など、いつ尽きてもおかしくない。皇尊の御位《みくらい》は、大きなものを引きずりすぎているのだから、たかがしれている人一人の運など、どこまでもつだろうか。

皇尊の身に何かあれば、悠花皇女《ひめみこ》になんと伝えれば良いのかと、切なかった。

明け方近く、泥まみれの鳥手三人が戻ってきた。皇尊は東林地にある、半ばうち捨てられた柵に連れて行かれて、閉じ込められているという。

西殿《にしどの》から皇尊を連れ出し柵に移動させたのは御前衆の三人と、西殿で国主と国嗣《くにつぎ》の側《そば》に仕えている帯刀《たちはき》の二人、その五人。彼らは皇尊を連れ出すと荷車に乗せて運び、西殿には外から鍵《かぎ》をかけてその場を離れたという。

不可解だった。

西殿に外から鍵をかけたとなると、中に人はいないのだ。ならば国主と国嗣は、どこにいるのだろうか。

さらに御前衆は、日織の顔を見て皇尊とわかったはずだ。どれほど突拍子もない行動をしている皇尊に腹を立てても、そのまま八社に送り返してくるしかない。密《ひそ》かに拐かすくらいならば、密かに殺すほうが手間がないのだが、さすがに相手は皇尊だ。

皇尊に対する畏怖《いふ》はあれど、帰すわけにもいかない理由があるのだ。

そしてなぜか国の大事にかかわる御前衆ともあろう者たちが、自身で動き、少ない人数で行動している。

(国主には何かしら秘密がある)

よもやと、不吉な可能性が頭にうかぶ。

もし皇尊が秘密を知ったのだとしたら、どのように扱われるだろうか。鳥手たちが少しでも早く皇尊を救い出すのを期待するしかない。

「鳥手たちが出て行ったのは、昨夕。場所は東林地。距離があります。そうそうすぐには、戻って来ないでしょう」

腰をずらし、誘う。

「座って待ちましょう、真尾様」

隣に端座した真尾は、雨垂れを見つめる。

「妻である御方の身に何が起こったのか、わからない。おつらいでしょうに、落ち着いておいでなのに感心いたします」

言われて、「そうだったか」と思い出す。夏井は皇尊の夫ということになっているのだ。

「不安ですが、騒いでも状況は変わりませんから。待つしかありません」

本心だった。

鳥手によると、皇尊が監禁されている柵はほぼ無人らしい。皇尊が連れて行かれるのと同時に、柵を警護するために十人ばかり軍士が配置されたが、その程度だという。鳥手の手に余るような状況ではないはず。皇尊の体調は良くないが、昨夜と違い、準備を整えて鳥手たちは向かった。負ぶってでも逃げ出せるように備えている。

しばらくすると、従丁が朝餉の膳を運んで来た。もうそんな頃かと気づき、真尾とともに食べたが、その後も夏井は簀子縁に座っていた。

真尾もつきあうように、夏井の隣に並んでいた。

会話はなかったが、もともと真尾も無口であるし、夏井も余計なことを喋《しゃべ》りたいたちでもないために、沈黙は苦にならなかった。

雨雲の上で陽が高くなった頃。喉《のど》の渇きを覚えた夏井が、真尾をさそって白湯《さゆ》を飲もうかと考えていると、回廊の向こうに鹿角音《かづぬね》の小峰《こみね》の姿が見えた。

早足でやってきた小峰は、簀子縁の端に手をつく。

「失礼いたします、夏井王《おおきみ》。真尾様。皇尊はいずれにおいででしょう」

「本日はご体調がすぐれぬゆえに、御床からお出になってはおらぬが、なにか」

真尾は平然と嘘をつく。

「そうですか。ではお二方にお伝えしておきますが、しばらく八社からお出にならぬほうが、よろしいかと存じます」

「何かありましたか」

夏井の問いに、小峰は心配げに眉をひそめた。

「阿毛野《あけの》様の配下が平良城に参ったようです。ほどなく阿毛野様ご本人もお見えになるかと」

「阿毛野というのは、国主の異母弟で奈見郡郡主《なみぐんこおしゅ》の？　なぜ突然に」

国主の阿治路と異母弟の阿毛野は仲が悪く、どちらが国主となるかの争いがあったとも聞いた。不仲の異母弟が突然兄の居城を訪れるとは、ただごとではないだろう。

嫌な予感がした。

「来訪の理由はなんですか」

小峰は首を横に振る。

「わかりませんが、下働きの者たちが言うには、突然お見えになったと。国主様から呼ばれたのであれば、事前に城中には達しがあるでしょうから、阿毛野様の方から、前触れもなくお見えになったとしか思えません」

「国主と不仲の異母弟が来たからと、なぜ外へ出てはならぬ」

真尾のもっともな疑問に、小峰は声をひそめる。

「阿毛野様は御気性が荒いのです。かつての阿治路様と同様……それ以上と思《おぼ》し召しください。気に入らなければ、皇尊のご一行にも手を出しかねませぬ。逆にお気に召されても、面倒なことになります」

どれほど粗暴横暴な人なのかと、夏井は少々面食らう。視界に入るだけで危ないと、小峰は告げているようなものだ。見境のない獣あつかいだが、そう思われるだけのことが過去にあったのだろう。

くれぐれも八社からお出にならぬようにと念を押し、小峰は去った。

「……偶然でしょうか。皇尊が忍び込まれた翌々日に、突然、国主と不仲の異母弟がやって来るなど」

夏井の呟きに、真尾は呻《うめ》くように応じる。

「わかりかねます」

「そうですね、わたしにもわかりませんが」

ただ、と夏井は内心で思う。皇尊と無関係ではないだろうと。

（お早くお戻りください、皇尊。何かが動き出しています）

五章　吾《われ》ら科人《とがにん》の末と知る

一

今朝から体調は随分といい。すっきりとはしていないが、いつ何時吐き気に襲われるかもしれないというような切羽詰まった感はない。

雨音は静かで人の気配はないが、馬木《まぎ》と鳥手《とりて》たちは、異変があれば飛び込んでこられる位置にいるはずだった。

母屋《もや》の中程にある藁蓋《わろうだ》に日織《ひおり》が腰を下ろして待っていると、簀子縁《すのこえん》を踏む足音がした。三居《みつい》とともに常磐《ときわ》と無良《むら》が姿を現す。

日織は大衣《おおきぬ》の袖《そで》をさばき、ゆったりと座り直した。

三人は日織の前に端座し、頭《こうべ》を垂れる。

「顔をあげよ」

「吾ら御前衆《おんまえのしゅう》に話があると、三居から聞きました。どのような御用件でしょうか」

警戒の色を滲《にじ》ませながら、常磐が口を開く。

常磐も無良も、日織に呼ばれたからといって素直に来るものではなかったはずだ。しかし三居が彼らを説得しただろうことが、常磐の言葉から察せられた。

日織は目顔で三居に感謝を伝えようとしたが、彼女の方は、心配そうな表情をしているだけだ。逃げてほしかったと無言で伝えてくる。

大丈夫と微笑《ほほえ》み、日織はまた口元を引き締めた。

「まずは伝えておく。わたしはそなたたちのしたこと、今していることを、公《おおやけ》にするつもりはない」

常磐の唇に、皮肉げな笑みが浮かぶ。

「地大神《ちのおおかみ》の最も近くにあらせられる方が、地龍《ちりゅう》信仰が罪深いとする八虐《ぎゃく》の謀叛《むほん》を犯した科人の罪を、見て見ぬふりをする、と？　そう仰《おお》せですか」

「そうだ」

三居は不可解そうな顔をしていたが、無良は苦笑した。

「皇尊《すめらみこと》がそのようなことを本心で口になさっていると信じるほど、吾らはおめでたくありませぬ」

常磐と無良の反応は予想できたものだ。日織ですら、もし同じ状況で先代皇尊がそう口にしたら、「策略のための方便だ」と断じるだろう。罪を知りながら見逃すとしたら、罪を容認したことになるからだ。

罪を容認するということは、同様に罪であるのだから。

「まあ、良い。前提として覚えておいてくれ。ここからが本題だ。先に、わたしが附道《ふのどう》洲国主《しゅうこくしゅ》に宛《あ》てた書札《しょさつ》は、そなたたちが目を通して返事を書いたのだな」

「はい」

常磐が応じたのは、返事を書いたのが彼だからだろう。彼は国主の手跡を真似《まね》られるのかもしれない。

「あの書札にも書いたから、知っておろう。わたしは附道洲の先行きを決めるのに大切な話を、国主としたいと思って平良《たいら》に来たのだと」

「残念ですがご存じのように、国主はおりませぬ」

「いや、国主と話をしたい」

「申しましたように、国主は」

なぜ頑なにそのように言いはるのだと、常磐が少々うんざりした顔になるのを、日織は遮る。

「国主は、目の前にいる。そなたたちだ」

三人ともに、理解できないと言いたげに眉《まゆ》をひそめた。

「そなたたちが十年、陰ながら国主としてふるまってきたなら、そなたたちこそ事実上、国主だ。国主であるそなたたち三人と、附道洲の先行きにかかわる話をしたい」

毒気を抜かれたように、常磐がぽかんとした顔をする。

「……吾らと……と。吾らが国主……？」

「事実そうなのだから、そなたたちが国主。わたしは国主と話をする」

「皇尊。吾らは国主ではありません。致し方なく、国主が存命のように装《よそお》っている、ただの御前衆。国の先行きなど、大きな話ができる者ではないのです」

無良が身を乗り出す。

「ならば、そなたら、なんのために政《まつりごと》をしている」

「附道洲を良き国として護《まも》るためです」

「この先はどうする」

「正しき国主を立てられるように考えております。今はまだ幼いですが、頭《とうの》一族の末席に国主に立てるにはうってつけのお子がおるので。そのお子が成長なさるまで、吾らは場つなぎを」

「阿毛野《あけの》という、阿治路《あじろ》の異母弟がいると聞いた。国主になる争いまであったのだろう。国主が新たにほしいならば、なぜ阿毛野を新たな国主に立てぬ」

痛いところを突かれたと言わんばかりに無良が言葉に詰まったので、大きく息を吐き、三居が言い放った。

「阿毛野様を国主に据えたら、また数年後に吾らが殺しかねませんよ。そのようなお方です」

常磐が「おい」と三居をたしなめるが、彼女は鼻の穴を膨らませる。

「もはや取り繕うこともないだろう」

三居の発言を薄めようとするかのように、無良が慌《あわ》てて口を開く。

「とにかく吾らは国主ではなく、国主が立つまでの場つなぎ……」

「場つなぎであれば、責はないのか？」

日織は無良を遮り鋭く問う。

「場つなぎでも、国を背負う責は同じはずだ。場つなぎだからと、決断をせずにいて良いのか？　おざなりに場を繋《つな》いでいる間に、国は傾き滅びるぞ。そんな場つなぎならばなくて良いだろう」

「そうならないために、吾ら御前衆はこの十年力を尽くしてきたのですぞ」

日織の言い方に腹が立ったのか、常磐が強い口調で言い返す。

「そのようなことは知っている！」

日織は、さらに強く返す。

「わたしは先日、民が捧《ささ》げた言札《ことふだ》を見た！　だからわたしは、そなたたちを国主と呼んだのだ」

押し黙る三人に日織は続けて鋭く言う。

「自分たちが場つなぎと考えるのは良い。しかし今、場つなぎでも三人は国主だ。自身を卑下するな、誤魔化すな。そなたたちは国主で良い。だからわたしの話を聞け。わたしと対話し、附道洲の先、一原八洲《いちげんはっしゅう》の先を見よ。決断せよ！　わたしはそなたたちが今、国主としてあると認めている。今のこの状況を隠しておきたいというなら他言する気はない。それは前提として伝えた。ただ、わたしは国主と話がしたいだけなのだから」

雨風が吹き込むと、日織の背後で几帳《きちょう》が床を撫《な》でる。

「ええ、と……」

静寂がおちてしばらくして、鬢《びん》を掻《か》きながら常磐が口を開く。

「吾ら謀叛を犯した科人ですが、皇尊はその科人が今は国主と仰《おっしゃ》る。対話すると仰る。罪を問う地龍信仰の、尊き大神に最も近しい御方がそのようなことをして良いのでしょうか」

「くどい。最初にも言った、良いと」

「神に罰せられませぬか」

「わからぬ。神がわたしを罰するなら、罰すれば良いと思っている。わたしは対話を望んでいるが、結果がわたしの望み通りになれば、これからわたしは、自身で大罪を犯すことになるはずなのだ。それを覚悟して対話を望んでいる」

三人の御前衆は互いに顔を見合わせた。

皇尊が口にしていることが、自分の解釈で合っているのかと、確かめ合っているようだった。神に最も近い場所にいるはずの皇尊が、罰するつもりならば罰しろと、不遜《ふそん》にも神に挑むようなことを口にしている。しかもこれから大罪を犯そうと考えている、と。

そんなことがあるのか、と。

彼らは動揺している。動揺につけいるように、さらに言葉を重ねた。

「そなたたちは、そなたらの罪を見逃すのか許すのかと散々わたしに問うたが、見逃すも許すもない。わたしも科人の仲間なのだから」

微笑んで日織は告げた。


「仲良くしようではないか、科人同士」


度肝を抜かれたように、御前衆三人は日織を見ている。

静寂が落ち、その隙間《すきま》を埋めるように雨風が吹き込む。

誰も動かず口を開かない。

日織だけが微笑んでいる。

ゆっくりとした瞬《まばた》きを、伊呂波《いろは》があくびした。二十は数えた。

くうっと、伊呂波があくびした。それを合図にしたように、日織の視線と三つの視線が交差し、向き合う真ん中あたりで四つの視線が絡《から》み合った。瞬間、ふっと互いの胸の内が見えるような、おかしみが込みあげてくるような游気《ゆうき》の緩みが生まれた。

常磐が顔を伏せ、小さく笑い出す。と、それにつられて無良が目尻《めじり》を下げた。三居の口元がゆるむ。

禿頭《とくとう》をつるっと撫でて、無良が呆《あき》れたように口にする。

「皇尊とは、このようなふるまいをなさるお方なのですか」

「わたしは歴代とは少し違うようだ」

三居が声をあげて笑った。

「昨夜《ゆうべ》までわたしと一緒にいた御方と同じとは、思えませんねぇ。失礼にもお可愛《かわい》らしいなどと、思っていましたが」

懐妊を知り衝撃で震えていた自分と、それを受け止めて御前衆の三人の前に座った自分は、確かに何かが違うと感じる。弱さと強さが、月と日のように自分の中で巡るが、月があるのも日があるのも、同じ空。また月も昇るし日も沈む、またさらに月も沈むし日も昇る。己の中でその繰り返しだ。

日が昇るうちは幸い。そのうち昇らなくなることもあるかもしれない。

「では腹を割って、仲良くいたしましょうか。皇尊が吾らのことを公にせぬとお約束くださるならば、それを信じ、あなた様を龍ノ原《たつのはら》に送るなど非道なことを吾らもいたしません。その代わりに、吾らはあなた様の仰るように、場つなぎの、仮の国主に似た立場の者として伺《うかが》います」

常磐が緊張を解いた表情で、しかし真摯《しんし》な声音で問う。

「なにをお望みで附道洲にいらっしゃいました、皇尊」

問いを発した常磐のみならず、無良も三居も居ずまいをただす。正面から聞こうという姿勢だ。

(ようやく、か)

国主と――真実、国主としての責任を負う者と、ようやく対面できた。なんと手間取ったことかと疲労を覚えもするが、安堵《あんど》もした。なぜなら目の前の三人には、言葉が通じる理性も冷静さも感じるからだ。

「わたしは二つの約定《やくじょう》を望んでいる。『一附《いっぷ》二《に》封《ほう》の約定』『二《に》附《ふ》一封《いっぽう》の約定』と呼んでいる、二つだ」

附孝洲《ふのこうしゅう》による、龍ノ原と逆封洲《さかのほうしゅう》の蹂躙《じゅうりん》。それに対抗するための二つの約定。さらには二つの約定を背景にして叶《かな》う、附敬洲《ふのけいしゅう》と附道洲による附孝洲への侵寇《しんこう》。

「わたしの望みは一原八洲の安寧。これはそのための計」

計を語ると、三居の表情が険しくなった。

「戦《いくさ》をせよと仰せなのですか、皇尊」

「そうだ。戦を促すなど途方もない罪と知っているが、あえてだ」

夫と息子二人を戦で亡《な》くしたと、三居は言っていた。彼女に戦をせよと告げるのは、苦しい。

「この計で今後、八洲に続く小競《こぜ》り合《あ》いをおおかた防ぐことができる。そのための戦だ。安寧のための犠牲だ」

己で口にしながら嫌なことを言っていると感じる。

八洲の行く末と安寧のために死ねと、たとえば悠花《はるはな》に言えるのか。夏井《なつい》に言えるのか、空露《うつつゆ》に言えるのか、居鹿《いしか》に言えるのか。既に亡くなってはいるが、もし生きていたとしたら、月白《つきしろ》や宇預《うよ》に言えるのか。

（誰にも言いたくない、そのようなこと）

だがもし自分が、悠花やその他の愛《いと》しい者たちの行く末を護るために命を賭《と》して行けと言われれば、行くだろう。事実今も、ぎりぎりのところで踏ん張っているだけで、命はいつそこなわれても不思議ではない。命がけで踏ん張るのは、慈《いつく》しむ者たちのため。

命じられるのではなく、己の意思で護りたいと思えば命を賭《か》けられるのかもしれない。

「わたしは対話をしたいと望んだ。命じているのではなく、問うている。わたしは逆封洲の国主にも、選べば良いと言った。同様にそなたたちにも問い、選べば良いと言いたい」

日織は命じるのではなく、「あなたには、犠牲を払っても良いと覚悟するものがあるのか」と、問うしかできない。

「吾らが計を拒否したら、如何《いかが》なさいますか」

重い声で発せられた無良の問いに、日織はゆるく首を左右に振った。

「先を見つめて考えての結果か、と問う」

「それでも拒否したら」

「一原八洲はそれまでだったと、思うしかない。この計が成らねば、いずれ必ず央大地《ひさしだいち》は人の争いで乱れ、かつて大海にあった大地と同じく海に没するはず。海に没するまでの間、大切なものを少しでも永く保つ方法を、わたしは考えるだろう。だがそれは虚《むな》しいな。いずれ海に沈むまでの幸いに汲々《きゅうきゅう》とするのは」

掌《てのひら》を自然と下腹に添えていた。

(この子の生きる央大地は、在り続けられるのか？　さらにこの子の末に連なる子らの時は？)

はるか先も今と地続きなのだ。自分と関わりないようだが、繋がっていくもの。

日織の仕草に何かを察したらしく、常磐と無良が問うように三居の方を見やった。

「皇尊はご懐妊だ。昨日わかった」

なんと、と常磐と無良は同時に明るい声をあげ、頭をさげた。

「お慶《よろこ》び申し上げます」

「慶賀の至りに存じます」

あたりまえの祝いの言葉が、新鮮に聞こえた。恐怖と不安、めまぐるしく働く思考と、決意と緊張——それらの連続の中で、あたりまえのものを忘れていた。

自然と祝いの言葉をくれる彼らの心の在り方が、嬉《うれ》しかった。

「そうか。喜ばしいことだったな」

顔がほころぶ。

「礼を言う」

三居がつられるように笑顔を見せ、常磐と無良も微笑む。

「わたしは、あの子のそんな顔が見たかった。あなた様と同じように身籠《みご》もった人が、今の附道洲にもいるのでしょうね。その人たちも、そんな顔をしているのかもしれない」

何気なくだろう口にした三居に、常磐が返す。

「そんな人が今、幾人いるだろうか」

「大勢だな。かくいうわたしの甥《おい》の妻も、子を宿したと十日ほど前に知らせがあった」

応《こた》えた無良は、思いを馳《は》せるように遠い目をする。

「甥も、その妻も……、皆、一原八洲の先が、良い形であることを願っているだろう。だとしたら吾らは、考えなければならぬかもしれん。確かに附孝洲の脅威は、龍ノ原侵寇で増した。央大地が海に没するほどに乱れる予兆としては、充分なほどに」

「附孝洲がこのままであれば乱れは続き、央大地全体が揺らぐ。そこで皇尊の計、ね」

悩ましげにこめかみに手をやった三居の横で、常磐が腕組みして梁《はり》を見あげた。暫《しば》しの沈黙の後、ぽつりと問う。

「……のるか？」

短い一言に、無良が重く頷《うなず》く。

三居も「そうだね」と応じた。

（この者たちは国主を殺した。忌《い》むべき罪、謀叛を犯した科人。だが）

彼ら三人を見つめていると、日織の中にじんわりと滲むように、広がり生まれる思いがあった。

（この者たちこそ真実国主ではないか）

御前衆三人は、互いに目配せし合うと威儀を正し、日織に対峙《たいじ》した。

「承知いたしました、皇尊」

常磐が凜《りん》とした声で言う。

「附道洲は『二附一封の約定』を成し、その後、附敬洲と機を合わせた附孝洲への侵寇をお約束いたします」

三人が叩頭《こうとう》しようとした、そのときだった。

「御前衆！」

切迫した声とともに、若い兵《つわもの》——西殿《にしどの》で帯刀《たちはき》として仕えていた青年——が、髻《もとどり》を乱し濡《ぬ》れ鼠《ねずみ》になって母屋に駆け込んできた。ふり返る三人の前に、転げるようにして膝《ひざ》をついた彼は、息を切らしながら叫んだ。

「西殿の棺《ひつぎ》が開かれました！」

二

御前衆三人の顔から血の気が失《う》せる。

「どういうことだ、帆衣《ほい》」

駆け寄った三居は、帆衣と呼んだ彼の両肩を励ますように摑《つか》む。常磐と無良も、帆衣の傍らに膝をつく。

思わず日織も立ちあがっていた。

「なにがあった。申せ」

焦《あせ》った表情ながらも、常磐は相手を宥《なだ》める声音で言う。

「常磐様と無良様がこちらに向かわれてすぐ後に、阿毛野様の配下の兵たちが五十人ほど平良城に参りました」

「阿毛野様の配下であれば、北見柵《きたみさく》にいるはずであろう。なぜ平良城に来る」

奈見郡郡主《なみぐんこおしゅ》の頭阿毛野は、彼が支配する郡家《こおけ》に常駐しているはずで、配下も同様だ。奈見郡の郡家は北見柵という。都の平良とは奈川《ながわ》をはさんで、さらに南。人の足で五、六日は必要な距離だと聞く。

「以前から探られていたようです。国主様と国嗣《くにつぎ》の様子が怪《あや》しいと」

肩で息をしながら、帆衣は額から垂れる滴《しずく》を拭《ぬぐ》う。

「数日前に検分で平良城を出たとき、阿毛野様は平良の近くまで配下を引き連れて来ていた模様です。検分の道中に、国主様と国嗣に無理矢理に対面しようと。しかし民の数に阻《はば》まれ、諦《あきら》め、代わりに平良城に配下を忍び込ませていたようです」

三居が呻《うめ》く。

「一昨夜の騒動で、西殿の中を見られたか」

「そのようです。忍んでいた配下の知らせを受け、真偽を確かめようとさらに阿毛野様配下が平良城に入り、続いて阿毛野様御自身が入られ、西殿を開き……」

恨《うら》めしげに、帆衣が日織を睨《ね》めつけた。

「あの騒動のせいで」

自分がきっかけなのかと日織が顔色を変えたのを認め、無良が首を横に振る。

「いや、あの騒動のせいではない。そもそも阿毛野様が、国主様と国嗣の道中で、無理矢理の対面を画策していた時点で、遅かれ早かれ事実は露見しただろう」

以前から動きはあっただろうに気がつかなかった、と、無良は口惜《くや》しそうに呟《つぶや》いた。

「平良城はどうなっている？　阿毛野様の動きは？」

常磐の問いに、帆衣は唇を嚙《か》む。

「国主と国嗣の死を隠し続けたとなれば罪は大きいと、御前衆を捕らえよとの命令を出されました。さらに阿《あ》北郡《ほくぐん》郡主に、国主と国嗣の死を知らせる遣いを出しました。兵《つわものの》守《かみ》、蔵守《くらのかみ》、刑《ぎょうの》守《かみ》を呼び出し、国主、国嗣がおらず、御前衆が揃《そろ》って罪人となれば、自分以外に政ができる者はおらぬと仰せられ、仮の国主となると宣言されました」

「早くも国主気取りか」

三居が吐き捨てた。

国主と国嗣を亡き者とした御前衆がそれを公にしなかったのは、国主になるのに相応《ふさわ》しい者がいなかったためだ。唯一《ゆいいつ》立場的に国主となれる者は阿毛野であったが、御前衆たちは危険とみなした。

　しかし事実が露見すれば、新たに国主として立てるのは阿毛野しかいない。彼の動きは当然だろう。

　日織は愕然《がくぜん》としていた。

（ことが露見した？　阿毛野が国主となり御前衆が捕らえられる？　ならば当然、御前衆が先ほど約束した『二附一封の約定』と附孝洲への侵寇は……）

　掴みかけていた希望が指の間からすり抜け落ちて、床で粉々になった気がした。しかしそれ以上に衝撃なのは、目の前にいる三人の御前衆が、大罪人として捕らえられるだろうことだった。

（この者たちが）

　懐妊を知り混乱した日織を勇気づけてくれた三居が、懐妊を知り言祝《ことほ》いでくれた常磐と無良が。国主と国嗣を諌《いさ》めきれず、民のためにと大罪を犯し、さらに十年もの間、国に安定をもたらしていた三人が――捕らえられるというのだ。

　御前衆の三人は、互いの顔を見やるのみ。何も言わない彼らにしびれをきらしたのか、帆衣が重い沈黙を破った。

「御前衆。身をお隠しください、早く。平良城の家人《けにん》たちは、御前衆を捕らえることに二の足を踏みましょうが、阿毛野様の配下はそうではありません。お三方をなんとしても捕らえようと血眼になっています」

常磐が苦笑いした。

「わたしの一族も、無良の一族も、すでに捕らえられているだろう。一族がなぶり殺しになるのがわかっていて、逃げることはできまい」

「しかし常磐様や無良様を捕らえたからとて、阿毛野様が一族の方々を放免するとはおもえませぬ。あのお方は、そういうお方です」

「だからとて逃げてどうなる。わたし一人が生き残っても」

顎《あご》の無精髭《ぶしょうひげ》を撫で、常磐は視線を上に向けた。梁や小屋裏のずっと上、古い檜皮《ひわだ》屋根のさらに上を見ようとするかのように、目が遠い。

「神はお許しにならんか、やはり」

「神の許しなどいらぬ！」

かっとして、思わず日織は叫んでいた。

「神が許さずとも、わたしは龍ノ原を出た。そのために異変が起こっているが、それでも出た。神が許さないからと運命に従うだけで、悔しくないのか。わたしは抗《あらが》いたいから、神の許しなどなくとも抗った。そなたたちも抗えば良い。まず逃げろ。護領山《ごりようさん》を越えた、わたしのように」

八虐《ぎやく》は地龍信仰の定めた罪。中でも謀叛は、謀反《むへん》の次に重く忌むべきものとされる。

重々知ってはいるが、それを犯した御前衆三人が、日織には許されざる科人には思えない。神が許さぬとしても、抗えと命じたくなるほどに、彼らが罰せられるのを見たくなかった。

「あなた様は、八虐を犯したのではありませんでしょう。吾らは謀叛を犯しました」

常磐が苦笑した。

「皇尊が龍ノ原を出るのも、八虐を犯すのも、罪は罪。同じ罪だ」

「重さが違いますな」

言葉をはさむ無良を、きっと見やった。

「罪の重い軽いなど簡単に決められるのか。神に問うても答えはないのに」

三居が、ぽつりと呟く。

「答えを出すのは神ではなく……人心」

意味がわからず問い返そうとしたが、その前に常磐が断言する強さで、いっそ清々《すがすが》しい声で言う。

「良いのです、皇尊。これが謀叛を犯した科人の結末に相応しいのでしょう。国主を手にかけた時から、このような時が必ず来ると覚悟はしていました。実はこの時が来るのが、予想したよりも随分遅かった」

常磐のみならず、無良も三居も意外なほどに落ち着いていた。

（この者たちは……それほどの覚悟で）

愕然とする。

国主を殺したとき、彼らは己の死や族滅を覚悟したのだろう。覚悟を胸に秘め、それがいつになるのか不安を抱きながら、ここまで来たのだ。

兵としての潔《いさぎよ》さと覚悟に、日織は何を告げれば良いのかわからなくなる。国主殺しの重みと、十年の歳月は、日織の言葉に左右されるような軽いものではない。

「吾らは良い。帆衣と虎生《こう》こそ、身を隠さねばならないよ。吾らの指示で国主と国嗣の身代わりを勤めたと露見すれば、ただではすまないだろうね」

励ますように言い、三居は日織をふり返る。

「皇尊。あなた様の護衛が捕らえている帯刀の虎生という者、すぐに放してやってくれませんか。この帆衣と一緒に逃がしてやりたい」

「……わかった」

まずは御前衆の望みを叶えるべきだろうと、日織は簀子縁へ向かって馬木を呼ぶ。彼は中の声を聞いていたらしく、虎生を連れて姿を現した。日織と御前衆三人に黙礼して、虎生の縄をとく。

虎生は帆衣の隣に膝をつき御前衆を見あげて、縋《すが》るように促す。

「御前衆。吾らと一緒にお逃げください」

「気持ちだけ受け取っておくよ」

三居は笑って、二人の帯刀の肩を叩《たた》く。

「ぐずぐずしている暇はないだろう。行け」

唇を噛み、二人の帯刀は深く叩頭すると立ちあがった。彼らが何かをふりきるように外へ出たのを見送って、御前衆は三人並んで日織に向き合った。

無精髭の顔を、常磐がゆがめて苦笑いする。

「申し訳ありません、皇尊。附道洲の先について、一原八洲の先について、お話しくだされたが、吾らの潮時のようでございます。先ほどのお話は新たな国主、おそらく阿毛野様となさるしかないようです。吾らはこれから平良城へ戻り、罪人として捕らえられて裁かれますので」

「……なぜ逃げぬ」

未練がましくもまた口にした日織に、無良が応えた。

「阿毛野様は吾らが国主を殺し、十年、人々を欺《あざむ》き続けたと公にします。吾らは許されない」

「非道な国主を廃して陰ながらに善政をしいたのが、許されないことなのか!?」

「それはとらえかたの問題。罪を犯すことで何が良くなろうが、何が助かろうが、罪は罪。罪ある者は罰せよ、となる。それが神の理《ことわり》。いや、神のご判断というよりも……人の心でしょう」

ぞっとしたのは、先刻三居が呟いた言葉の意味が、この時ようやく腑《ふ》に落ちたからだ。

――答えを出すのは神ではなく……人心、と。

（知っている）

日織はよく知っている。人心というのがいかに厄介なものか。

容易に想像ができた。

喧吏《けんり》が都に出て、民に向かって言うだろう。

御前衆三人は国主と国嗣を殺害し、国政をほしいままにして十年を過ごした。謀叛の罪を犯した上に、人々を欺き国を吾《わ》がものとした、厚かましさ。国主がどんな人物であれそのような勝手が許されるはずはない。民は騙《だま》されていた。正しき心をもって、これは断罪するべきで怒るべきである。

あたかもそれが大勢の言葉であるかのように喧伝されれば、人の認識は容易に歪《ゆが》む。怒るべきだ、怒らなければ神を蔑《ないがし》ろにするのと一緒だと、煽《あお》られる。

国主が生きていたときの政と、この十年の政、どのような違いがあったのかなど、煽られた感情で冷静な判断は霞《かす》んでいく。

どんな理由があろうと罪は罰せよと、自分のなかにある残虐さを正義とする心地よさで、そう認める者たちは多い。そういった者たちこそ声高なのも、日織は知っている。

日織も神を欺いたと糾弾された。友となった龍《りゅう》の助けがなければ、高く叫ばれた声に促された人々に罰せられていたはずだ。

しかし——附道洲に龍はいない。八洲に泳ぎだした龍たちはいるが、日織の存在にすら気づかない。しかも彼らが人々の営みや願いに添うことのほうが少ない。日織の呼びかけに応じた龍でさえ、あのときの偶然の巡り合わせだったのだ。もし容易に助けてくれるようなものであれば、日織は護領山など越えずにすんでいるだろう。

罪は確かに罪だが、罰せられるべきなのか。それに解をくれる圧倒的な存在は、ない。

(龍よ！)

心の中で思わず呼んで両手の拳を強く握るが、日織に龍の声は聞こえないし、応えてくれるわけもない。

圧倒的な力がほしいと人が思っても、龍も神も都合良くは動かない。

三居は大衣の下をさぐると、帯にはさんであったらしい護《まも》り刀《がたな》を取り出した。

「これをお返しします。まこと間が悪うございました、皇尊。吾らが平良城に戻らねば、家人たちが阿毛野様に、吾らの居所を知らぬかと締めあげられましょうほどに」

「しかし……！」

どうにか彼らを救うことはできないかと思ったが、都合良く名案など浮かぶべくもなく、渡された護り刀を握りしめる。

「吾らのことは、お気になさらず」

無良が厳つい顔で意外なほど穏やかに口にすると、常磐がおどけたように言う。

「そもそも吾ら八洲の者。龍ノ原の民とは違います。吾ら科人の末と知っております。科人の末であるから、まあ、このように罪も犯し罰も受けます」

御前衆がそろって叩頭した。

「宿望成就なさることをお祈りします」

「お役に立てず申し訳ありません」

「健やかな御子《みこ》の御誕生を願っています」

常磐、無良、三居が、それぞれに言うと、顔をあげてきびすを返す。三人の背が枢戸《くるるど》の向こうの、雨模様の灰色の景色へと踏み出す。

彼らの後ろ姿を見送ると、胸の中に形にならないものが渦巻く。

日織の望みは『二附一封の約定』を成して、附孝洲への侵寇を、附道洲に約束させることだ。これから阿毛野が国主となるならば、改めて彼と対話すれば良い。

それだけのこと。

日織にとっては、この騒動はそれだけの話なのだ。

対話の相手が新たな国主ならば、逆に望ましいとすら言えまいか。陰で国主の代わりとして政を動かしていた御前衆よりも、国主一族の正しき国主と対話し、望みを叶える方が、理にかなっているると言えるのかもしれない。

「皇尊。ここを離れましょう。八社《はっしゃ》にお連れします」

馬木に促され、皮衣を肩に着せかけられて日織は殿舎《でんしゃ》を出た。

鳥手が森の奥から馬をつれて来た。日織は馬にまたがり、その場を離れた。

（あの三人が罰せられる）

頭の中で、それればかりが巡る。

ぴくりぴくり動き、馬の耳は時々雨粒を散らす。馬木に轡《くつわ》をとられた馬は、雑木が左右から枝を伸ばす森の中を抜けていく。取り囲むように歩く鳥手たちは、油断なく視線を周囲に走らせ続けている。

雨が冷たかった。色を変えた木の葉は、雨に打たれてぱらぱらと落ち続けている。木々が密集している森の中でも、少し見通しが良くなっていた。冬は近い。

（龍よ。龍よ）

まばらになった葉を通して、灰色の空を見る。雨の白い斜線が見えるばかりで、龍の姿はない。呼んでも意味がないことを知っていたが、呼ばずにおられない。

（龍よ。やはりわたしの姿が見えぬか）

龍に日織が見えたとしても、望みを叶えてくれはしない。よく知っているのに、駄々をこねるように何度も恨みがましく思うのだ。問うてみたくなるのだ。せめて、勇気づけるかのように、姿を見せてもらいたくなる。

しかし、目に映るのは灰色の雲ばかり。

「御前衆はどうなるだろう」

無意識にぽつりと口にすると、馬木が応じた。

「斬首《ざんしゅ》となりましょう」

手綱を強く握った。

（ならばこれから、わたしは阿毛野と対話するのか）

痛みのように鋭い思いが胸に走る。

（嫌だ）

御前衆三人は国主に代わり十年、附道洲を治めてきたのだ。功績は明らかだ。短慮粗暴の国主の評判が、時大器《ときのたいき》とまで変わったのは――彼ら三人の治世によるのだ。

（彼らを罰せさせて良いのか？　神が定めた罪を犯したからと）

皇尊が本当に神に最も近い場所にあるなら、今皇尊である日織が、考えなくてはならないのかもしれない。神の定めだからと、考えもせずに従うだけで良いはずはない。それならば人でなくとも、良いはずだ。律を書いた料紙一枚を皇尊の座に置いておけば良い。

御位《みくらい》に人が座るというのは、その人が考えるからこそ座るのだろう。

神も龍も人を助けない、応えない、道を示さない。

ならば日織が考え判断するしかない。

「……彼らを」

口を開くと、額を流れ落ちた雨粒が唇に触れた。馬木がこちらをふり返る。

「何か仰いましたか」

「御前衆を罰するなど、させはしない。わたしは、彼らこそが附道洲の国主だと思った。そして彼らは、わたしの望みを叶えてくれると約束もした。だから罰せさせぬ」

どうすれば御前衆を救えるのか。意地悪な冷たい雨に額を叩かれながら、日織は必死に考える。

力尽くで彼らを救い出し、一族ともども国外へ逃がすことは困難だ。日織に従っているのは、神職の真尾《まなお》と、もと官吏の夏井。比多《ひた》。馬木と鳥手三人。力業など使えるものではないし、御前衆の三人も護り続けた故国を捨てるのを良しとしないだろう。彼らは自分たちの罪を重くとらえ、罰も仕方がないとすら思っているのに。

逃がすのが無理ならば、彼らが罪を許されるしかない。神に、あるいは人の心に。

（神も龍も、応えてくれぬ。だとしたら……罪人と人々から糾弾されるだろう彼らを、どうすれば……。彼らが犯した罪は変わらぬのだから、それを……）

ふっと、何かが脳裏をかすめた。

（そうか。事実は、変わらないのだ。御前衆を罰するべきと人心が煽られても……）

思い出されるのは、平良の都大路を埋めた歓呼の声。国主の列に、言札を差し出す人々の手。

（賭けには違いないだろうが、この目で見たものを信じたい）

一つの考えが固まる。

これも神への問いかけの一つになるのだろう、きっと。

なぜこんなことばかりとは思うが、仕方がない。

これが日織の巡り合わせだ。賭けも問いかけもしない選択もできるが、日織はそれを良しとはできない。幾つでも何度でも問うと決めることで、今の日織になったのだ。それを止《や》めようと思ったときが、日織の息が止まるときのような気がする。

三

いつかこんな日が来るだろうと、幾鳴三居《いくなりの》は覚悟していた。曽地常磐《そじの》も多々播無良《たたはりの》も同じだろう。「棺が開かれた」との知らせを聞いたとき、恐怖を覚えるとともに、これまでかという、白々とした諦めが三人を支配したのだ。

平良城外郭正殿《せいでん》の前に、御前衆の三人、曽地常磐、多々播無良、幾鳴三居は、後ろ手に縛られて引き出された。きつく背後に縛《いまし》められているので肩は痛いし、縄が手首に食い込みこすれて、じくじくする。その痛みも屈辱も、なにほどということもない。しかし、これからどのような仕打ちがあるのかは、考えるのも嫌で、自分の爪先《つまさき》が泥を蹴《け》るのを見つめていた。

（わたしは幸いだ。家族がいない）

屈辱的な姿を家族に晒《さら》さないですむのは、常磐や無良よりもましだと思えた。あの二人は家族どころか、一族も多い。間違いなく根絶やしにされる。家族、一族を巻き添えにした責めも、常磐と無良は負わねばならない。

夫の顔を思い出そうとしたが、自分を打ち続ける雨に溶けるように霞んでいる。

十五年も前に阿治路の命令により、附孝洲の国境《くにざかい》を無謀に侵す戦で死んだ夫。骸《むくろ》は取り戻せなかった。討ち取った敵将の一人として、附孝洲の路傍に首が晒《さら》されたと聞いた。

三居は、南見柵《みなみさく》を守護する常軍軍監《じょうぐんぐんげん》の一人娘だった。

幼い頃から活発で体格にも恵まれ、力も強かったので、父は娘を兵として育て、彼女はそれに応えて成長し、二十代の半ばで既に南見柵の常軍副将軍になった。それと同時に配下にいた夫を見初めた。「副将軍に娶《めと》られた」と揶揄《やゆ》されながらも、苦笑いで受け流すような男で、顔立ちは目がくりくりと可愛らしかった。しかし上背はあり、戦となればとてつもなく長い槍《やり》を馬上で振り回す兵だった。

夫が死んだ翌年に立て続けに二人の息子も討ち死にし、そして娘も――。

腹の底に怒りがぐらっとわきあがるが、阿治路と矢治路《やじろ》の骸を棺に放り込んだときのことを思いかえすと、怒りがわずかに静まる。

しかし、消えはしない。

怒りも哀《かな》しみも屈辱も三居の中にはあり続け、消えることはなく、苦しい。これから罰せられて絶命するとしても、この苦しみが消えると思えば、すっと肩の力が抜ける気もする。それも良いな、と。

ただ心から気の毒なのが常磐と無良だ。彼らは三居のような直接的な悲劇に苦しんだのではなく、責任感と義憤で三居と同じようにこの場に引き据えられたのだから。

せめて彼ら二人だけでも罪が軽くならないかと思うが、彼ら自身が承知しないだろう。

二人はそんな男なのだ。

頭阿毛野の配下に小突かれ、階《きざはし》前のぬかるみに三人は跪《ひざまず》かされた。

簀子縁に揃っていた兵守、蔵守、刑守は痛ましげに顔をゆがめる。軒下に立つ軍士も、回廊に集まった家人たちも一様に困惑した表情だ。

階の上に腰を下ろした巨漢だけが、眉を吊《つ》り上げ眦《まなじり》を決し、御前衆を見おろしている。

上背があるうえに、横幅は大の男四人分もあろうかという大男。肥えているだけではなく、首も腕もはりがあり、ぶ厚い脂肪の下に硬い筋肉があるのがわかる。

本人たちは嫌い合っていたが、異母兄の頭阿治路に良く似ていた。

「顔をあげよ、御前衆《おんまえのしゅう》」

太い声で巨漢——頭阿毛野は命じた。

三人は顔をあげた。

常磐と無良は、縛られて泥の中に跪いていているとは思えないほどに、落ち着いて気負いない表情。三居も特に感情は動かなかった。それが気に入らないのか、阿毛野の眉間《みけん》に、不快げな皺《しわ》が深くなった。

「西殿の棺を見た。あれはわたしの兄君と甥殿、国主と国嗣だな。かなりの年月が経《た》っておろう。国主が引きこもりがちになったのは十年前。二人が亡くなったのはその頃か」

「おおよそ」

と、常磐が感情もなく応じた。

常磐は人ごみに入れば容易に紛れてしまえるような毒気のない男だが、頭が切れるし冷静だ。若い頃は野心もなく刑目《ぎょうのさかん》などを務めていた。

多々播無良は阿北郡郡介《こおのすけ》を務めていたが、役に立たない郡主の代わりに郡政を動かしていた。

二十年前、三人が先代国主によって御前衆に任じられたとき、常磐、無良、三居はともに三十代であった。御前衆に任じられるには若すぎるとの意見もあったが、先代国主は阿治路の性質をよく理解していたのだろう。知恵も知識も豊富だが、肉体的に弱った老人が御前衆であれば、阿治路は侮《あなど》って諫言《かんげん》に耳を貸しはしない、と。ある程度の経験と実績と知識があり、まだ活力が残っている三人を選んだのだ。

しかし結局、阿治路はどんな御前衆であろうと、意見に耳を傾けることはなかった。

「二人同じ頃にお亡くなりになったか」

阿毛野の問いに、また常磐が答える。

「左様でございます」

「双方とも遺骸《いがい》の首の骨に刀傷があった。何者かに殺害されたのは明白。誰がやったのか、そなたらは知っておろう」

自分たちの仕業と答えるべきか、否《いな》か。迷ったのは自分たちにくだされる罰を恐れたからではなく、告白によって他に累《るい》がおよばないかを咄嗟《とっさ》に考えたからだ。いずれ告白するにしても、今ではないかもしれない。あるいはずっとお茶を濁して言を左右にしていれば、御前衆がやっていることに薄々気づいていた者たちは、断罪される前に逃げ出せるかもしれない。

雨に濡れながら押し黙った三人に向かって、阿毛野は薄笑いを浮かべる。

「言いたくないいなら、平良城にいる女丁、下働きを含め、家人どもの首を端から落とすぞ。兵守、蔵守、刑守。呼びにやった阿北郡郡主も含め、一人一人。誰がやったかわからぬのだから、かかわりのありそうな者全部罰するしかなかろう。最後は、そなたたち三人だ」

正気を疑った。阿毛野が国主《こくしゅ》になれば、自分が護《まも》るべきとなるはずの人々を手にかけると言っているのだ。

何事かと回廊の端に集まっていた女丁や下働きたちが、顔色を変えてその場を離れようとしたが、阿毛野はめざとく見つけ、声を張った。

「おい！　今動いた、回廊あたりにいた連中が全員あやしいぞ。引っ捕らえて、斬《き》れ」

はっと応じて走り出したのは、軒下に控えていた阿毛野配下の兵五人。女丁や下働きたちが怯《おび》えて声をあげ、走り出す。兵たちは腰の太刀に手を添え構えながら、逃げ出した者たちを追う。

(本当にやる気なのか!?)

三居は腰が浮きそうになるが、肩を殴りつけられて跪かされた。

阿毛野が、本気で女丁や下働きたちをあやしいと思っていないのは明白。兵たち自身もけしてそうは思っていないが、嬉々《きき》として従う。彼らにとっては、面白い娯楽なのだ。

女丁の一人が躓《つまず》き泥の中に倒れた。兵が笑って太刀を抜き、駆け寄ろうとした。

声をあげようと三居が口を開く前に、

「おやめくだされ！　吾《われ》らです」

と、無良が声を張った。ほっとして無良を見やると、「すまぬ」というように小さく、こちらと常磐、双方に頭をさげた。三居も常磐も、構わないと示すために首を横にふる。太刀を構えた兵はつまらなそうに足を止め、ふり返る。女丁はもがき立ちあがり、走って行く。

「なんと言った？」

阿毛野は目を細める。

「国主様と国嗣を手にかけたのは、吾ら御前衆三人」

堂々と三居は答えた。続きを常磐が引き取る。

「そして三人で示し合わせ、国主様と国嗣が存命のように偽装しておりました。さらに国主様の命と偽り、吾らが家人たちに様々に命じておりました」

簀子《すのこ》縁《えん》に並んでいた重臣たちが、動揺して顔を見合わせる。

「御前衆が……国主様を」

「十年もか」

「では政《まつりごと》は全《すべ》て御前衆が偽りで」

そのとき御前衆の背後にいた阿毛野配下の兵が、「あっ」と声をあげた。

「龍だ！」

動揺の上にさらに動揺の声が上がる。

その場にいる者の視線が、兵の指さす方へ向かう。

正殿背後には青々とした山肌がたちあがっており、山の峰にかかるほどに低く、霧のような雲が降りている。雲と稜線《りょうせん》の間に、白銀の何かがうねり、北から南へと泳いでいく。雲に阻《はば》まれてはいたが、鱗《うろこ》に覆《おお》われた胴が見えた。うねる鱗は山肌にあるものなど気にとめる様子もなく、ゆらゆらと泳いでいくのみ。こちらのことなど気づいてもいない、悠然たる動き。

どよめく声を圧するように、おもむろに立ちあがった阿毛野の声が響く。

「見よ！　龍が現れたのは、神が罪深き者どもにお怒りの証《あかし》」

龍は人の世とはかかわりないとばかりに、南の雲間にあっさりと消える。

阿毛野は龍から何かを受け取ったかのように両手をさしあげ、その後に腕で胸を抱くようにして叩頭した。

大仰な阿毛野の仕草に見入る者が多い中、御前衆は冷めた目をしていた。

「自己陶酔がすぎる」

と、常磐が細い声で言ったのは、幸い、背後に立つ兵には聞こえなかったようだ。三居も内心笑った。

(皇尊《すめらみこと》の前にすら、龍など出てきていなかったけれどね)

不本意ながら三居たちは皇尊を捕らえ軟禁したが、彼女を助けに来たのは人だった。龍の姿など見えはしなかった。神に最も近い人の危機にすら姿を見せない龍が、こんなものの数ではない自分たちが犯した罪に激怒して姿を現すはずはない。

科人《とがにん》同士――。

皇尊が口にした言葉が、耳に蘇《よみがえ》った。不可解な懐妊に怯えていた若い女が、神に挑むかのような大胆な口をきくのに驚き、これが皇尊というものなのかと認識した。ただの若い女で、神々《こうごう》しさや神威など感じなかったが、芯《しん》の強さがあった。

ただ三居は、震えていた彼女が可愛かった。震える体の感触が三居の腕には残っている。

（あのお方は望みのために、阿毛野と対話なさるのか）

阿治路によく似ている阿毛野が、皇尊に無体な真似《まね》などしないか、それだけが気がかりだ。神を畏《おそ》れて滅多な真似はしないだろうと思うが、それでも獣というものは、恐怖や怒りや興奮で、容易に神への畏れなど忘れるのだ。

（獣というより、鬼というのだろうね。そういう者どもを）

阿毛野は前庭をふり返ると声を荒らげた。

「なんという罪深い者どもか！　国主を殺し、国に仇《あだ》なすのは、八虐《ぎやく》の謀《む》叛《ほん》の罪。のみならず十年もの長きにわたり、国主の権を、家人である御前衆がほしいままにしていたなどとは、けして許されざること」

飛び出しぎみの大きな目で、阿毛野は平良城《たいらじょう》の重臣や兵、軍士たちを睨めつけた。

「この者たちの謀略により、国主も国嗣も今はおらぬ。附道洲《ふのどうしゅう》を導くべき国主一族、頭一族の中で、今、仮に国主としての判断ができるのは亡き国主様の異母弟であるわたしのみであろう。わたしが、仮の国主として立つ。異論はないな」

にわかに雨脚が強くなり、雨音に声をかき消されまいと阿毛野はさらに声を大きくし、決然と三人を指弾した。

「この者どもを獄所に繋げ！　数日のうちには斬首に処する」

水たまりから跳ねる泥の飛沫《しぶき》が、御前衆らの膝を汚す。

□□□

日織が八社に戻ったのは夕暮れ前だった。体が冷えすぎないように、馬木がこまめに休みをとってくれたために、常より時間がかかった。

母屋《もや》に日織が入ってきたのを見て、真尾は律儀《りちぎ》に「無事にお帰りなさいませ」とひれ伏し、夏井はほっとした表情で「お待ちしておりました」と言うと、日織が身につけている皮衣の紐《ひも》をといてくれた。

「ご体調は如何ですか、皇尊。それだけが心配でした」

「心配をかけて悪かった、夏井。しかし体調は良いのだ、今朝から随分」

枢戸のそばに控えていた馬木が急《せ》かす。

「皇尊。はやくお体を横に。おやすみください」

「やすむ、すぐに」

おざなりに応えつつ母屋を見回して硯《すずり》と料紙を見つけ、床に置いて文字を綴《つづ》る。姿勢悪く急いで書いたため文字が乱れ、悠花に見せたら眉《まゆ》をひそめられそうな出来だった。

「真尾。これを国庁《こくちょう》へ……いや、まどろっこしい。おそらく国庁は混乱しているだろうから、平良城へ直接届けろ。頭阿毛野という、国主の異母弟が平良城に入っているはずだ。その者に、皇尊より書札《しょさつ》だと」

「頭阿毛野が平良城に入ったのを、どうしてご存じなのですか」

白杉《しらすぎ》の香りがする書札を、真尾は受け取りつつ驚いた顔をする。

「真尾も知っているということは、こちらにも知らせが来たのか」

「鹿角音《かづぬね》の小峰《こみね》殿から、阿毛野殿が平良城に入られたために、目立てば厄介なことになりかねないので八社から極力出ぬようにとご忠告を頂いたのです。そのような忠告が必要な御方ということでしょう。にもかかわらず、皇尊から阿毛野殿に書札をお送りになるのは、いったい……」

濡れた皮衣を腕に抱え、夏井は心配顔だ。神職が皇尊に外出を控えるよう忠告に来るとなれば、夏井の不安はもっともだ。

「わかっている。後で話すが、御前衆が、阿毛野を国主の座につかせたくないと考えるほどだからな。しかし、だからこそ、かかわらねばならぬ。真尾、頼む」

承知しましたと出て行く真尾を見送ると、再び馬木が促す。

「皇尊。おやすみに、どうか」

今までにない馬木の意外なしつこさが、すこしおかしくなった。どのような危機にも冷静に対処できる鳥手《とりて》だが、身重の人には慣れていないらしい。大切にしなければという考えだけが大きいらしいのが、彼の根の優しさを物語っている気がした。

「わかった。やすむ」

日織が几帳の向こうへ入ると、馬木はほっとしたようにさがった。

夏井が気をきかせて、換えの袴《はかま》と大衣《おおきぬ》を運んでくる。まめまめしいのが、月白に似ているなとふと思う。頰から顎にかけてのやわらかい線をみれば、気持ちがやわらぐ。

平良城に忍び込んで以降、あまりにも色々なことがあり気が張り詰めていた。今も御前衆の身の上を思うと胸の中に焦りはあるが、それでも、彼の穏やかな気配にふれると、硬くなってばかりいた背の力が抜ける。

「珍しいですね。馬木があのように言うのは。しかし体調は今朝から良いと仰《おお》せでしたよね？」

湿った大衣を脱いで夏井に手渡す。

「心配しているのだ、わたしの体を。身籠もっているとわかったから」

夏井が目を見開く。

「え？」

「身籠もっているのだ」

暫しの沈黙の後、夏井は不思議そうに小首を傾《かし》げる。

「ご懐妊？　ですか」

「そうだ」

「しかし八社に到着したさいに、皇尊を診た癒師《いし》は何も言っておりませんでしたが」

「平良城に忍び込んだ後、わたしは御前衆の手に落ちてしばらく東林地《とうりんち》の柵に連れて行かれていた。そこでも具合が悪く、御前衆の一人、幾鳴三居が癒師を手配してくれた。あの癒師、草風《そうふう》という人だ。あの人が来て、わたしを診て身籠もっていると」

ますます夏井は困惑顔になる。

「草風が八社で皇尊を診たのは、たった数日前です。数日の後、今度は身籠もっていると？　数日で違いなどお体に現れないでしょう」

「常ならば、そうであろうが。草風の診立てでは、わたしの子は、人の子の六倍ほどの早さで大きくなっているようだ」

「六……」

湿った大衣を抱いた夏井は絶句し、目を瞬《しばたた》く。

疲れを覚え、日織は御床《ごしょう》に腰をおろそうとしたが、袴が濡れているので躊躇《ためら》われた。

察した夏井は乾いた大衣と袴を差し出し、自分は几帳《きちょう》の向こうへと移動する。

「まことでしょうか、それは」

「草風に指摘された通りの体の異変が、ある」

袴を脱いで下衣《したごろも》一枚になった日織は、己の下腹に触れる。見た目ではっきりとわかるものではないが、触れれば皮膚の下に、今までになかった小さなかたまりがある。

袴だけを身につけ、大衣は胸の上にかけて御床に横になった。

夏井が几帳を回り込んで袴を拾う。

「なぜ常ならぬお子が育つか、おわかりになりませんよね？」

「わからない。だから……不安だ」

御床の傍らに膝をついた夏井は、言葉を探すようにすこし黙ったが、すぐに微笑《ほほえ》む。

「皇尊のご懐妊は歴代なかったことです。色々と不思議な、常ならぬことがあるのかもしれませんが、喜ばしいことです。おめでとうございます」

すんなりと夏井が受け入れたことに驚く。他の者ならばいざ知らず、夏井は皇尊の仮の夫。彼は日織と契《ちぎ》った覚えがないのだから、懐妊は不可解なはずだ。

「腹の子の父は誰かと訊《き》かぬのか？」

意外なことを訊かれたかのように、夏井は目をぱちくりさせる。

「ああ、そうですね」

失念していたとばかりに応じると、考える風に顎に指を当ててから答えた。

「父君は龍でしょうか？　皇尊がご懐妊となれば」

自分で口にしながら、あきらかに本気ではないだろうことが、面白がるような目の色でわかる。

（なぜ？）

なにか知っているのかと思うが、もし彼が何も知らなかった場合は、問いただせばかえって面倒なことになりそうだ。

そういうことにしておきましょうと言いたげな夏井の片えくぼが、とても優しいものに見えた。

（悠花はこのことを聞いて、どんな顔をするだろうか）

驚き、言葉を失い、その後――あの綺麗《きれい》な顔で微笑んでくれるだろうか。日織の中に宿った命が、自分の子である可能性を、嬉しいと言ってくれるだろうか。常ならぬ早さで成長している事実に不安を覚えながらも、それを上回る喜びを覚えてくれるだろうか。

日織と同じく。

「ご懐妊とわかれば、御身大切にしなければなりません。にもかかわらず真尾殿に書札など託して、何をなさろうとしているのですか」

「この子と、わたしが生きるために必要なことだ。附道洲に来たときと、何も変わらない。計が成らなければ、わたしの先はない。だから計を成すのだ」

「一昨夜皇尊は、国主の頭阿治路と会うことはなかったのですよね？　なぜ頭阿毛野が、急に平良城に入ったのでしょうか。事情をご存じだからこそ、阿毛野に書札を送られたのですよね？」

鳥手からの報告で、平良城に忍び込んだ日織が御前衆に捕らえられたことは、夏井たちも知っているだろうが、事の真相は知らないのだ。

「粗暴短慮の国主だった頭阿治路は、その政をみかねた御前衆三人に十年前に殺されている。国嗣も同様だ。その後の十年、御前衆は国主と国嗣が生きているかのように装《よそお》い、彼らが政をおこなっていた。それが阿毛野に知られ、彼は自らが新しい国主となるために平良城に入ったのだ。しかし阿毛野は、良い国主にはなれまい。御前衆は、阿毛野も阿治路と似たようなものだと口にしていたから」

目を見開いた夏井は、呟く。

「国主を殺して、国に仇なしたとなると、謀叛ですか」

「忌むべき大罪だ。だが阿治路亡《な》き後、御前衆が生きていると偽り続けた国主は、時大器と呼ばれ始めた。そのように御前衆らは国を導いた。罪を犯したが、御前衆らは罰せられるべきなのか？　人の生き血を啜《すす》る獣が身分ある生き物であったなら、人を護るために矢を射て殺した狩人《かりゅうど》を罰するのか？」

日織の言い方に何かを察したらしく、夏井は眉をひそめた。

「謀叛は八虐の一つ。忌むべき罪と、神の律に定められております。皇尊が神の律に異を唱えられていると受け取られかねません」

「異を唱えているのではない。罪だけを見て罰して良いかと問うているのみ。そもそもその罰とて、神が直接語ったものではないだろう。人が神の意向だと推し量り神の律として広めたもの。それを神が決めたものとして、言葉だけを全てに当てはめて罪と罰を決めて良いのかと問うている」

軒を打つ雨音が激しくなった。湿った風が几帳の隙間《すきま》から入り込み、日織の頰を撫《な》でる。

「わたしは、御前衆たちを罰するなどさせない。そして計を成す。それだけだ」

「とにかく今は、少しおやすみください」

体にかけていた大衣を、夏井は丁寧に胸元まで引き上げてくれ、あやすような微笑とともに立って外へ出ていった。

目を閉じると命じるように祈った。

(頭阿毛野。早く、わたしに返事をよこせ。それでわたしが問うてやろう――)

附道洲のありかたについては、皇尊とはいえ口出しできない。せいぜい有間《ありま》にしたように、書札を下す程度だ。できることは限られている。

(神に)

□□□

(わたしは余計なことをするつもりだ。きっと皇尊は不要と仰《おつしや》る。いや、いっそ、ならぬと仰るだろう)

自分の決意を、一方の自分が冷ややかに見つめている。

(けれど……伝えなければならないはず、あのお方には)

客殿から出た夏井は、足早に回廊を進んで厩《うまや》へ向かっていた。回廊が途切れると、激しさを増した雨粒を袖《そで》で避《よ》けながら、厩の軒下まで走った。

厩は棟の中央に通路を通し、左右に柵《さく》の区切りを六つずつ備えた大きさだった。手入れが行き届いているので、馬《ば》糞《ふん》臭さよりも藁《わら》や飼葉の香りが強い。建屋の周囲に溝が備えられているので雨水が流れ込むこともなく、踏み固められた地面は外とは違って乾いている。

　出入り口の手前に二頭、奥に四頭の馬がいた。手前の馬は八社の馬で、奥が皇尊一行が連れてきた馬だ。奥へ向かっていくと、一頭の柵の中に比多が入っていた。彼女は馬の体を、嬉《うれ》しそうな顔をして藁の束子《たわし》で擦《こす》っている。

「比多」

　柵越しに呼ぶと、彼女はこちらを見て頭をさげた。

「精が出るね」

「こいつは、今戻ってきましたから。皇尊を無事にこちらにお連れしたのを労《ねぎら》ってやらないといけません」

　滑らかな馬の胴を叩いて、比多は満足げだ。自分の可愛《かわい》がっている馬が役にたつのを喜ぶのは、吾が子を誇る母のようだった。

「皇尊がご無事でなによりでした。こいつもよくやった」

　しばし逡巡《しゅんじゅん》したが、夏井は意を決した。

「比多。皇尊のことなのだけれど」

「なにかありましたか」

　旅の間の皇尊の不調を知っているだけに、比多は顔色を変える。

「懐妊なされた」

何度か瞬《まばた》きして、比多は「ああ」と応じ、ぺこりと頭をさげた。

「お慶《よろこ》び申し上げます、夏井 王《おおきみ》。夏井王の御子が」

「あ、いや。困った。違うのだけど」

表向き皇尊の夫である自分が父だと思われてしかるべきなのだが、慌《あわ》てた。

「違う？」

「御子の父君は龍《りゅう》だよ」

「は？」

何を莫迦《ばか》なことを言っているのだと言わんばかりの比多の視線にさらされ、夏井は「それはそうだろう」と思う。いくら皇尊でも、突然、龍の子を宿したりするまい。必要ならば自分の子であると偽っても良いが、通せるところは龍の子で通したい。自分と皇尊の間にある線は、可能な限り、対外的にもきっちりと守りたいのだ。

「とにかくご懐妊だ。それで皇尊のご懐妊を、妻である悠花皇女《ひめみこ》にお伝えしたい。悠花皇女に通じている、鹿角音だった悠《ゆう》火《び》殿。あの人とあなたは、面識があるのだよね」

「はい」

「逆封洲《さかのほうしゅう》へ戻り、悠火殿に皇尊のご懐妊を伝えてほしい。あの方から悠花皇女にお伝え願いたい、と」

「今、この時に、わたしが皇尊のお側《そば》を離れ、それを伝える必要がありましょうか？」

悠花皇女は皇尊の元を離れて久しい。なおかつ妻とはいえ、形ばかりなのだから、無理をして皇尊の懐妊を伝える意味はないと、そう思うのは当然だ。

だが事実は違う。

皇尊の宿した子の父は、おそらく悠花皇女なのだ。知る必要があるだろうし、知る権利があるだろう。

「ご懐妊で、皇尊のお体がどのようになるのかわからない。皇尊にとって大切な人には伝えておかねばならないことのはず。皇尊御自身が、そうせよと命じたのではない。おそらく皇尊は、計を成すまで伝える必要はないと仰る。けれど、わたしは伝えておくべきだと思う。常ならぬご様子。この先、何が起こるかわからない」

比多の表情が険しくなる。

「ただのご懐妊ではないのですか？」

「御子は、人の六倍ほど早くお育ちらしい」

藁束を握る比多の手に力が籠もり、腕の筋が浮く。日々生き物と接している彼女だからこそ、常ならぬことが生き物の体に与える影響に恐ろしさを覚えるのだろう。

「皇尊のご様子は」

「今のところはお変わりない。けれどこの先は……」

常の六倍ほどの早さで育つ子に、母体は必ず影響を受けるはずだ。出産は果たして、どのようなものになるのか。

「夏井王は、皇尊ご懐妊を悠花皇女にお伝えするべきと、お考えなのですね」

「そう思う」

「悠花皇女に伝えるべきと思われる理由は？」

「悠花皇女は皇尊の最も大切なお方で、悠花皇女にとっても、皇尊が最も大切なお方だからだよ。本当ならば、離れていてはならないお二人だ」

言葉の意味を吟味するように、しばし比多は沈黙した。

「わかりました」

しばらくすると足もとの桶《おけ》の水に藁束を放り込み、柵を潜《くぐ》って出る。

「わたしが参りましょう、逆封洲へ」

六章　問いのために

一

　真尾《まなお》が八社《はっしゃ》に戻ってきたときには、既に日が暮れていた。彼は疲れた表情で、神職らしく内心を押し隠しているようではあったが、不機嫌さは全身から滲《にじ》み出ていた。

「どうなさいました、真尾殿」

　日織《ひおり》の傍らに控えた夏井《なつい》が、思わず訊《き》いたほどだった。

「頭阿毛野《とうのあけの》という者に直接会い、こちらを預かりました。昼間に、龍《りゅう》を見たと言っておりました。己が罪人を裁くことを龍が認めて促した、とか」

「ほぉ。皇尊《すめらみこと》一族の、しかも女でもないのに、阿毛野には龍の声が聞こえるか？　それとも『そんな気がした』のか？」

　藁蓋《わろうだ》に腰掛け、挟軾《きょうしょく》にもたれかかった日織は、差し出された書札《しょさつ》を受け取り皮肉に口の端を吊《つ》りあげた。

「声など聞こえるはずはありません。龍が認め促した、などと。傲岸《ごうがん》にもほどがありましょう。皇尊ですら、そのようにしかと龍の心など悟れぬのに」

真尾は忌々《いまいま》しげであったが、それは日織には朗報だった。

「阿毛野は龍《たつ》ノ原《はら》や龍の権威を、蔑《ないがし》ろにはしないのだな。利用しようとしているのやもしれないが、すげなく龍ノ原に帰れと追い返そうとした御前衆《おんまえのしゅう》よりは、わたしを敬いそうだ」

「おおよそ、附道洲《ふのどうしゅう》は古くから龍ノ原への畏怖《いふ》が強い国。平良城《たいらじょう》の様子や位置を見れば、あきらか」

「あの御前衆らが珍しい方か」

書札を開くと、日織の口元に笑みが浮かぶ。

「もてなしてくれるそうだ」

言いながら日織は、紙面を夏井と真尾に見せた。

「臨幸の宴《うたげ》?」

なんですかこれはと問いたげに、夏井は日織と書面を見比べる。

「真尾に託した書札に、わたしは附道洲国主《こくしゅ》と対話を望んできたが、会うことがかなわない、と書いた。あなたが平良城に入ったと聞いたので、あなたを頼って国主と対話をしたい。国主は随分と無礼なので腹を立てている。附道洲にとって良い話をするために来たが、あまりに無礼なためにここから立ち去ろうかと考えている、と。だからだな」

料紙を床に置き、挟軾に肘《ひじ》をつく。

阿毛野から届けられた書面には、まず長々と詫《わ》びの言葉が綴《つづ》られていた。続いて国主が亡《な》くなっていたことと、御前衆の罪がつらつらと書かれ、さらに自分が昨日、仮の国主となったとある。まだ正式な儀式も終わっていないので、仮の国主ではあるが、新たに国主となる者として是非皇尊の臨幸賜りたいので一席設けたい、と。

「わたしの機嫌をとるために、宴をひらくと言っている。明日だ」

「どうなさるおつもりですか」

興味津々《しんしん》の顔で夏井が問う。

「無論行く」

真尾が眉《まゆ》をひそめた。

「あのような者の招きを受けられますのか」

「阿毛野に、『二《に》附《ふ》一封《いっぽう》の約定《やくじょう》』と、附孝洲《ふのこうしゅう》への侵寇《しんこう》の話をして、このような計があるのだともちかける。吾《われ》らの当初からの目的は、附道洲国主を説得すること。仮の国主と称する阿毛野と対話するのは、道理」

「御前衆のことは？」

心配そうに夏井が問うのは、日織が彼に「御前衆を罰するなどさせない」と告げていたからだ。阿毛野との対面でそのことを持ち出すつもりかと、危ぶんだらしい。

「安心せよ。御前衆をどうこうしろと口は出さぬ。皇尊とて他国の政《まつりごと》に口を出せぬ」

ますます、夏井が訝《いぶか》しげな顔になる。ならばなぜ日織が、罰するなどさせないと口にしたのか、わからなかったのだろう。

（これは御前衆とわたしからの、大罪にかかわる神への問いだ。問いの答えがどちらでも、わたしの計を成せる可能性はある。だが神の答えが御前衆を殺すことなら、大罪を画策するわたしの先も、きっと明るくはない）

御前衆は神に問うこともなく、粛々と獄所に繋《つな》がれた。そのように犯した罪に科される罰や運命に抵抗もあがきもせずに従うのが、美しい姿なのかもしれない。

しかし日織は美しくなくとも良い。無様でもあがきたい。望みを果たし、生を摑《つか》みたい。美しく終わらせる気はない。

御前衆と自分とは、やったこと、やろうとしていることの本質が似ているのだから、彼らの結末を神に問うことで自分の結末も訊きたいのだ。

翌日、朝餉《あさげ》が終わりしばらくすると、平良城から三台の腰輿《ようよ》が遣わされてきた。

衣と髪を整えた日織は腰輿に乗り込み、夏井と真尾も同様にして平良城正殿《せいでん》へ向かった。

平良城外郭正殿は、龍稜《りゅうりょう》の大殿《だいでん》と柱の数や階《きざはし》の段数、簀子《すのこ》縁《えん》の幅や手摺《てす》りの高さまで似ていた。しかし常に白杉《しらすぎ》の清々《すがすが》しい薫《かお》りと白い木肌《わだ》が美しい龍稜の大殿に比べ、平良城正殿は重々しく暗い。杉柱は年月のために黒く、檜《ひ》皮屋根も軒が苔《こけ》むすほどに時を経ている。

雨のせいもあるのだろう。龍ノ原を懐《なつ》かしむように護領山《ごりょうさん》を望む正殿は、憧《あこが》れながら泣き暮らして老いた、かつての科人《とがにん》の姿のようにすら思えた。

出迎えは仰々しく、正殿の軒下には軍士が並び、簀子縁には兵《つわもの》たちがひれ伏していた。大衣《おおきぬ》の身に付け方、太刀の長さ、冠のあるなしと、身なりがまちまちなのが面白い。御前衆と対面したときにも感じていたが、附道洲の兵たちには、身なりについてこれといった厳しい決まり事がないのだろう。雑多に集まっているという感が強くなる。

正面枢戸《くるるど》を入ると、左右にもまた兵たちが並び、正面最奥《さいおう》の几帳《きちょう》を立てた前に一段高い座が設けられていた。乾いた茅《かや》に似たものを織り重ねて厚くし、毛氈《もうせん》でくるんである。附道洲では貴人の座としてこういった形をとるようだ。

座の前に巨漢が手をついている。菱形《ひしがた》を組み合わせた地模様の朱の大衣は、体の大きさも相まって圧倒的な存在感だった。一目で彼が頭阿毛野であると知れた。

案内の兵に促され日織が最奥の座につき、同じ段上、日織の左手やや後ろに夏井が座り、段の下に真尾が控える。

「顔をあげよ」と日織が命じると、阿毛野をはじめ、正殿にいる者全《すべ》てが顔をあげ、日織に視線が集まった。

阿毛野が目を見開く。

国主との対面を想定し、日織は皇尊らしい、地模様に蔦《つた》模様が織り込まれた黒の衣を用意していた。角度によって地模様がうっすら銀に浮かぶそれを身につけ、下は白袴《しろばかま》。髪は首の後ろで一つにまとめ、根元には八社の庭で雨に打たれていた、けぶるような黄の女郎花《おみなえし》をさした。紅は唇と、悠花《はるはな》を真似《まね》て目元にもさした。

男の衣を身につけながら、女性らしく華やかな化粧をするのは見慣れない装《よそお》いだろうが、それが珍しく人の目をひくはずだ。

身なりは大切だと、悠花から学んだ。彼は妖艶《ようえん》な美女に身をやつすが、それは生きるために必要だったからだ。日織も、彼を真似てみるのだ。

装いで相手の心証が変われば、物事の進み方も変わっていく。

押し出しが必要なときには、厳《いか》めしく。それは相手を圧する端緒になる。

懐柔するときは――やわらかく、雅《みやび》やかに、美しく。それで相手は気を許し、懐《ふところ》に入り込みやすくなる。

悠花ほどうまくは装えないが、それなりの姿になったと自分でも思った。支度を手伝った夏井も、「お美しいですよ」と言ってくれた。

「附道洲の仮の国主、頭阿毛野か」

日織が問うと、阿毛野は相好を崩す。

「はい。臨幸賜り恭悦にございます。これまでの数々のご無礼、大変お恥ずかしゅうございます。しかしわたしが今こうして仮の国主として立ちましたからには、これより御不興をかわぬように勤めてまいります。まずはお詫びなどさせて頂ければと存じます」

「ゆるそう。良きようにせよ」

ははっと平身した阿毛野が目配せすると、西側の枢戸から膳《ぜん》を捧《ささ》げた兵たちが入って来て、日織の前に三つの膳を並べた。夏井や真尾の前にも、さらには阿毛野の前にも同じく三つの膳が並ぶ。

柱の前に居並ぶ兵たち——おそらく兵守《つわもののかみ》、蔵守《くらのかみ》、刑守《ぎょうのかみ》を含む、重臣と呼べる家人《けにん》たち——の前には、膳が一つ。どの膳にも酒肴《しゅこう》をのせた掌大の土器《かわらけ》が八つ並び、中央に瓶《へい》子《し》が置かれている。

阿毛野は瓶子を手に、いざって日織の方へと進み出た。

「お詫びに一献奉《たてまつ》ります」

膳とは別に折敷《おしき》に置かれていた盃《さかずき》をとり、日織は差し出す。

「酒は控えておるので、形ばかりだが気持ちはもらう」

酒が満たされた盃に口をつける形だけにして置くと、日織は自分の膳の瓶子を取りあげ、「返盃《へんぱい》ぞ」と阿毛野に促した。彼は頬を紅潮させて受け、飲み干した。日織は「良い飲みぶりだ」とほめて、続けて三盃、阿毛野に飲ませた。

夏井は興味深げに様子を見ている。

真尾は取り澄ました顔をして微動だにせず、早くこの場から帰りたいと全身で訴えているようだった。

しかし真尾には悪いが、帰るわけにはいかない。この機会が設けられるように、わざと書札に、数々の無礼に怒っていると書いたのだ。

皇尊と国主が盃を交わしたのを機に、兵たちも膳と瓶子に手を出し、盃を使い始めた。

「そなたはかように礼節を心得ているにもかかわらず、今までの無礼は何であったのか」

頃合いを見計らって日織が問うと、ほろ酔いになった阿毛野は苦い顔をした。

「大変お恥ずかしい話ではありますが、附道洲はこの十年、御前衆に乗っ取られていたのでございます」

「乗っ取られていた？　そなたの文には、御前衆が罪を犯し混乱を招いたとあったが」

何も知らないふりをして驚いた顔をした。

「御前衆三人が共謀し、十年前に吾《わ》が異母兄であり国主である阿治路《あじろ》と国嗣《くにつぎ》である矢治路《やじろ》を亡き者としたのです。そしてあたかも国主も国嗣も生きているかのように装い、その実、彼らが政をほしいままにしておりました。それが発覚したのが、三日前にございます」

「ではわたしが書札を送っても、無礼な真似を続けたのは？」

「御前衆でございます。しかしそれに気づいたわたしが、御前衆を捕らえ、仮の国主としてこうして平良城に入りましたので」

「御前衆はどうしたのだ？」

「早々に首を刎《は》ねてやろうと思っておりますが、まずは、その前に奴《やつ》らの一族を根切りにし、見せてやらねばなりませんからな。それに昨日から手間取っておりまして。なにしろ数が多い。ご存じですか？　一人突くだけでも太刀の刃というのは血脂《ちあぶら》で鈍りますので」

さも面白いことのように言うので、思わず日織は鼻の付け根に皺《しわ》を寄せていた。

「おおっ、これは。失礼をいたしました。尊き御方に血腥《ちなまぐさ》い話を。でもご安心を。本日は宴の日。血で穢《けが》すのは憚《はばか》られるので、本日は城内で腥いことはしておりません」

歯ぎしりしそうなのを堪《こら》える。

（聞かされずとも、人を斬《き》れば刃がどのような様になるか知っておるわ）

月白《つきしろ》を斬った護《まも》り刀《がたな》の曇りは、まだ残してあるのだ。

（御前衆の一族の者たちが、昨日だけでどれほど殺されたのか……）

覚悟していると御前衆たちは口にしていたが、一族たちにとっては青天の霹靂《へきれき》。常磐《ときわ》を無良《むら》を三居《みつい》を、恨《うら》むだろう。しかしそれも御前衆は覚悟の上だ。だからこそさらに、彼らは罰から逃れようとしなかったのかもしれない。

「謀叛《むほん》を犯した科人どもですから、簡単には殺してやらぬ所存。一族の骸《むくろ》を見せてから、骸の上に座らせて首を落としてやろうかと」

酔いも手伝って楽しげに滔々《とうとう》と喋《しゃべ》る阿毛野に向かって、日織は挟軾にもたれながら、あえて冷ややかな声音で言った。

「手ぬるくはないか？」

「は？」

冷たい声音とは裏腹に、悠花の様子を思い出して倣《なら》うようにし、ちらりと誘うような視線を向ける。

「十年も国の全てを欺《あざむ》いた者どもを、ただ殺すなど手ぬるくはないか？」

黙々と土器の小魚をつついていた夏井が、びっくりしたように顔をあげた。

「わたしは平良の都で、国主と国嗣が歓呼をもって民に迎えられる姿を見たぞ。今となっては、あれは御前衆が用意した偽者の国主と国嗣であるとわかったが。あのような華々しいことを偽りでなした者が、結局は、すとんと簡単に命を奪われるというだけでは、いかにも生ぬるい。あの華々しさと同等の屈辱が必要ではないか？」

「同等の屈辱」

魅惑的な言葉に思えたのか、阿毛野の喉仏《のどぼとけ》が上下する。

日織はついと片手をあげ、枢戸の方向、正殿正面を指さす。開いたままの戸の向こうには、雨にけぶる護領山の灰色の姿がある。

「知っておろう。龍ノ原は今、附孝洲に侵入され、新たに皇尊が立ったの立たぬのと騒いでいる。忌々しいことに」

「存じあげておりますが」

「今、龍ノ原で皇尊と名乗るは偽者ぞ。その証《あかし》にわたしを慕い、八洲《はっしゅう》に龍が泳ぎ出ている。龍を見たか？」

「確かに、ああ。はい。龍の姿をこの目で見ております」

阿毛野は、はっとしたような顔になり、日織を見つめる目にはさらなる熱が籠《こ》もった。

おそらく阿毛野は、日織が真《まこと》に皇尊であるか、半信半疑のところがあったのだ。日織が皇尊を名乗って現れたが、龍ノ原には皇尊が立ったとの噂《うわさ》もある。もしや附道洲に臨幸した皇尊は、偽者かと。そんな疑念を拭えなかったはず。

しかし龍が八洲に現れた。これは日織が真の皇尊である証であると考えられる。

「わたしは必ず龍ノ原に戻り、偽者に屈辱を味わわせたい。偽りで権を握って栄誉を手にした者が最も苦しむのは、命がつきることではなく、屈辱を味わうことではないか」

藁蓋の前に手を突き身を乗り出し、息を吹きかけるように阿毛野の顔を覗《のぞ》き込む。

「わたしは龍ノ原を取り戻すために、附道洲に来た。国主の力を借りたい。もしわたしに力を貸すと言えば、反封洲《たんのほうしゅう》国主に渡したような、そなたが附道洲の国主に相応《ふさわ》しいという書札を下そう」

「それは願ってもない！」

想像通り、阿毛野の声が弾む。彼は二十年前、阿治路との国主争いに負けている。ということは、頭一族や家人の中には阿毛野が国主の座につくのを快く思わない者も多いはず。皇尊の書札は、それらを黙らせる効果がある。

（読み通りか）

頬に夏井の視線を感じる。彼は慎重に成り行きを見守っている。

正殿の中に満ちる酒と酒肴の匂《にお》いがきつい。数日前であれば嘔吐《おうと》しかねなかったが、今はすこし気分が悪いだけだ。格段に体が良くなっている――安定してきたのだろう。

それがありがたかった。

「どうすれば書札を下さりますか。お教え願いたい」

酒気に顔を紅潮させながら、阿毛野は日織の手に触れようとした。その前に手を引っ込め、身を引く。

「龍が八洲に泳ぎだしていては、いつ、いかなる天変地異が起こるかわからぬ。一日も早く、わたしは龍ノ原に戻りたいのだ。早くことを始めたい。族滅など後に回して、すぐさま御前衆に処罰をくだし平良城をきれいにし、国主として立ってもらいたい。そしてわたしの計に乗ってほしいのだ」

「あなた様の計とは」

『二附一封の約定』と、附孝洲への侵寇の計を日織が伝えると、一も二もなく阿毛野は頷いた。

「お約束いたします、そのようなことであれば！」

近くに座っていた重臣らしき三人、おそらく兵守、蔵守、刑守が、顔を見合わせているのが日織の目の端にうつる。家人に相談もなく、さらに熟慮もなく頷いた仮の国主に一言もの申したいが、できないのだろう。逆らえば、意見すれば、吾が身がどうなるかわからない、と。

阿毛野が国主になった先が見える気がした。

「では早く御前衆を処罰するがよい」

「しかし仰《おっしゃ》るとおり、ただ殺すのは手ぬるいですな。屈辱を、となれば……」

手を打ち、阿毛野の顔は明るくなった。

「あの者たちが国主を殺し、国に仇《あだ》なす謀叛の大罪を犯したと広め、民の前に引き回し、民の罵声《ばせい》が浴びせられる中で斬首《ざんしゅ》させましょう。歓呼をもって迎えられていた民に、今度は罵《ののし》られるのは実に愉快です」

「名案だな」

さらりと応じ、続ける。

「しかと罪を示さねばならぬぞ、阿毛野。御前衆は国主と国嗣を亡き者として、十年もの歳月、国を欺き続けて政をほしいままにしていたと。民たちが歓呼をもって迎えていたのは、偽者の国主と国嗣で、民たちも悉《ことごと》く欺かれていたのだと。言札《ことふだ》を捧《ささ》げた民の真心を踏みにじっていたのだと。ああ、そうだ」

瓶子を手に取り、阿毛野の盃に酒を注ぐ。

「民に言札を捧げさせよ。民は欺かれ続けて、言札を捧げさせられていたのだ。欺かれた民の怒りを、御前衆に突きつけるのはどうか」

「あれは忌々しい光景でありましたからな」

偽の国主と国嗣が、民に迎えられる姿を阿毛野も見たはずだ。国主争いに負け、くすぶりつつも、いつか異母兄に取って代われないかと虎視眈々《こしたんたん》と隙《すき》をうかがい続けたのだろう。だからこそ、御前衆が注意を重ねて隠していたにもかかわらず、国主と国嗣の様子があやしいと気づくきっかけを掴めたのだ。

自分がなれたかもしれない国主の地位にいる異母兄が民に賞賛されるのは、心底面白くなかったはず。

「刑守」

赤い頬で、阿毛野は兵の列に呼びかけた。

「都に触れを回すのだ。触れを書いた板を立て、御前衆の悪事を細かに記し、字の読めぬ者にもわかりやすく喧吏《けんり》が詳細に語って民にきかせよ」

「……そこまでする必要が、ありましょうか……」

なまず髭《ひげ》の気弱そうな刑守が、ぼそぼそと言う。

阿毛野は眉を吊り上げた。

「なにか申したか」

「い、いえ」

腰が引ける刑守に、日織は微笑《ほほえ》みかけた。

「必要だぞ、刑守。事実を余すことなく伝えるのだ。御前衆は十年も前に国主と国嗣を亡き者とし、以降、国の全てを欺き三人で政を執り行っていたのだ、と。十年もの間、国は国主でも国嗣でもなく、御前衆によって動かされていたのだと」

かさにかかって阿毛野は大声で宣言した。

「さらに民に言札を準備させろ。明日、明後日と触れを回して喧吏を歩かせろ。三日後には御前衆を都大路に引き回し、平良の外れの見返野《みかえりのの》に連れ出し斬首とする。引き回しの列が大路を通るときには、丸印を書いた言札を立てよと民に命じろ。新たな国主としてわたしが最初に行う大仕事が、科人の断罪。わたしが科人を引き、列をなして都大路を行く姿を、民に言札の丸印をもって迎えさせるのだ」

「威厳のある、たいそうな光景になるだろう。わたしも引き回しを見て良いか？」

阿毛野に問うた日織の言葉に、今まで黙っていた真尾が「なりません」と、鋭い声を発した。

「穢れです」

日織は真尾をふり返り目を細めた。

「死の穢れなど浴びすぎるほど浴びておろう、わたしは」

「しかし」

夏井が手をあげて二人の会話を制す。

「良いではありませんか、真尾殿。皇尊の御心《みこころ》のままにしていただきましょう」

「……夏井王《おおきみ》？」

訝しげな真尾に、夏井は微笑む。

「皇尊は科人の末路をご覧になりたいのです」

阿毛野が満面の笑みで応じた。

「是非ご覧ください、皇尊。科人の末路を」

二

「やむを得ずならばいざしらず、皇尊が好んで死の穢れに近づくなどなりません」

八社の客殿に戻るなり、真尾が日織の背にきつい声をぶつけた。

宴の淀《よど》んだ游気《ゆうき》ですこし気分は悪かったが、八社に戻れば杉の香りで癒《い》やされる。すぐに横になる必要はなかったし、しなければならないこともある。衣の帯をゆるめながら、日織は真尾に答えないまま筆を手に取った。

「皇尊」

文机《ふづくえ》の前に腰を下ろした日織を、真尾がきつい目で見おろす。

「聞いておられますか？」

「聞いている。小言は後で聞く」

「これは小言ではなく地大神《ちのおおかみ》に仕える神職としての……！」

「皇尊には必要なのですよ」

口調が強くなりかける真尾の傍らで、夏井が日織の代わりに取りなすように言う。

「そうは思えませぬが、夏井王」

「お考えあってのことなのですよ、きっと」

日織がなにをするつもりか、夏井に告げたわけではなかったが、彼には察するものがあるようだった。

物腰がやわらかい夏井からは一見、能吏という印象は受けないが、察しも良いし、判断も行動も適切だ。護領山を越えてから彼の実力がわかってきた。優しく穏やかな男だと思って傍らに置いていたら、様々なことを見透かされるかもしれない。いや、実際今、彼は日織の考えを半分見透かしているのだろう。

料紙に筆を滑らせ、短い文を四つほど書くと筆を置き、真尾と夏井に見えるように料紙を持ちあげた。

料紙に書かれた文字を見て、夏井は「やはり」と言いたげな表情になり、真尾は眉をひそめた。

「なにを仰りたいのですか、これは。意味がわかりませぬ」

「これを何枚も書くのだ。馬木《まぎ》、いるか?」

枢戸の外から「ここに」と、応えがあった。

「鳥手《とりて》は文字が読めるし書けるな?」

皇尊の護衛である鳥手は、読み書きができなければ困ることが多いはずだ。案の定「はい」と答えが返ってきた。

「頼みたいことがある。この料紙に書かれたものを、できうる限り多くの料紙に書き写し、それらを明日、明後日と、文字の読める平良の民の手に渡るようにしてくれ。わたしと夏井、真尾も、同様のものを書く。吾らが書いたものを時々集めに来て、そなたたちが書いたものとあわせてばらまいてくれ」

「承知しました」と料紙を受け取り、馬木はまたすぐに出て行く。

ようやく真尾は、日織の意図が理解できたらしく苦い顔をする。神職がこれほど感情の起伏を顕《あら》わにするのは珍しいが、そうさせてしまうほどに、日織のやることなすことが真尾にとっては信じがたいことなのだろう。

「皇尊。これで何ができるというのですか」

日織は首を横にふる。

「わたしには何もできない」

「ならば、なぜかようなことを」

「これはわたしからの、神への問いなのだ。神からの答えに従いたいと思う」

「神は人の問いに、答えてなどくださりません。龍の声を聞く一族の女たちすら、龍が問いかけに答えたなどと言う者はいません。まして地龍《ちりゅう》、地大神となれば……神代《かみよ》から、誰も神から答えを聞いた者はないのです」

「この場合は、答えを返してくださるだろう。そうせざるを得ないような問いを発した。

是か非か、しかない」

一原八洲《いちげんはっしゅう》の成り立ちが神によって仕組まれていると、神の言葉で聞いた者はいない。しかし人は、仕組まれていると気づくことで神の意図を知る。

一原八洲の成り立ちを神が仕組んだということは、神は在《いま》すという、神の言葉のかわりだ。だとしたら日織の問いかけによって起こる物事が、神の言葉だ。

ただ、これも日織の解釈。日織が神の言葉だと思うものが、神の言葉ではなかったとしても——それを神の言葉として受け入れるしかなく、その覚悟もある。

夏井が文机の傍らに来て腰を下ろす。

「皇尊、夜はおやすみください。わたしと真尾殿が書きます」

反論しようと口を開きかけるが、夏井は微笑み、黙ってくれと言うように、自分の唇に人差し指を当てた。

「皇尊に申しあげているのでは、ありません。あなた様の御子《みこ》に申しあげています。無理をなさらず、おやすみください」

はっとした。来須居《くるすい》を出てから積もりに積もっている疲れは、体の芯にずっとある。無理をすればお腹《なか》の子に障《さわ》るかもしれない。己の身でありながら、自分だけのものではないのだから自制も必要だと諭されているのだ。

「わかった頼む」

素直に頼み、御床《ごしょう》に横になった。

几帳の向こうで一晩中、夏井と真尾が筆を動かし続けている気配がしていた。

□□□

附道洲の国庁《こくちょう》は、平良城のある山の麓《ふもと》に置かれている。築地塀《ついじべい》で囲われた国庁、その最奥の刑所《ぎょうどころ》には獄所があった。一つの殿舎《でんしゃ》の真ん中に通路を通し、左右六つに区切られた獄所で、罪を犯した国主一族や姓を賜った兵が押し込められ、刑に処される日を待つ場所だ。

御前衆三人は、横並びになった獄所に、それぞれ入れられていた。

土を突き固めた床に筵《むしろ》が敷いてあるだけで、湿り気が強く底冷えする。獄所の出入り口に軍士が二人立ち、刑所の兵が一人、出入り口正面にある板間に詰めていた。灯りはその板間に結《むす》び燈台《とうだい》ひとつ。

真夜中過ぎに、兵が軍士に声をかけた。

「二人とも。そろそろ交代ではないか？」

双方の軍士が、中に顔を見せる。

「いえ、夜明けまでが吾らの勤めです」

「そこまで生真面目《きまじめ》にする必要はなかろう。国庁の中にある獄所だ。そもそも軍士を立てるのも大げさだ。すこし早いが士舎《ししゃ》に戻って良いぞ。獄所には、わたしがいるのだし」

軍士たちは顔を見合わせたが、すこし嬉《うれ》しそうにして「では」と頭をさげてその場を離れた。

軍士たちが去ると、兵は表情を引き締めた。意を決したように立ちあがり、壁に掛けてあった獄所の鍵《かぎ》を手に取ると、結び燈台の火を手灯《てあかり》に移し、それをもって奥へ向かった。

「御前衆」

手灯で三つの獄所を照らしながら、兵が呼びかけた。

最も手前の獄所には曽地《そじの》常磐が、板壁にもたれて足を投げ出して座っている。次の獄所には多々播無良《たたはりの》が、菰《こも》を折り畳んだ上に窮屈そうに端座していた。

最後の獄所には幾鳴《いくなりの》三居が、筵の上で、腕を枕《まくら》にしてごろ寝していた。菰は湿っているし、地面から冷えがあがってきて眠れたものではなかったので、横になりながらも三居は目を開けていた。

呼びかけに、三人はそれぞれ兵の方へ顔をねじ向けた。

獄所に繋がれてから幾人か見張りの兵たちは交代したが、みな刑所の兵で、しかも刑《ぎょうの》目の直接配下《さかん》の者たちだったので見知った顔ばかりだった。この男の顔も、三居は知っていた。

「今夜国庁の裏門に、帯刀《たちはき》の虎生《こう》と帆衣《ほい》が、馬を用意して待っております」

淀んだ湿っぽさが満ちる游気のなかで、三居は無表情に兵を見つめた。常磐も無良も、三居と同様の顔をしている。おおよそ三人とも、考えていること感じていることは同じだとわかる。ありがたいことで、嬉しくもあるが、同時にため息交じりに困ったことだとも思っているのだ。

兵は手灯を床に置く。

「獄所を開きます。お逃げください」

「そなたはどうなる？」

常磐が問う。

「わたしも姿をくらましますので、ご安心を」

「そなたの一族は」

「わたしは孤独の身です。一族はおりません」

「嘘《うそ》を吐《つ》くな。そなたには妻がいる。妻の一族もいるはずだ。親は亡くしているが、遠縁がいたはずだよ」

起きあがりながら三居が言う。兵は驚いたように奥の獄所へとふり向く。

「なぜ、ご存じで」

「帆衣と仲が良いだろう。聞いたことがある」

「それは……しかしご心配なく。妻も逃がしますので」

「一族も全て国から逃がすか？　頭阿毛野は見逃してはくれんぞ」

と、静かに言ったのは多々播無良だ。

妻や一族に累《るい》がおよぶのは覚悟で、彼が自分たちを逃がそうとしているのは明らかだった。しかしそのようなことは、三人とも望んでいない。

無精髭を撫《な》でながら常磐が目を細めた。

「帆衣と虎生、そなた、三人だけではあるまい。ここから逃がす段取りをしたからには、他に幾人もが協力しているのだろう。それらの者たちの思いはありがたく受け取っておくが、吾らは逃げぬ」

「なぜですか⁉」

兵が獄所の格子《こうし》に縋《すが》る。

「謀叛の大罪を犯した者が赦《ゆる》されるか？」

「罪を犯すだけの理由があれば神もお赦しでしょう」

「なぜ神が赦すと言える」

「それは……」

「誰かの勝手な解釈で、神が定めた罪が赦されたり赦されなかったり、そんな安易なものだろうか」

と、しみじみと口にしたのは無良だった。彼は続ける。

「わたしの一族も、常磐の一族も、殺され続けておろう。吾らはその者たちに対しても、罪を償わねば顔向けできぬ」

常磐も無良も黙って獄所に繋がれているが、今この時も、一族や家族がどんな目にあっているかを思うと気がおかしくなりそうなほどに苦しいだろう。しかしそれを覚悟で十年前にことを起こしたのだと、自分に言い聞かせているはずだ。

兵は唇を嚙《か》んでしばし沈黙したが、きっと表情を改め、鍵を手にして格子の錠に触れようとした。

「ならんぞ！」

三居の鋭い声に、兵はびくりと体を震わせた。

「吾らの命三つが救われて、他に多くの命が失われては話にならん。しかも吾らの救われた命は、国を逃れ、漂泊し、国にとって何の役にも立たぬ命となるんだぞ」

「良いのだ。捨て置け。それよりも虎生と帆衣が国庁の近くにいるなら、危うい。すぐに逃げよと伝えに行け」

あやすような常磐の言葉に、兵の目に涙がにじむ。

「二人に伝えに行ってくれ、さあ」

無良に促され、兵は立ちあがり出て行った。

獄所の前に残された手灯の炎が揺れ、壁に映った格子の影が大きく歪《ゆが》む。三居は再び筵の上に横たわりながら、「莫迦者《ばかもの》め」と呟《つぶや》くが、語気は強くできなかった。

「頭阿毛野はあの者たちが思うよりも苛烈《かれつ》だよ」

無良が「まあ、そう言ってやるな」と、笑い混じりに応じる。常磐はまた板塀に背を預けながら、格子の影をぼんやり見た。

「身近な者は吾らの命を惜しんでくれた、ということだ。科人にはもったいないことだろう」

「まあ、想像よりは良い方だった」

無良が答えた。

国主を手にかけて数年は、いつこの時がくるかと怯《おび》え続けた。しかし七年経《た》ち、八年経ちすると、もはやこの罪は暴《あば》かれず粛々と次代の国主に政を引き継ぐことができるのではないかと期待も芽生えていた。自分たちの罪は神から目こぼしを与えられた、と。

しかしそんな甘いものではなかったらしい。

神はなにもしてくれないくせに、しっかりと罰だけは与えるのかと、そんなふうに思わないでもない。しかしこれは卑小なる人の解釈で、神はもっと大きな視点で物事を采《さい》配《はい》しているのかもしれない。大きすぎて人は翻弄《ほんろう》されるのみで、理解も追いつかない。

（そんな神というものの最も近くにある皇尊は、大変だろうよ）

大変だからこそ、皇尊は附道洲に臨幸するはめになっているのだろう。

「もう一人の科人は、いかがなさっておろうかな」

ふと三居は口にした。

「気になるのか？」

常磐の問いに三居は、自分が随分皇尊を気にしているのだと自覚し、暫《しば》し沈黙した。

やはり若い女は無条件に、娘のように思ってしまうのだ。

「気になるね。吾らのような罪を犯さず、お幸せになってほしいと願ってしまう」

無良が笑う。

「おまえはいつも若い女に甘いな」

「仕方ない。可愛《かわい》いのだもの。ああ、犬にも甘いよ。伊呂波《いろは》はどうしただろうか。腹を空《す》かせてうろついているかもしれない。気性の良い賢い奴だから、誰かが目をかけてくれていれば良いけれどね」

「女や動物に甘いのが、三居の悪いところで、良いところだ」

笑い含みの常磐に、返す。

「おまえは全部に甘いよ」

「そうでもない」

「二人とも、わたしのように全てに厳しくできぬのか」

と、無良がわざとらしく険しい口調で言うので、三居と常磐は「おまえが一番、なんにでも甘い方だぞ」と突っ込む。軽口をたたきあったのは、のしかかるものが重すぎて、切なすぎて哀《かな》しすぎて苦しいからだった。軽口でいなす他にはない。

薄い板屋根を雨が打つ音が続く。

三

明けがた近くに、真尾と夏井は一旦《いったん》筆を置いたようだ。

真尾が出て行った。彼は客殿とは別の殿舎で寝起きしているので、そこへ戻って休むのだ。夏井は母屋《もや》の表側の御床に入ったらしい。

気配と物音を、日織はうつらうつら聞いていた。

どれほど経った頃か。

泥水を撥《は》ねる鈍い足音が、客殿の外で幾つも乱れ響く。

音で目覚めた日織は身を固くした。「右だ」と、微《かす》かだが鋭い命令の声がして、足音はさらに乱れ、幾つかが階を駆けあがった。

「押さえろ！」

馬木の大声がしたと思うと、枢戸に何かがぶち当たり、簀子縁で鋭い声があがり床が振動した。

几帳で隔てられた母屋の表側に寝ていた夏井が、起きあがったようだった。すぐに結び燈台に灯りをともしたらしく、几帳の絹の向こうがぼんやり明るくなる。

御床をおりた日織は肩に衣をかけ、几帳をめくり枢戸を注視した。夏井は枢戸の近くにいた。下衣《したごろも》一枚の油断しきった姿だが、枢戸の隙間に耳をつけ、表情は硬い。

「なにがあった」

「鳥手が騒いでいます。あやしい者を見つけたのでしょう」

夏井に近づこうとすると、再び何かがぶつかったように枢戸が大きく鳴った。続いて、何事か喚《わめ》く声がする。驚き足を止めた日織だったが、再び歩を進めて枢戸に近づく。

「なにがあった」

戸越しに声をかけると、馬木の声が返ってきた。

「ご安心ください。あやしい者がおりましたので捕らえ……」

と、そこで驚いたように声が途切れる。思わず日織は枢戸を開く。

「どうした」

夜明けが近いらしく、東の空の一部が暗い灰色に変わりつつある。しかし周囲は真夜中と変わらず暗い。

枢戸の外には左右に結び燈台があったが、ひとつは倒され、油皿は砕けて散らばっていた。残りひとつの灯りでは頼りなかったが、その場の様子は見て取れた。

階をのぼりきったところで、二人の男が鳥手に押さえ込まれていた。一人は四十がらみの体格の良い男で、こちらは鳥手二人がかり。もう一人若い男を、長身の鳥手が馬乗りになって捕らえている。

二人の男は顔に巻いていたらしい覆面の布を、首まで剝《は》がされていた。馬木は男たちを見おろして困惑の表情を浮かべている。

「そなたらは確か……虎生と帆衣」

日織の声を聞いた二人は、首をねじむけてこちらを睨《ね》めつけた。

国主と国嗣の身代わり役を勤めていた帯刀たちだ。御前衆のはからいで逃げたはずの彼らが、なぜ八社の客殿に現れたのか。

「殺すなり頭阿毛野に引き渡すなり、好きにしろ！」

自棄《やけ》のように帆衣が怒鳴った。

「阿毛野？」

帯刀たちは日織を、阿毛野の一派のように思っているらしい。なぜそんな認識になっているのか驚いたが、すぐに察した。日織が宴に招かれ親しく阿毛野と語り、なおかつ彼を国主と認める書札《しょさつ》を下してもよいと口にしたり、御前衆への対処が手ぬるすぎると評したりしたからだろう。しかし、彼らがなぜそれを知っているのか。

（あの場にいた者から聞いたとしか思えぬ）

阿毛野に見つかれば捕らえられ、御前衆と同様の罪に問われるだろう帯刀二人と、密《ひそ》かに繋がっている者がいる。その者が二人に日織のことを教えた結果、彼らが客殿に近づいてきたとしたら、目的は容易に想像できた。

帯刀たちの顔の近くに、日織は膝《ひざ》をつく。

「御前衆を救うために、わたしを利用できると踏んだか？」

帯刀たちは答えないが、間違ってはいないだろう確信があった。

東林地《とうりんち》の柵《さく》で二人の帯刀は、何度も御前衆たちに逃げるようにとすすめていたが、御前衆が頑として応じなかった。帯刀たちは一旦は諦《あきら》めて、自分たちだけ逃げだそうとした。しかし、諦めきれなかったのだろう。

「わたしは、阿毛野に書札を下すと話をした。阿毛野はそれを欲しがった、ということは阿毛野はわたしの身が大切なはず。わたしをかどわかし、御前衆と引き換えにすれば助けられるとでも思ったか？」

図星なのだろう、帯刀たちは顔を背け悔しげに歯を食いしばる。

「そなたたちに宴の様子を詳細に伝えた者がいるな？」

「そんな者はいない！」

押さえ込まれて胸が潰《つぶ》れたままの苦しげな声で、虎生が声をあげた。わざわざ否定するのは、自白しているようなものだ。帯刀たちの協力者、御前衆《おんまえのしゅう》を助けたい者たちは確実に平良城《たいらじょう》にいる。確信した日織は、立ちあがった。

「少し、そのまま待て」

枢戸の敷居のところで成り行きを見守っていた夏井の横をすり抜け、母屋の中に入る。母屋の一郭に、夏井と真尾が一晩書き続けた料紙が、乾いたものは重ねられ、生乾きのものは几帳面に並べられていた。重ねられていた一枚を手に取り、帯刀たちの傍らに戻ると、突きつけて文面を彼らに見せる。

「これと同じものが、母屋の中に百枚ほどある」

二人の視線が文字を追い、複雑な表情に変わった。読み終わると不安そうに見えるほど、戸惑った目を日織に向ける。

「刑守は、そなたたちと思いを同じくする者だな？」

気弱そうなまず髭の刑守は、弱々しいながら御前衆の処罰について、「……そこまでする必要が、ありましょうか……」と、阿毛野に意見した。あからさまではないが、御前衆に寄り添った言葉だった。

「わたしを利用して御前衆を救おうとしたのは、獄所を襲って彼らを救おうとしても、彼ら自身がそれを良しとせぬ可能性が大きいからだろう。頑《かたく》なに逃亡を拒む。彼ら自身は罪を償うつもりでいるのだから。だから有無を言わせぬ状況をつくり、逃がす方法を考えたのだろう。だが彼らが、わたしと引き換えに獄所から出されても、自分たちの罪は赦されないものとし、自らまた獄所へ戻ろうとする可能性は考えなかったか？」

「それは……」

帆衣が呻《うめ》く。おそらくその可能性もあると思いながらも、見殺しにできない強い衝動だけで、彼らは動いたのだ。

「御前衆を救う方法がある。これだ」

手にした料紙を、日織は二人に近づけた。

「これを、そなたたちに宴の様子を知らせた者に渡せ。その者を通して、その者と思いを同じくする者の手に渡るようにしろ。明日までに、だ。明後日には御前衆の処刑が行われるのだから」

「……これが」

息苦しそうに虎生が呻く。

「これがなんになると」

目が潤《うる》み、言葉の最後はほとんど涙声だった。

あたりの闇《やみ》が薄くなり、ものの影が黒く見えはじめた中で、日織は降り続ける雨音と同じ静かさで告げた。

「なにになるかは、それを読んだ者たちによるのだ。なににもならぬかもしれぬ、なにかになるかもしれぬ」

「その結果が神の答え……ですね」

枢戸のそばに立った夏井が、ぽつりと付け足す。日織は彼にふり返った。

「夏井。昨夜書いたものを全部、ここに持ってきてくれ」

はいと応じて夏井が奥へ引っ込むのと同時に、日織は命じた。

「この二人を放してやれ」

「しかし」

馬木が逡巡《しゅんじゅん》するのは当然なので、日織は虎生と帆衣に語りかける。

「二人とも、逃げたり、乱暴な真似は働かぬだろう？　御前衆のために、わたしの話を聞くな？」

帯刀たちは、「はい」と擦《かす》れ声で応じた。

馬木に目配せされた鳥手たちは手を離し、階《きざはし》の傍らに控える。虎生と帆衣は捕らえられたときに、方々を痛めたようだ。顔をゆがめながら起きあがり、階の上段に膝をつくと、問いかけるように日織を見つめる。

紙の束を抱えて出てきた夏井に、日織は目配せした。彼は心得ているようで、二人の帯刀の前に自分が抱えていたものを差し出す。

「さしあげましょう」

「必要ならば、自分たちの言葉を足せ。あるいは、自分たちの言葉で書けばよい。取れ」

日織に促されると、恐る恐る帆衣が紙束を受け取る。

「吾《われ》らは、これと同じものを都の民にばらまく」

こぼれ落ちんばかりに目を見開き、虎生が問う。

「あなた様は宴で刑守に向かって、御前衆のしたことを全てつまびらかに、民に知らしめることが大切と仰《おお》せだったと聞きました。それなのに、そのお方がなぜ」

「必要だろう。御前衆たちが何をしたか、どんな罪を犯したか隠すことはできないし、また隠してはならないのだ。事実だからだ。事実罪は存在する。しかしそれがなんのためだったか、結果はどうであったか、事実を知っていればこそ正しく判断もできよう。さらに罪というものの大きさで曇りがちな判断を曇らせぬために、曇りを払う言葉が必要であろう」

日織は微笑んでみせた。

「そなたらも御前衆が何をしたのか、つまびらかに知っている。国主を殺し、謀叛の大罪を犯したと知っている。しかしつまびらかに知っているからこそ、なぜ罪を犯したか、結果がどうであったかを理解している。だから御前衆を救おうとしているのだろう」

受け取った紙束を、帆衣が両手で握りしめた。帯刀二人の濡《ぬ》れた大衣《おおきぬ》も、泥で汚れた袴《はかま》の裾《すそ》も、みすぼらしい。にもかかわらず決意をみなぎらせた潤んだ瞳《ひとみ》は、強く逞《たくま》しい兵《つわもの》のそれで、日織の目には頼もしく映った。

「わたしも御前衆と同様に、必要のために大罪をおかそうとする身なのだ。だからわたしは、自らの先を占うかのように、御前衆のことを神に問いたい。そなたたちも、自らが助けたいと願う御前衆が願いに値するのか、神に問いたかろう」

虎生と帆衣は頷《うなず》いた。

「行け」

帯刀二人は頭をさげ、立ちあがった。鳥手の一人が気をきかせて立ちあがり、二人を目立たないように八社《はっしゃ》の外へ出すために先導していった。

風が吹くと、細かな雨粒が階の際《きわ》に立った日織の足先を濡らす。

「それぞれに思いがありましょう」

傍らに寄ってきた夏井が、帯刀たちが去った方向を見つめていた。

「皇尊《すめらみこと》は、それがまとまり大きくなって、噴き出すのを望んでおられるのですね。それを誘っておられる」

「だが全《すべ》てを圧するほどに大きくなるか否《いな》か……それが神の答えだ」

気づくと、空は灰色一色で、影だった殿舎も木々も色を取り戻していた。こぷこぷと、何処《どこ》かで水が流れる音が続いている。

□□□

その日から平良城下に密かに回される、文字が書かれた数種の紙があった。短い文が記されており、誰の手によるかは定かではなかったが、一部は手跡《しゅせき》がととのっており教養の高さをうかがわせた。

そこにはこう書かれていた。

大罪を犯せし原由やいかに
返せ二十年《はたとせ》の昔、さらに返せ十年《ととせ》の昔より今
言札は汝《いまし》の言の葉ならざりけりや

また一部の紙には無骨で、乱れ荒々しい手跡で、こう書かれていた。

大罪を犯せしは民のため
無慈悲暴虐《ぼうぎやく》の国主《こくしゅ》を思い出せ
黙して語らず、動かず、無慈悲暴虐の昔に戻るべきや

先の文と似た内容ではあったが、こちらに書かれた言葉は、直接的で檄《げき》を飛ばすかのように強かった。

それらの紙は頭阿毛野配下の目に触れぬように、慎重に人を選んで、手から手へと渡されていった。手にした者は、渡す者がいなければ焼き捨てるのが暗黙の了解のようになっており、あちこちで紙が燃やされた。

七章　天道是か非か

一

雨は止《や》まない。

階《きざはし》の前、濡《ぬ》れないように軒下に準備された腰輿《ようよ》の前に立ち、日織《ひおり》は空を見あげた。灰色に塗り込められた空は、白い雨の斜線でちらちらと不安定に揺れ続けている。

(静かだ。何事も起こりようがないほどに)

敷地のどこかで流れ続ける水音がこぷこぷと響くだけで、八社《はっしゃ》のある山も、平良城《たいらじょう》のある山も、無論眼下にある都も、ただ陰鬱《いんうつ》で常と変わらず。

三人の御前衆《おんまえのしゅう》の命が失われる日だというのに、天も地もそしらぬ顔をしている。これが人の世というもので、天地というもので、神というものなのだろうか。

何が起ころうが結局は、ひとときの流れ。誰かの苦痛も悲しみも喜びも、栄枯盛衰も、人の生死も全《すべ》て流れに押し流され、何も残らないものなのだから、騒ぎ立てるようなものではない、と。

しかし――日織は流れにある岩にしがみつき、わずかでも逆らおうと試みる。すべては流れだ、などという大きな視点は、人である日織には持ちえない。人の視点で人として生きるから、自分の中にある望みのために流れに抗《あらが》いたい。

「皇尊《すめらみこと》。無茶なことは、なさらぬように」

傍らに立った夏井《なつい》は皮衣を身につけていたが、腰輿に乗る日織には不要だった。彼は日織の髪の付け根に飾られた女郎花《おみなえし》を、器用に整える。少し遅れて腰輿のそばにやってきた真尾《まなお》も皮衣を身につけており、鋭い目をして釘《くぎ》を刺してくる。

「けして腰輿の垂れ布を開かれますな。ご尊顔を民にさらさぬように」

「駄目か？」

「本来であれば皇尊は、科人《とがにん》の末である八洲《はっしゅう》の者、たとえ国主《こくしゅ》にですら、軽々にご尊顔を拝するのを許さぬものなのです」

きつめに言われ、首をすくめるしかない。神職の長《おさ》である大祇《おおぎ》真尾にとっては、日織のやることなすこと、全てが慣例破り。いちいち咎《とが》めるのを諦《あきら》めているふしはあるが、日々苦々しいのだろう。

日織が腰輿に乗り込むと、八社の従丁たちが担《かつ》いだ。腰輿の前後に徒歩《かち》で三人の鳥手《とりて》がつき、馬木《まぎ》は馬で先頭に立つ。腰輿の左右に騎乗した夏井と真尾がつく。さらに徒歩で追従するのは、従氏合歓《じゅうしねむ》と鹿角音小峰《かづねねこみね》。さらに従丁数人。

八社を出る時、日織はふと気になった。

「比多《ひた》はどうした？」

馬を使うのだから、随行しないまでも見送りには必ず来ると思っていたが、姿がない。

「来須居《くるすい》に戻りました」

夏井が常にない硬い声で応じたのが、腰輿に垂れた絹の布越しに聞こえた。

「なにかあったか」

「申し訳ありません。わたしが独断で頼みました。皇尊ご懐妊を悠花皇女《はるはなのひめみこ》に伝えるようにと。悠火《ゆうび》殿にお伝えすれば、必ず悠花皇女に伝わるはずなので」

驚き、垂れ布に手をかけて顔を出しそうになると、「皇尊」と真尾に厳しく制止された。すんでの所で顔を引っ込める。

懐妊を悠花に伝え、彼がどんな思いを抱くか、知りたいとは考えた。伝えるべきかもしれない、とも思った。だが彼は和気《わき》のそばから離れられない。逆封洲《さかのほうしゅう》が侵略され、心労を重ねている和気を支えるのがどれほど大切か、同じく多くの者に支えられている日織だからこそ理解できる。

悠花に伝えたとしても、彼が思いを募らせるばかりで身動きできないのであれば酷だ。

「なぜそんなことをした、夏井」

「皇尊と悠花皇女、互いに互いをかけがえのない方と思われているご様子なので」

「だからこそ、離れていて何もできない今、伝えてもあの人を困惑させ、会えないと辛《つら》い思いをさせるばかりになるではないか」

「もし悠花皇女がお辛い気持ちになったとしても、わたしが悠花皇女の立場であれば、知りたいと思います」

夏井の声には悪びれたところが一切なかった。

「辛くても知りたいことはあります。慈《いつく》しむ方のことであれば」

知らない方が逆に酷なのだと言われたようで、日織は口を噤《つぐ》む。まるで悠花に言われたような気がしたからだ。

衣の上から下腹を触る。数日前に比べて大きくなり、あきらかな膨らみがあった。ここ数日は、続いていた吐き気も熱っぽさも引いた。人の六倍ほどの早さで成長しているのだから、常で言えば今は懐妊百四十日ほどだろうか。

くんと、小さく下腹の中で動いた気がした。はっとして、そして——じわりと、胸の奥が熱くなった。

（生きている。わたしのなかで）

動いたものに諭されるように、日織は頷《うなず》いていた。

「礼を言う、夏井。知らせるべきだな」

入道《にゅうどう》を果たした日織の身に宿った命は、常ならぬかもしれないが、間違いなく悠花の一部。それが日織に宿ったのだから、余計なことを考えずに知らせる必要がある。

日織たち八社の一行は山をくだり、国庁《こくちょう》へと向かう。

平良城を擁する山裾《やますそ》に国庁の築地《ついじ》塀《べい》が立ちあがり、正門である東門から真《ま》っ直《す》ぐ、大路が都を貫いている。

門扉《もんぴ》は開かれ、奥に、騎乗した兵《つわもの》たちと徒歩の軍士たちが列をなしていた。

東門を入ると八社の列は一旦《いったん》足を止め、真尾が声を張った。

「皇尊臨幸」

兵たちの最前列に騎乗していた頭阿毛野《とうのあけの》が馬を下り、倣《なら》って全ての兵が下馬する。

「皇尊臨幸賜り恭悦にございます」

大声で発した阿毛野に続いて、兵たちが同様に唱和した。

「神の定め給《たも》うた八虐《ぎゃく》を犯し、神の律を蔑《ないがし》ろにした科人をこれより引き出し、償いをさせたいと存じます。わたし頭阿毛野が科人を引く様を御高覧あれ」

大きな口で雨粒を受け止めるかのように、恐れることなどなにもない正しき人として、阿毛野は口上を述べる。「皇尊は見ようと仰《おお》せである」と、真尾が慣例によって応じると、阿毛野は再び騎乗して声を張る。

「科人どもを連れてまいれ」

命令によって軍士の一部が獄所へ走り、兵たちは馬に乗った。

ほどなく、後ろ手に縛られた御前衆三人が、軍士に縄の端を取られて姿を現した。動揺のざわめきがおこったのは、彼らの首や頬が鬱血で覆《おお》われ、無良《むら》の片目などは腫《は》れて塞《ふさ》がっているからだ。三居《みつい》の右耳朶《みみたぶ》が赤黒くへしゃげている。常磐《ときわ》の左唇から左頬にかけて深い傷があり朱の肉の色が見えた。

布の隙間《すきま》から彼らの姿を認め、日織は怒りに拳《こぶし》を握る。覚悟して捕らえられた彼らが、抵抗するはずはない。あれは嬲《なぶ》られた傷だ。

「科人の一族半分は、昨日までに処分いたした。骸《むくろ》は見返野《みかえりのの》に並べてある」

阿毛野の言葉に、常磐と無良が、悼《いた》み祈るかのように視線を地面に落とす。彼らの頬を雨粒が流れ、泥と血と混ざり汚れて、顎《あご》から滴《したた》った。三居の右肩は、耳から流れた滴《しずく》が雨粒と混じり、薄い赤に染められていく。

「今より科人三人を、一族の骸の上で斬首《ざんしゅ》する。その後、残りの一族の者を骸にし、科人の上に重ね、見せしめとして三百日晒《さら》すこととする」

神の律という側面からみれば、阿毛野は科人を苛烈《かれつ》に罰する正しき者。

しかし、どんな生き方をすれば、そんな忌《い》まわしいことを思いつくようになるのかと、ただひたすら厭《いと》わしい。彼も人の子として母の中で育《はぐく》まれ生まれたはずなのに、なぜそのようになれるのか。

　自分の中に芽吹く命があるだけに、疑問と恐怖を感じもする。

　見返野は平良の大路を真っ直ぐ進み、都を抜け、しばらく東へ向かうと北に広がる草地だという。

　砂礫《されき》が多く痩《や》せた土地なので、田畑にならず、頼りなく細い雑木がまばらに生えているのみ。昔から処刑の場として利用されていたらしく、見返野という名も、罪人が命を惜しみ、未練のある様々を思い返し、野辺で背後を見返るためという。身寄りのない骸などを捨てていく場所にもなっていると聞く。

「吾《われ》は頭阿毛野である。国主、頭阿治路《あじろ》の異母弟にして、その仇《かたき》を討つために科人を捕らえた者ぞ。参る！」

　揚々と、阿毛野は馬を進めた。

　阿毛野が国主と名乗らなかったことを、日織は聞き逃さなかった。

　自分が新たな国主となるに相応《ふさわ》しいと匂《にお》わせつつ、阿毛野がやっていることは国主のするべきことだ。ただ正式な段階を踏んでいないために、方々から反発されるのを恐れ、まずは様々な実績や事実をつみあげ、国主の座にすんなり収まる算段だろう。

（あの男はまだ国主ではないのだ）

　腰輿の布の隙間から、阿毛野の皮衣に覆われた背を見つめる。

科人を先頭にした列が動き出し、東門を出た。ぞろりぞろりと、静かに重苦しく列がのびて出て行く。

先頭は繋《つな》がれた御前衆、騎乗の阿毛野。続いて日織の腰輿を擁した八社の列。阿毛野配下の騎乗の兵たち。続いて兵守《つわもののかみ》、蔵守《くらのかみ》、刑守《ぎょうのかみ》をはじめとした平良城の兵たちと、槍《やり》を捧《ささ》げもった軍士たち。

阿毛野の前にいる御前衆は、繋がれた縄の端を軍士に握られ、犬のように歩かされている。彼らはろくに食べてもいないのか、頰の肉が削《そ》げ落ちているし、足取りも重い。ぬかるみの中を、すり足で進んでいく。

(これが科人の末路だというのか)

苦痛にさいなまれながらも、日織は御前衆の姿から目を離さなかった。

大路に出ると、左右に人がひしめいている。密《ひそ》やかなざわめきはあるものの、雨に濡れる民たちは雨音の静けさに溶け込もうとしているかのように動かず、視線だけが列を追う。歓呼の声で国主を迎えた都の民と同じとは思えぬ、冷ややかさと、静けさと重苦しさ。

民の目に何かが見えないか期待し、日織は左右の布の隙を何度ものぞく。

人々の手には言札《ことふだ》が握られているが、彼らはそれをどうしたものかと戸惑うように固く握りしめているだけだ。目には不安の色しかない。あるいは、なりゆきを見守るだけの、考えを放棄した者の色か。

なんの決意も民の顔に見えはしない。彼らは御前衆の姿を視線で追っているだけ。

囁《ささや》きが断片的に聞こえる。

「八虐を犯した科人」

「国主を殺したんだ。赦《ゆる》されない」

「あそこにいるのは龍《たつ》ノ原《はら》の護領衆《ごりょうしゅう》」

「護領衆が罪を問う」

「皇尊が臨幸されているらしい」

「まさか」

「あの腰輿がそれだ」

「こわい」

「罪を問われるのだ」

平良は古い都。護領山《ごりょうさん》を見つめ続けた国主たちの造った都の民は、龍《りゅう》を畏《おそ》れ敬う心が強いはず。その者たちが八虐を忌み、罪を恐れるのは当然だ。

（だとしても）

日織は唇を嚙《か》む。

（いや、だからこそ。この地で問うのだ）

垂れ布の端を握ったそのとき。

「とまれ！」

阿毛野が声をはり、列が止まった。馬がたたらを踏むのを御し、阿毛野は前方を指さした。

「言札だ。科人どもよ、見よ！　科人を罰する吾らを是とした民の声ぞ」

大路を横切るように一列に、言札が突き立てられていた。列を阻《はば》むかのような札は、しとどに雨に濡れ黒ずんでいた。

先頭でみすぼらしく立ちつくした三人の肩が、震える。

彼らは言札を前に泣き出したかのように思えたが――、違った。

三人ながら笑っている。

御前衆の縄を握る軍士たちが、助けを求めるようにふり返るので、阿毛野配下の兵が馬から下りて先頭へ走る。彼は軍士たちに何事か話しかけ、言札を一本引き抜く。それを握り、顔色を変えて阿毛野の馬に馳《は》せ寄ってきた。

「阿毛野様、言札に書かれているのが……」

差し出された荒削りの札には、墨で罰印が書かれていた。

日織は目を開く。

阿毛野は難しい顔になる。

「丸印ではないのか？　触れでは丸を書けとしたはずだが」

丸印の言札は、科人を引く列を是とする意味。罰印は非だ。

（これは）

鼓動を強く感じる。

大路を遮るように並べられた民の言葉は、非だ。科人を引くこの列に、民は非と言っている。止めよ、と伝えているのだ。

（声だ）

じわりと体の熱が増したような気がした。不快な熱ではなく、気力と、期待という熱。

幾百枚も書き、民に配った言葉が届いたのだと、日織は確信した。

日織に問われた民たちは、問いの答えを考え、非と応じた。御前衆は罰せられるべきではないと、民の考えを伝えてきた。

地龍《ちりゅう》信仰が定める八虐を犯した御前衆は、神の律に従えば赦されざる者と、民たちは知っている。知っていながら、そして神を畏れながらも、民は音にならない言葉で彼らの判断を示したのだ。

どれほどの勇気が必要だったたか。

見方によれば、言札の罰印は神の律に刃向かうようなもの。おそらく阿毛野などよりも、神の罰の方が数十倍も恐ろしいはずだが、彼らはひっそりと神の律に抗おうとしている。表情や行動には見せないが、これは民の確かな決意。

「民が間違えたのでしょう」

焦《あせ》って取り繕うように兵が言うと、阿毛野は鼻を鳴らす。

「言札を抜き捨て、すすめ」

幾人かの兵が馬を下り、言札を次々に抜いて大路の端へ投げ捨てていく。無造作に投げ捨てられる度に、集まった民の間にざわめきが起きた。

(間違えるはずはない。言札は民自身の言葉。自身の言葉を間違えるはずはない)

抜き捨てられる言札を目で追うにつれ、覇気のなかった民の顔に何かが滲《にじ》み出してくる。

それは——怒りか。

自分たちの言葉は無視され、抜き捨てられた、と。

抜き捨てられた言札はかなりの数だが、都の民の数には遠くおよばない。大路にひしめく人の手には、まだ札が握られている。

(そうだ、そもそも。言札を書けと命じるのが間違っているのだから)

言札は民たち自身が獲得した声だ。民のものなのだ。ゆえに「書け」と命じることが民を不快にし、怒らせる。日織はそう解釈したから阿毛野にすすめたのだ。

民に言札を捧げさせよ、と。

御前衆を救うために、日織自身はなにもできない。かわりに様々なものを突きつけ、判断を民に委ねた。

その結果が神の答え。

二

日織は心の中で念じた。

（民よ怒れ。そなたたちの言葉は捨てられた）

全ての言札が抜き捨てられると、阿毛野の合図で列は動き出した。

雨脚がすこしずつ強くなっている。空の遠い場所で不穏な低い音が響くのは遠雷か。

もともと薄暗い日ではあったが、さらに暗さが増す。

列が動き始めると、日織は奇妙な感覚に襲われる。なにかがゆっくりと重く、游気《ゆうき》を動かすような違和感が周囲を満たしているのだ。

馬木が馬上からこちらをふり返り「皇尊」と、小さな声で注意を促すように声をかけてきた。緊張をはらむそれは、「何かが起こるやも知れぬので、気を抜かれないように」と言外に告げている。

天候の悪化だけではないだろう。

何かがあるのだと悟り、垂れ布の隙間から左右を確認し、悪寒《おかん》に似たものが背筋を駆けあがった。

（……これは!?）

科人を死地へと導く列はゆっくり進んでおり、大路の左右では人々がそれを見つめているが、顔ぶれが変わらない。列が進むごとに人の顔は通り過ぎるはずだが、ずっと同じ顔が見えている。

大路の人々が、科人の列にあわせて動いているのだ。

ゆっくりと静かに、追うように。きっと誰かが追い始め、周囲が追従したのだろう。さらにそれが前後左右に波及し、都大路の人波が一団となり動いている。

夏井と真尾の横顔も緊張していた。

静かに動き出す群衆というのは、恐ろしく、気味が悪い。きっかけがあって弾ければ、何もかもが踏み潰《つぶ》されるような混乱が生まれかねない。歓呼の声で国主を迎えた人々の熱量を見ているだけに、どれほどの騒ぎになるか想像がつかない。

阿毛野も気づいたらしく、しきりに左右に視線を向けていた。

今は何かが、民たちが弾けるのを押しとどめている。彼らの表情にあるのは怒りと、恐怖。恐怖が、彼らを抑制しているようだ。

（恐怖の源）

兵の腰にある太刀、軍士たちの掲げる槍。それらが恐怖の源かとも思えたが、それ以上に視線を集めるものがある。八社の列だ。真尾、さらに日織が乗る腰輿に、幾百幾千も、ちらちら、ちらちらと、鋭く光る粉のような視線が注がれていた。

地龍信仰の中心には、一原八洲《いちげんはっしゅう》の神々の中で唯一《ゆいいつ》罪を問う地大神地龍《ちのおおかみ》が在《いま》す。地大神に最も近い場所にあるのが皇尊で、地大神に仕えるのが護領衆。

民は地大神を畏れている。

民の怒りは、神への畏れによって縛られている。

神の答えの瀬戸際《せとぎわ》にあると感じた。民が畏れを踏み越え、怒りを顕《あら》わにできるか否《いな》かが神の答えになるはずだ。

民が踏みとどまれば、いかなる理由があれど科人は赦されぬと、神が答えたということ。

民が踏み越えれば、ことによれば科人も赦されると神が答えたということ。

(畏れを払拭《ふっしょく》できないか？　それさえできれば、わたしは、ほしい答えを神からもぎ取れるのだ。わたしが、なにか)

隙間から人々を見ていると、彼らと目が合うような気すらした。垂れ布の内側は暗くて外から中は見えないだろうが、それでも、視線が合うように錯覚する。

目線を交わしあった者に、日織はどう応じれば良いのか。

（いつ、どうすれば、わたしは彼らの畏れを払えるのだ）

日織が自分のほしい答えに向かって手を打つことは、神の答えだけではなく、自分自身が仕組んだ結果の答えを得ることのようにも思える。しかしどれほど手を打とうとも、神が絶対に赦せぬと考えるなら、日織の小手先の策など功をなさぬはずだ。

必死に考え、抗い、この答えがほしいのだと、日織は神に問う。

科人の列は都の大路を抜け、左右に田畑が広がる道へと入っていた。民たちは列の左右から離れずついてくる。

道の北側、左手に広々した荒れ野が見えた。やや下り坂になったそこへ向かって、列は進路を北へ変える。

見返野だ。

遠く前方、深まる秋で勢いを失った雑草がはびこる場所に、竹を格子《こうし》状に組み合わせた囲いがあった。雨だというのに竹囲いの中には烏《からす》が群れ、耳障《みみざわ》りな鳴き声を発して争っている。人の近づく気配に、烏たちが一斉に飛び立つ。

先頭を行く御前衆、阿毛野、八社の一行と阿毛野配下の騎乗の兵たちが囲いの中に入ると、出入り口に竹の竿《さお》が交差して渡され、塞《ふさ》がれた。

残る平良城の兵たちや軍士たち、兵守、蔵守、刑守は、囲いの外を護《まも》るように取り囲む。

都大路からここまで列を追ってきた民たちは、兵や軍士を遠巻きにした。民の数は数千とみえた。見返野をはみ出し、道の方まで人の姿があった。男も女も、老人も、大人も子どももいる。

竹囲いの中に入ると、従丁が腰輿を地面におろそうとしたが、

「輿《こし》を地におろしてはならぬ」

馬を下りながら、鋭く真尾が命じた。

「穢《けが》れに近づきすぎる」

游気に混じる血腥《ちなまぐさ》さで、日織も、骸の山が近くにあるのは察していた。垂れ布の隙間から確認して、吐き気に近い恐怖を覚える。三十ではきかない数の骸が並べられており、中には子どもらしき小柄なものもあった。衣を剝《は》ぎ取られ、最低の尊厳さえも奪われていた。

御前衆の三人は骸に目を向けると、申し訳なさそうに一度ゆっくり目を閉じる。

日織は奥歯を強く嚙む。

惨《むご》すぎるものを、目をそらさずに凝視する。

目の前のこと、現実を、しっかりと見つめ、自分がなにを感じるか思うか、知らなければならない。なぜならば自分は皇尊として、神に問いを発するような不遜《ふそん》なことをしているのだから。事実も知らず、自分の気持ちもあやふやなままで、畏れおおいことを

してはならない。だから見つめる。

胸は苦しく痛いし、どうしようもない不愉快さがあるが、そこから生まれるものを見なくてはならない。

（頭阿毛野が国主となれば、あのような骸はもっと増える）

怒りが強く胸を圧する。

（御前衆がいなくなれば、きっと）

阿毛野と配下たちが馬を下りた。

御前衆三人は、竹囲いのきわ、集まる民の目によく見える位置へと引っ張られていく。

小突かれるまま、おとなしく引かれていた御前衆たちだったが、竹囲いに近づくと、三人ともが顔をあげた。それぞれが周囲へと視線を投げる。背筋をのばし、堂々と、彼らは民を見回した。

雨脚が激しくなる。三人の汚れた顔に、幾筋もの滴が流れた。

「言札受け取り申した！」

雨音にかき消されまいとするかのように、常磐が擦《かす》れ声を張りあげた。

民がどよめいた。

無良の声が続く。

「八虐を犯した吾らにはもったいない！」

「良いものを見せていただいた！」

笑いを含むほど余裕で、三居が声を張った。

別れの言葉だと日織は察した。

恨《うら》み言でもなく、泣き言でもなく、彼らは民に謝意を伝えた。

御前衆の声に押されたように、人垣が数歩、竹囲いの方へと動く。

「御前衆！」

たまりかねたように誰かが叫ぶと、それを端緒に声があがる。

「御前衆！」

「知らなかった！　あんたたちのおかげって」

「あんたたちのおかげで、俺たちは必要もない戦《いくさ》にかり出されずにすんだ」

「御前衆！」

「御前衆！」

「知らなかった」

「御前衆！」

声が沸き立つ。

御前衆三人は、一様に驚いたような表情になり互いに顔を見合わせ、笑った。そして
三人ともに真っ直ぐ正面を見て叫ぶ。

「充分じゃ」

「吾らは果報者よ！　礼を申す」

「光栄の至りだ」

傍らにいた兵が目を吊《つ》り上げ、「黙れ」と怒鳴ると、御前衆の胴をそれぞれ棒で殴りつけ、打ち倒した。三人は泥の中に再び膝《ひざ》をつく。兵はさらに彼らの肩や背を蹴《け》って、上半身を地面へ押しつける。

見せしめのような無残な仕打ちに、民の動きが止まり、しんとなった。騒げば一層御前衆が殴られると察し、民は鎮《しず》まる。

民を叩《たた》くように、雨は大粒に変わっている。

鎮まった民の間からは、すすり泣きが聞こえ始めた。

「ひどいよ」

「なんで殺されるの？」

「御前衆がなんで？」

「国が良くなったのは、御前衆のおかげなのに。なんで」

「なんで」

「いやだ」

「ひどい、ひどい」

呻《うめ》くような涙声があちこちで聞こえる。

すすり泣きが、日織の胸を抉《えぐ》る。

（これほどまでに慕われているのに、なぜ殺されねばならない。なぜ赦されない）

腰輿の欄干を、思わず強く握った。

（良いのか、これで）

しかし日織一人が抗っても、意味はない。これは神への問いだ。神を畏れ、慕わしい者たちの死を民が泣いて見つめるしかできないのであれば、それが答え。

（これが答えでよいのか!?　民よ!?　泣いてその死を静観するだけで良いのか！　神よ、これが答えなのか!?）

阿毛野が「首を刎《は》ねよ」と命じ、事前に役を仰せつかっているらしい兵が三人、太刀の柄《つか》に手をかけながら歩み出かけた。

倒れた御前衆を凝視しつつも、民は固まったように動かない。

凝然とする民の足もとを、そのとき小柄な茶のものが駆け抜けた。

低く素早く、疾風のようなそれは、倒れた御前衆の正面、竹囲いの外に姿を現すと鼻に皺《しわ》を寄せて激しく吠《ほ》え立てた。

（伊呂波《いろは》！）

三居の犬だった。腰輿の中で、日織は思わず腰が浮く。

この生き物だけが勇敢に、神の律も刃《やいば》も恐れず、己が護るべきと信じるものを護ろうとしている。耳を伏せて歯を剝《む》き出し、力の限りに抗っている。

伊呂波は激しく吠え、竹囲いを護る兵に食らいつきそうな勢いで迫るので、一部の護りが崩れかける。竹囲いの中から命令が飛ぶ。

「なにをしておる！　追い散らせ、殺せ！」

伊呂波に吠えかかられた兵が、太刀の柄に手をかけた。

「莫迦《ばか》、伊呂波！　逃げろ！」

頬が地面から離れず、泥が口に流れ込むにもかかわらず、三居が叫ぶ。

抜かれ構えられた太刀の刃に雨水が滑るが、伊呂波は激しく吠え続ける。

「逃げろ！」

悲痛な三居の声。太刀が振りあげられた、その瞬間。

ぱちり、と。太刀を構えた兵の頬を何かがかすめ、竹囲いにあたって草地に落ちる。

誰が投げたのか、それは罰印が書かれた――言札。

三

太刀をふりあげた兵の動きが止まり、不安げに視線が泳ぐと、そのすきに伊呂波は遠ざかり、また激しく吠えながら走り回る。

阿毛野は目を吊り上げた。

「犬をなんとかせよ！　言札を投げて邪魔だてした者は捕らえよ」

竹囲いの外側にいた軍士と兵たちは、言札を投げた者を見つけようと身構えて視線を走らせたが、伊呂波の吠え声と動きに視線が攪乱《かくらん》されているうちに、また別の場所から言札が飛んだ。

「やめろ！」

群衆の中から甲高い子どもの声がした。

兵たちの視線がそちらへ向かうと同時に、また別の方から言札が飛ぶ。はっと見返る暇もなく、今度は三方から言札が飛ぶ。次々に飛んでくる。

やめろ、やめろ、やめろ、と、あちこちから声があがった。

集まった人々が竹囲いに向かって、言札を渾身《こんしん》の力で投げつけ始めた。雨のように言札が降る。どっと民が前へと動いて行く。

竹囲いを護る兵と軍士たちは、腰が引け、後退した。兵守、蔵守、刑守も、竹囲いに背をつけて立ちつくす。

言札は投げ続けられ、人の群れがじわりじわりと動き、竹囲いに迫る。

「科人を赦せと申すか！」

濃い灰色の雲から低く唸《うな》るような音が響くのと同時に、阿毛野が馬に飛び乗って、高い位置から大音声《だいおんじょう》で告げた。

「地大神が定めし律を犯した者を赦せというか！　附道洲《ふのどうしゅう》の民は、神に逆らう鬼と成り果てるか！」

投げつけられていた言札が、止まった。

じわりと進んでいた民の動きが、止まる。彼らの目が見ているのは――。

（わたしだ。わたしを見ている！）

畏れを宿した人々の目が向けられているのは、阿毛野ではなく日織の乗る腰輿。

「……神が」

「神が定めた律を」

「赦したら……鬼……」

「吾らにも罰が？」

「神の罰が」

畏れの声が、さざめく。

「あそこには皇尊が在す」

日織こそが今この場で畏れの対象であり、唯一、畏れを払拭できる者だ。

今こそ皇尊の声が必要だ。

(応じなければ！　あの目に)

腰が浮いたままだった日織は、多くの瞳《ひとみ》に引かれるように、後先考えず、膝をついて垂れ布を開き、腰輿の側面から身を乗り出していた。

自分に声があって、幸いだと思う。

自分が皇尊という御位《みくらい》にあることを、幸いだと思う。

一原八洲で、このときに御前衆を救う道筋をつくれるのは皇尊だけだ。

「神の真意を語れる者はいない！　この、わたしとて！」

鋭い一声。

日織の声に游気が震えた。

「わたしは龍ノ原の長！　皇尊の御位にある者だ」

真尾が血相を変えて駆け寄って、日織の体を下から支えようとした。しかし位置が低く、日織の体が傾《かし》ぐ。

腰輿の背後に騎乗したまま控えていた馬木が、腰輿の傍らに馬を進め、真尾を前に押し出し、代わりに日織の体を支える。

「皇尊！」

無謀を叱責《しっせき》する馬木の腕を摑《つか》み、日織は馬の背へと、馬木の前へ無理矢理に移った。

「前へ行け！」

一言だけ命じ、馬上から群がる民を見渡す。彼らの視線はこちらに集まっていた。

「しかし」

「行くのだ！」

伊呂波の吠え声が響き続け、雨は日織を打ち、瞬《また》く間に髪も衣も濡れる。濡れながら声をはった。

「神は在す！　しかしその声を聞いたものはおらず、真意を語れる者はいない」

考える前に、言葉が口から出ていた。常に思い悩み続けていることが、人々の視線に触発され、思いとなって声になる。

ちりちりと火の粉のように集まる視線が、胸に刺さり、刺激し、言葉を作る。

馬木の操る馬は、竹囲いへと近づき、近づきすぎる前に方向を変え、囲いに沿うように動く。阿毛野は日織が姿を現したことに唖然《あぜん》としていたが、彼女がなにをするつもりかわからないらしく、ぽかんとこちらを見ている。

「罪を定めた神の律ではあれど、それがどのような場合でも赦されざることなのだとするほどに、神は狭量であろうか⁉」

あまたの視線が日織を追っている。

「龍ノ原の皇尊は男子のみと定められていたが、わたしは即位した。わたしは男ではない。しかも神に見放されたとすら言われていた遊子《ゆうし》だ。しかし神はわたしの入道を赦し給うたぞ」

さざめくように、声があがりはじめた。察しのよい者たちは、既に日織がなにを伝えようとしているか理解している。

竹囲いの外を護る平良城の兵たちが、互いの顔を見た。追い詰められたように、ぎりぎりまで後ずさっていた兵守、蔵守、刑守は、目配せし合って一歩前に出ると、それぞれが周囲の兵たちの耳になにかを伝えた。伝えられた兵たちは走り出し、仲間の肩を次々に叩き、耳打ちした。

人々の様子に気持ちを煽《あお》られ、また自分も人々を煽るように、日織は声をはり続ける。

「大罪だと⁉　どんな理由があっても赦さぬと⁉　鬼になると⁉　そう言っているのは

人であり、神ではない」

阿毛野が顔色を変え、「皇尊⁉」と動揺して視線を泳がせ、手綱を操りそこね、馬がたたらを踏む。

「罪を神が赦すか否かは、問えばよい。そなたたちが、この者たちは科人だが赦されるべきではないかと問えば、神は答えをいずれかくださる。問う前に萎《しお》れて良いのか。まずは問え！　赦されるべきと思うなら、吾らはこの者たちを赦すのだとして、赦せ！　赦すことを問いとして、神に問え！」

神に挑むことと問うことは、似ているのだ。

神は赦さないと信じられていても、それに挑み、非とつきつける。ことが成就《じょうじゅ》し、罰がなければ、赦されたということなのだろう。

「皇尊を腰輿へお戻しせよ」と、阿毛野が焦って命じるが、馬木の操る馬を護るように鳥手たちが散る。夏井と真尾も、兵たちを阻むように立ち、「皇尊に触れるは無礼」「さがれ」と、怒鳴った。

群衆の声が高くなり、じわり、じわりと、また民は進み出す。

「赦されぬと言われ続けた律を破り、わたしは御位に即《つ》いた。それが神の答え。わたしが神の答えなのだ。わたしの姿が見えるか！」

応じるように言葉にならないどよめきが起こる。

「ならば問え！　恐れず」

繰り返す。

「問え！」

日織の声に応じ、群衆が前へ動き、言札が投げつけられた。

「非、非！　この処刑」

「御前衆を赦せ」

「赦せ！」

「赦せ！」

声が沸騰《ふっとう》したように沸く。群れて迫る人々の中には、子どもの姿もあった。何処《どこ》か見覚えのある、すばしっこそうな子どもがいる。その子も大声で叫んでいる。

「赦せよ！」

幼く澄んだ、鋭い声。日織の耳にはやけに鮮明に聞こえた。

迫った群衆に、竹囲いの外を護る兵の一部は太刀の柄に手をかけ、軍士が槍を構えようとした。しかし。

「民を傷つけてはならぬ！　御前衆は民が傷つくのを望まぬ」

なまず髭《ひげ》の刑守が甲高い声で告げると、続いて、兵守、蔵守も、「ならぬ」「ひけ」と叫んだ。その他、要所要所にいる兵が、「ならぬ」「ひけ」と、告げて回る。戸惑う兵と軍士の間を、民が抜け、竹囲いに取りつき、摑み、揺すぶった。竹の格子は勢いであっけなく倒れ、民が囲いの中へと押し入った。

焼け溶けた鋼《はがね》が、一気に流れ込んだようだった。民の群れに雨粒が触れれば、音をたて蒸発し、熱い游気に変じるかのように思えた。

地響きのように「赦せ」「神よ赦し給え」「赦せ」と幾重にも声が重なっていた。

阿毛野の「ひけ」という怒声が何処かから聞こえたが、位置は定かではなかった。

雪崩《なだ》れこんできた民の勢いで、泥が跳ね、兵と軍士と民が入り乱れ、馬が怯《おび》えて走り出す。伊呂波の吠え声がする。

従丁たちは担いでいた腰輿をおろして逃げ、八社の神職たちも、混乱から抜け出そうと走る。馬木は素早く一旦馬を下り、再び日織の前にまたがり直すと、「しっかりお摑まりください！　この場を抜けます！」と告げた。

「夏井と真尾は⁉」

「配下がついております！」

馬木は馬の腹を蹴り、人が押し寄せる中を駆け抜けた。

日織を乗せた馬の足が止まったのは、竹囲いがやや下に見える、ゆるやかな坂の上だった。

馬木の腰にしがみついていた日織は、ようやく顔をあげ、馬木の肩越しに眼下を見る。睫《まつげ》に降りかかる雨粒が煩《わずら》わしく、何度も瞬《まばた》きして、自分が引き起こした混乱の様子を確かめようとした。

「すごい数だ……」

思わず日織は口にした。

眼下に群がる民の数は、二千か、三千か。混乱は治まりつつあるらしく、雪崩れこんだ人の群れは滞留し、あちこちで右往左往する者の姿はあれど、一斉に同方向へ動く勢いは失われていた。竹囲いは全《すべ》てなぎ倒され、湿った草の上で、踏みつけられていた。

ひしめき合う人の中に、ぽかりと隙間が二つ空いている。

一つは、横たえられた骸の周囲。そしてもう一つは、三人の御前衆《おんまえのしゅう》の周囲。膝をつく三人を、民が戸惑ったように囲んでいた。

茶の生き物が人々の足もとを抜け、飛び出す。伊呂波だった。走り寄った伊呂波の気配に三居が顔をあげ、首をかき寄せ抱きしめた。それに続くように、なまず髭の刑守、兵守、蔵守が人をかきわけて姿を見せ、泥に汚れるのも厭わず御前衆の前に膝をつく。

さらに後ろから虎生《こう》と帆衣《ほい》が現れ、膝をつく。

何か言葉が交わされているらしい。

しばらくして――御前衆が立ちあがった。

（ああ……龍よ）

日織は天を仰ぐ。龍の姿は見えないし、気配もない。龍ノ原を離れた日織の声どころか存在にすら気づかれないと知りながらも、龍と繋がるさらに大きな存在、地大神へむけて呟く。

「赦され給うたか」

これが日織の問いに対する、神の答えだ。

頬にあたる雨は心地よい。

眼下の光景が神の答えであるなら、大罪を犯そうとする日織も赦されるかもしれない。

（そうであれば、幸い）

下腹の膨らみに手を当てる。

犯そうとする罪を赦されないならば、それでも良いと今までは言い放てた。

しかし今、もう一つの命を宿しているからには、この命を巻き添えにして罰せられることは、さらに罪を重ねることのような気がする。だから、もし、日織のなすことが赦されるならば、どのような大罪を画策していようとも赦しがほしい。人らしい、身勝手な望みとわかっていながら、望む。

(赦されるならば、この命を育み生きたい)

右手側に広がる草地に人の気配がした。見れば鳥手に護られ、夏井と真尾がこちらにやってくる。二人は日織の姿を見ると、安堵《あんど》の色を浮かべた。

「無茶をなさいますね」

馬の傍らまで来ると、夏井が苦笑して見あげてきた。

「すまない」

言い訳できないので、ただ謝った。しかし真尾は苦い顔のまま。

「真尾の小言はいくらでも聞く」

「たっぷり聞かせてさしあげます」

半ば諦《あきら》めているようなため息交じりで、真尾は応じた。

眼下の光景が動く。御前衆が、よろけるようにゆっくりとだが歩を進め、こちらへ向かってくる。人の群れは御前衆を通すために自然と別れ、三人を気遣うように兵守、蔵守、刑守、虎生と帆衣が続く。さらに少し離れて、伊呂波がついてきている。

馬から下りたいと日織が言うと、馬木が先に下り、抱えるようにしてやわらかく地面に下ろしてくれた。夏井が自分の皮衣を脱いで日織の肩にかけてくれようとするが、手をあげて制した。

「このままで良い。御前衆も濡《ぬ》れている」

乱れた髪はどうしようもなかったので、ほどいて肩に垂らした。雨水で衣はずっしりと肩に重い。額から滑る滴を手で拭《ぬぐ》い、近づいてくる御前衆を待つ。

坂を上ってくる御前衆の足取りは弱々しかったが、こちらを見つめる目の光は強かった。日織が馬の前に出ると、彼らは数歩手前で立ち止まり、並んで、膝をつく。あちこちにある痣《あざ》や怪我《けが》、大衣《おおきぬ》や袴《はかま》どころか、髪まで泥にまみれた酷《ひど》い姿だったが、彼らは威儀を正し、叩頭《こうとう》する。

「一族を多く失ったこと、悔やみを言う」

日織から告げると、ぐっと常磐と無良の喉《のど》が鳴った。瞳に涙が盛りあがるが、彼らは唇を嚙んで堪《こら》える。

「顔をあげて良い」

促され顔をあげた三人は、潤《うる》む瞳で日織をしばし見つめた。

「吾ら三人ともにお礼を申しあげます、皇尊。吾らを救ってくださされた」

常磐が口にする。

「礼は不要だ。わたしは神に問うたのみで、そなたたちが救われない可能性もあった。

応じられたのは、神。そなたらが救われたのは、それが神の答えだからだ」

一歩彼らに近づき、日織は次々に三人の肩に触れた。

「そなたらは国主《こくしゅ》だ。民は認めるだろう」

附道洲において、国主となるべき者がこの三人以外にはないと確信した。民も認めた。

国を良き方向に導くためには、神に赦された三人が国主として立つのが相応しい。

ただ、先はどうなるか。三人のうち誰かが欠けた時、さらにはまた誰かが欠け、三人が世を去ったときは、どうするのか。

国主一族である頭一族に権を戻すか？

良き国主となれる資質のある者がいなくとも、血だけで権を戻すべきなのか。そうなったときにまた、この度と同じようなことが繰り返されるかもしれない。

だとしたら附道洲のためにどうすれば良いのか――。

（……ああ。そうか）

しばし考えたが、ふっと空から降ってきたかのように思いついた。

「今後、附道洲は三人国主を立てれば良い。誰か欠ければ、相応しき者を家人《けにん》の総意で選べ。いっそ民に問え。附道洲には言札がある。国主は三人で、時々に相応しい者がその位に即けば良い。そうすればより良き国主が選ばれ続け、附道洲の幸いは続くだろう」

国主が決まった一族ではなく、時々に入れ替わり、しかも三人。誰も考えたことすらなかっただろうことに、御前衆は困惑顔で互いを見やる。

夏井は「面白いな」と驚いたように呟《つぶや》く。真尾は理解できない、というよりは理解したくもないと言いたげに、顔をしかめて口をはさむ。

「皇尊《すめらみこと》。そのようなことを口になさっては、なりません。皇尊が八洲《はっしゅう》の内情に口を出さぬのが、龍ノ原が在り続けるための……」

「真尾。八洲の内情に口を出さずとも、龍ノ原は平穏に在り続けられはしなかったであろう？」

真尾は呻く。

従ってさえいれば良かったものが、一原八洲では崩れているのだ。神が定めた律とて、考えることなくただ従うだけでは央大地《ひさしだいち》が歪《ゆが》む。ましてや人が定めた律など、必要か否かという、根本を考え直さなくてはならない。

考えず従うだけは楽だが、それで良かった安楽な世は終わっているのだ。

無良が身を乗り出す。

「お待ちください皇尊。吾《われ》らは罪を赦されたとて、国主ではありません。国主とはかつて皇祖治央尊《すめみおやおさのひさしのみこと》が龍ノ原から追った科人《とがにん》の末の一族のこと。八洲のいずれの国も神代《かみよ》より国主の一族が定められております。皇祖治央尊が決められたことなのです」

「知っている。決められたことに意味がある場合は、軽々に変えてはならぬのは当然だ」

日織とて、神の決めた律であれ、人の決めた律であれ、安易に変えてはならないことがあると知っている。

しかし国主が一つの一族である必要と意味は、あるのだろうか。

皇尊は血をもって地大神を鎮めるのだから、一族である意味がある。翻《ひるがえ》せば、それしか意味はないのだ。

国主は血をもって国を平らげているのではない。

「皇祖治央尊が決めたことだと？」

「そうです」

と、また真尾が強い口調で言う。日織は真尾をふり返る。

「皇尊は代を数えぬな？」

ふいに問われ、真尾は多少面食らいながら、また皇尊がなにを言い出すつもりかと警戒の色を滲ませつつ応じる。

「地大神、地龍に眠りを約束したのは治央尊であり、その血をもって永劫《えいごう》に眠らせるとしました。地大神にとって皇尊とは治央尊と同一のものであり、代を重ねても地大神にとって皇尊とは治央尊と等しいものだからです」

隙《すき》を与えぬように釘《くぎ》を刺すつもりで、先回りして代を数えない意味を真尾が口にしたのは明らかだ。しかし、それこそが真尾に言わせたいことだった。

「どの皇尊も治央尊と等しいのだな」

「当然です」

「わたしも、治央尊と等しいということだな。であれば、治央尊が八洲の国主を定めたなら、わたしが定めてもよいわけだ」

真尾は呆《あき》れたような顔をして、首を左右に振ると息を吐く。その通りだが、詭《き》弁《べん》だろうと言いたげに。そして、もはや日織を抑制できぬと言いたげに。好きになされよという言葉が、聞こえたようだった。

(好きにする。わたしは従うのみではなく、自ら考えて判断する)

判断の是非は、いずれ神が示すはず。

決断が間違っているかもしれない不安は、常にある。しかし間違いを恐れてなにもできないのは、間違えるよりなお悪いだろう。なにもしなければ進めないが、間違っていても歩み出せば、一歩進める。一歩進んだ先が間違っていたら、方向を変え、あるいは後ずさりしても良い。

「わたしが附道洲国主を定めよう。ここにいる三人を国主とし、次代国主については家人と民に問う」

御前衆の三人は啞然としている。

日織は三人に告げた。

「書札《しょさつ》を下そう。三人が国主であると」

さらに微笑《ほほえ》む。

「ゆえに国主たちよ。先にわたしが、そなたたちに願ったことがあるだろう。一原八洲の安寧のため、龍《たつ》ノ原《はら》のために、わたしの望みもきいてくれ」

笑みが浮かんだのは、今の自分があまりにも皇尊としてはいびつすぎて、いっそおかしくなったからだ。

といた髪をつたって衣に染《し》みた雨が、肌に冷たい。人の六倍ほどの早さで成長する子を宿し、自らは治央尊と同じ者だと断言して他国の国主を任ずる。その自分の前にいるのは、獄所から連れ出され、傷つき疲れた三人。遠くそれを見つめるのは、民の群れ。

そして一匹の赤犬。

しかし枯れかけた草葉がはびこる荒野に立つ日織は、いくらいびつであろうが、命がつきるまでは皇尊なのだ。

堪えきれなくなったように、常磐と無良の頰に雨水に混じり熱い滴《しずく》が流れ、日織を映す三居の瞳もまた濡れた輝きであふれる。三人は揃《そろ》って叩頭した。

「吾ら……三人……」

震えを抑えた声で常磐が口を開くが、その先が途切れたので、無良が引き継ぐ。

「皇尊のお望みに全て沿いまする。附道洲をこれより預かる……者として」

戸惑い畏《おそ》れるように不明瞭《ふめいりょう》になった語尾を引き取るように、三居が強い声で言う。

「附道洲をこれよりひととき預かる国主として、お約束いたします」

三居は「ひととき預かる」と口にした。三人は日織の意図も、自分たちの役割もよく理解しているのだと、安堵する。

「頼む。国主たちよ」

叩頭する新たな国主三人と、坂の下に群れる民を順に見やる。

坂の下にいる、すばしっこそうな子どもに目がとまった。見覚えのある男の子だと思って――ようやく、気づいた。平良《たいら》に入ったその日から、何度か目にした覚えのある子だった。

人ごみの中で、子どもはうっとりと満足げに、跪《ひざまず》く御前衆三人を英雄を見るように見つめ続けている。子どもの瞳は曇りなく輝いている。

(あの子も神に問いを発してくれたのだ)

視線を子どもの顔から空に向け、重い灰色の雨雲を見あげた。雨が頰を打つ。

雨は激しい。景色を傷つけようとするかのように、雨の筋は降り続け、止《や》まない。

龍《りゅう》が姿を現すような瑞兆《ずいちょう》はない。

だが荒野に、新しいものが生まれたような気配を感じる。

自らの言葉を護った子どもの澄んだ瞳は、龍の姿が現れるのと等しい瑞兆に思えた。

(明るい)

ずっと変わらない雨の景色のはずなのに、そう感じる。灰色の雲の上には陽射《ひざ》しがある。それが透かし見える気がして、泥臭い雨の匂《にお》いをかぎながら日織は目を細めた。

□□□

頭阿毛野と配下は見返野《みかえりのの》を脱出した直後に、集まった民らに囲まれ、馬から引きずり下ろされ捕らえられ、国庁《こくちょう》へ引き渡された。その日のうちに阿毛野と配下は御前衆の命により斬首《ざんしゅ》となった。

その翌日、附道洲から三人の兵《つわもの》が、別々の方向へと旅立った。

一人は、隣国の逆封洲《さかのほうしゅう》へ向かった。長年小競《こぜ》り合《あ》いを続ける隣国へ赴くのは敵地へ赴くのと似たことだったが、兵は皇尊の遣いとして隣国国主への書札をたずさえていた。

書札には皇尊から逆封洲国主、末和気《すえの》にあて、「附道洲は『二附一封《にふいっぽう》の約定』を承知した」との知らせが綴《つづ》られていた。

残りの二人の兵には三通の書札が託されており、それぞれ別々の地へ向かった。

一人は葦封洲《あしのほうしゅう》、一人は附義洲《ふのぎしゅう》である。

二人の兵は書札の他に、平良城で育てられた夜鳴鳩《よなきばと》を入れた籠《かご》をひとつずつ背負っていた。

夜鳴鳩は帰巣《きそう》本能の強い鳥で、巣に戻るために昼夜わかたず飛び続ける。平良城で育てられた鳥は、八洲のどこから放っても必ず平良城に戻るはずだった。

兵らが託された書札のうち一通は、附道洲の新たな国主から挨拶《あいさつ》の書札だった。

附道洲国主は、神代より頭一族が勤めていたが、この治世より頭一族ではない三人が勤める。龍ノ原の皇尊が書札を下され、許し認めたことである。初代国主は、曽地常磐《そじのときわ》、多々播無良《たたはりのむら》、幾鳴三居《いくなりのみい》の三人。この後の世より附道洲の国主は、三人国主と称する、と。

もう一通は、その三人国主から、各国の国主に約定を促す書札。

龍ノ原の皇尊の望みにより、一原八洲の安寧のために、附道洲は貴国と『二附一封の約定』を結びたい、というもの。約定を結ぶつもりがあるならば、その旨《むね》書札にしたため、使者にもたせて送り返してほしい、と。

最後の一通は、各国に遣わされている龍ノ原の重臣に、皇尊が宛《あ》てたものだった。

各国の国主が約定を結ぶと決断をくだしたときは、附道洲の使者が連れている夜鳴鳩に文を託して放て。皇尊は平良にある。鳥が運ぶ文が平良に届き、『二附一封の約定』が成ったとわかれば、皇尊は護領山《ごりょうさん》を越える。

各々《おのおの》、重臣たちも護領山を越えよ。
そして――護領山を越えた皇尊のもとへ集え、と。

【参考文献】

『戦争の日本史3　蝦夷と東北戦争』／鈴木拓也著／吉川弘文館
『天平の律令官人とくらし』／出川広著／桜山社
『日本服飾史　女性編　風俗博物館所蔵』／井筒雅風著／光村推古書院
『日本服飾史　男性編　風俗博物館所蔵』／井筒雅風著／光村推古書院
『図解日本の装束』／池上良太著、新紀元社編集部編／新紀元社
『日本の服装　上』／歴世服装美術研究会編／吉川弘文館
『ビギナーズ・クラシックス　日本の古典　万葉集』／角川書店編／角川ソフィア文庫
『図説日本文化の歴史3　奈良』／黛弘道著／小学館
『古代史復元9　古代の都と村』／金子裕之著／講談社
『全集　日本の歴史3　飛鳥・奈良時代　律令国家と万葉びと』／鐘江宏之著／小学館
『古代の女性官僚　女官の出世・結婚・引退』／伊集院葉子著／吉川弘文館
『飛鳥むかしむかし　国づくり編』／奈良文化財研究所編、早川和子絵／朝日新聞出版
『新装改訂版　万葉の花　四季の花々と歌に親しむ』／片岡寧豊著／青幻舎

※奈良県立万葉文化館の展示および、同館が毎月発行されている「よろずは」も参考にしています。

本書は新潮文庫のために書き下ろされた。

イラスト　千景
デザイン　川谷康久（川谷デザイン）

龍ノ国幻想7
神《かみ》問《ど》いの応《いらえ》

新潮文庫　み－60－17

令和六年九月一日発行

著者　三《み》川《かわ》みり
発行者　佐藤隆信
発行所　株式会社 新潮社
郵便番号　一六二―八七一一
東京都新宿区矢来町七一
電話　編集部（〇三）三二六六―五四四〇
　　　読者係（〇三）三二六六―五一一一
https://www.shinchosha.co.jp

価格はカバーに表示してあります。

乱丁・落丁本は、ご面倒ですが小社読者係宛ご送付ください。送料小社負担にてお取替えいたします。

印刷・錦明印刷株式会社　製本・錦明印刷株式会社

ISBN978-4-10-180292-3 C0193